天上有个纳木错

TIANSHANG YOUGE NAMUCUO

夏业柱——著

时代出版传媒股份有限公司
安 徽 文 艺 出 版 社

夏业柱

公务员，作家，曾援藏三年。

TIANSHANG YOUGE
NAMUCUO

天上有个纳木错

夏业柱——著

时代出版传媒股份有限公司
安徽文艺出版社

图书在版编目（CIP）数据

天上有个纳木错/夏业柱著.—合肥：安徽文艺出版社，2020.7
ISBN 978-7-5396-6903-8

Ⅰ.①天… Ⅱ.①夏… Ⅲ.①随笔—作品集—中国—当代 Ⅳ.①I267.1

中国版本图书馆CIP数据核字(2020)第032840号

出 版 人：段晓静
责任编辑：宋潇婧　　　　装帧设计：熙宇文化

出版发行：时代出版传媒股份有限公司　www.press-mart.com
　　　　　安徽文艺出版社　www.awpub.com
地　　址：合肥市翡翠路1118号　邮政编码：230071
营 销 部：(0551)63533889
印　　制：安徽新华印刷股份有限公司　(0551)65859551

开本：787×1092　1/16　印张：21.25　字数：280千字
版次：2020年7月第1版　2020年7月第1次印刷
定价：78.00元

序一

许辉

《天上有个纳木错》是夏业柱先生关于西藏的一本散文集，这本散文集中的不少篇什，曾陆续在各地许多报刊上发表，引起过读者的广泛关注，我也是持续而着力关注的读者之一。写西藏的游记还不算难得，从内地援藏干部的视角写西藏就十分难得了，如果有机会集中地阅读业柱先生这些西藏生活和体验的散文，一定会有全新的感受和不一样的快意！现在，《天上有个纳木错》来了，我有幸先睹为快，真是一件倍感愉悦的美事！

《天上有个纳木错》共分三辑。第一辑“玛吉阿米的月亮”，是个内地人关于西藏的履痕或行记，神秘、寂寞而且遥远。第二辑“天上有个纳木错”，专写西藏的风情与民俗，既贴近地面，又靠近云端。第三辑“说不尽的格桑花”，是西藏的人情与日常，奇特、不同却又寻常。

在业柱先生笔下，西藏是遥远和质朴的，云端上的家园甚至简朴至艰辛。一个只有十八户人家的藏族小村庄，散落在喜马拉雅山山坡上，那里壁立千仞，云雾缭绕，常年积雪，高不见顶，对面就是印度；这样的一个与世隔绝的小山村，出一次山要走一天，生个病请医生，来回又要两天。村里一位叫多吉的眉清目秀的姑娘，生起病来疼痛难忍，在作者的帮助下到内地检查，却只是一种不难治疗的疾病，很快康复出院了，从此得享人生的欢乐。

在业柱先生笔下，西藏又是幽深、内敛、沉默和无边的。在山南，在那个邦锦梅朵盛开的地方，在那个“一间小石屋，一座玛尼堆，在云雾里忽隐忽现，一片空荡荡的草甸布满了杂乱的牛蹄印，阵阵淡淡的牛粪味在空气中游离飘散，间或还有一两声牧羊犬的吠叫”的海拔近6000米的喜马拉雅山的腹地，牦牛与人共生，当它们奶水充盈时，就会自己回来亲近人类，奶水挤完后再回归高山草甸；三个像高山一样沉默的牧民，在无人得见的地方，与大山同生，与邦锦梅朵同在。

在业柱先生笔下，西藏充满了生命力。山南，一个叫恪巴的藏族小村庄，十几户人家，却有一个完整的村支部和村委会；那里家家插国旗，外面来人，只有一位叫扎堆的藏族村民能勉强翻译。扎堆家的堂屋放着汉语字典和藏文书，村里的材料都是他翻查字典写成再上报，村里的学习也是他带着大家学。他每天和青稞、牦牛打交道，对没有报酬的文字和书写却能乐此不疲。在恪巴村，人们无偿地出劳力、建暖房、修磨坊，建设自己美好的家园。

在业柱先生笔下，西藏的日常生活丰富又奇特。太阳照在喜马拉雅山上，在冈底斯山下，娘姆江边，人们转山，人们拜寺庙与佛塔，人们转神湖，人们在色拉寺辩经，人们生活在牛背上，人们饲养藏獒，人们尊崇神，人们崇拜神鹰；那里有西藏特有的色彩，那里有格桑花，有日常的生活，有茶，有啤酒，有盐巴，有酸奶，有藏刀，有藏香，有洁白的哈达，有流动的佛堂，有酥油花，藏历年，有酥油，有糌粑，有青稞，有神奇的传说和魅力。

这大约就是业柱先生笔下西藏的一部分，也是一位援藏干部兼散文家笔下的一部分西藏。我与业柱先生是多年好友，他为人厚道，也乐于助人，多年来，我们一起采风，一起参会，一起行走，一起发表文学作品；我们聊文学，谈时代，我们也一起喝酒，一起游戏。业柱先生曾在最落后的农村教过五年书，也在最繁华的上海念过四年大学，近年又在最边远的西藏援藏三年。从最基层的一线老师，到省直机关的公务员，他酸甜苦辣样样尝过，唯西藏的三年触及他的灵魂。

业柱先生性格沉静，文风厚实，笔力老到，他散文的文风一如他的为人，朴质、扎实、意蕴丰厚。但是援藏后的他，文笔中更多了一些生命的厚重感。读《邦锦梅朵盛开的地方》《云端上的家园》，那种凝练的语言，那种幽深的意境，那种苍远的心绪，都令人慨叹而动容。在这本内涵丰厚、特色鲜明的散文集里，我们读到的是当下的西藏，我们读到的又是历史和人文的西藏，我们读到的是厚重的西藏，是变革中的西藏，我们读到的更是业柱先生对生命、时空的感悟和触摸。这些，都是业柱先生心血的塑造呢！

2019年8月5日至7日

合肥南艳湖竹柏

（作者系中国作家协会全国委员会委员、中国作家协会全国散文委员会委员、安徽省作家协会第五届主席团主席、安徽省文联副主席、茅盾文学奖评委）

序二

琼·旺久

我们不应该羡慕一个人的成功，我们更不该羡慕一个人的天资与聪颖，我们应该敬佩的是他不断探索的追求与不断进取的精神。

夏业柱同志援藏期间，在西藏山南市教育局任职。他心在岗位，情系高原，三年时间，他到山南的学校调研学习，走访老师和学生，结交藏族群众，足迹遍布山南大地乃至整个藏区，所到之处，与师生共艰辛，与藏民同欢乐，心情为山水原野、花草树木、风土人情所感动，他的所见所闻所感很真实生动，令人深思。作为援藏干部，在环境恶劣的高原，能坚守岗位不容易，笔耕不辍更加难得，相信读者们读此书，一定有感慨和共鸣。

我作为一名藏族人，曾是夏业柱同志援藏期间的同行，我有幸先于读者读了他的《天上有个纳木错》，我是和我的恩师尼玛扎西一道读完这本书的。我们读后非常高兴,百感交集:这本书让我对生我养我的西藏有了更新的认识和了解,他作为内地人的视角和思维为我开启了不同的观察西藏的窗子;这本书是他用真情走进高原的真实记录,对尚未走进高原的朋友来说,能起到指路、引航的作用;这本书对古代藏族人和现代藏族人生活的刻画和描述,以藏学家的角度看,都是客观事实,能让读者看到一个由古而今、由远及近的真实西藏;这本书从生活中的点点滴滴到主观上的感受都有详尽的描写,不难体会作者将身心融入西藏、与藏族同胞同呼吸共命运的团结精神。这本书用通俗易懂的语言解读西藏的深奥和神奇,把握了高度,也体现了人文关怀。我真切感受到作者对雪域高原的无限情怀,也为作者在求学路上孜孜不倦的精神所钦佩。作为不懂藏文藏语的内地人,要想透彻地读懂西藏古今,比我们藏族人要困难很多,书中难免存在认知和现实之间的差距,但这不影响我们通过本书深层次地认识西藏。作为文学随笔集,我们不能以苛求的眼光将书中的西藏与原生态的西藏一一对应,我们应该以求知、思索和欣赏的心态去品读这本书。

夏业柱同志在山南援藏期间,从工作上说,我们是上下级关系,他在市里任教育局副局长,我在中印边境的错那县当教育局局长。因为工作,我们从陌生到熟悉,逐渐发现了我们之间的共同点,后来我们的关系变成了朋友,确切地说我们成了藏汉友谊的使者,成了西藏文化的传播者。由于时间有限、工作量大,更由于那时我在错那,他在市里,山高水长,相见不易,他在藏期间,我们认认真真坐下来沟通情感的机会并不多,见面也就三四次,那时我看到的是他工作的一面,还不太了解他丰富的内心，也不知道他在用心记录着西藏的一切和我们的友谊。还是他援藏结束后，我们通过微信和电话共商生活、工作、文化、民风民俗等等，才越发拉近了我们的内心，更加深了我们之间的友谊。我们一个藏族，一个汉族，早已不分彼此，情感上似乎已经你中有我、我中有你，这真是最高境界！

值此书出版之际，我衷心祝愿我们的友谊天长地久，藏汉团结万古长青！

2019年9月12日于西藏山南

（作者系西藏自治区错那县教育局原局长）

目　录

说不尽的格桑花

玛吉阿米的月亮

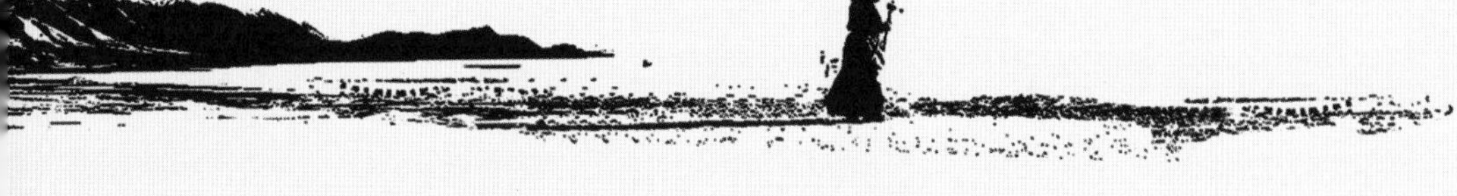

走在八廓街上

去拉萨绕不开八廓街，不想去也得去，它是拉萨老城的核心，老拉萨味道浓，不去八廓街等于没去西藏。我去西藏前，对八廓街的印象是从电视节目里获得的，热闹而不乏时尚，感觉与云南丽江、湖南凤凰古城类似，是酒吧和咖啡屋的天下。去西藏后发现，影像的感觉与亲身走近大有差别，八廓街与我见过的所有街区都不同，与其说是街，不如说是转经道，藏民骨子里就没拿它当街，而是把它当成一条朝圣的路，一条能把人的灵魂引渡上天的路。

据传，八廓街最初是因转经而生。吐蕃时期，今天的拉萨老城区一带还很荒凉，到处是沼泽水塘，松赞干布为了迎娶尼泊尔的赤尊公主，专为她建了大昭寺。公主从尼泊尔带来的释迦牟尼八岁等身像也被当作顶级圣物供奉在大昭寺内。从那时起，藏民为了一睹释迦牟尼尊容，就开始朝圣，朝圣的人越来越多，围绕着大昭寺便形成了固定的朝圣道路，也就是转经道。大昭寺

金碧辉煌的大昭寺

周边因此出现了旅馆、帐篷、临时民居等供人吃喝拉撒的场所，这便是最初的八廓街。当然，那时的八廓街还只是杂乱的聚居区，与今天的八廓街有天壤之别。但从那时起，八廓街再没萧条过，春夏秋冬，始终人气很旺。而热闹也始终只在那一小块，直至今天，虽然拉萨已扩大了数倍，八廓街依旧是当初的规模。有人说它长三里，宽三丈，有八条岔巷伸向八方，故又衍生出八角街的称呼。我多次去过八廓街，始终没辨清八个方向。我想，要是从空中俯瞰，八廓街的形状没准像蜘蛛网。实际上它的功能不亚于一张网，不仅网住了万千信徒的心，也网住了拉萨的古旧、时尚、繁华、肃穆和神圣。

在西藏，朝圣是了不得的大事，饭可不吃，经不可不转，信徒以能到大昭寺朝圣为荣，故而也以到八廓街转经为幸。藏语中，“八”是中间之意，“廓”是转经道之意，“八廓”连起来说，就是顺时针转经一圈的意思，可见八廓街得名就源于转经。任何人一进大昭寺街口，就会身不由己地顺时针“随波逐流”。有人说拉萨有六条转经道，八廓街是首选，信徒们每天要绕八廓街转三圈，风雨无阻。更有不少拖家带口磕长头转圈的，不谙世事的孩童跟着父母，挂着羊皮垫子，戴着手板，举手摸脑又扪心，一步一匍匐，向前磕长头，天长日久，街心的地面被磕出光溜溜的一条印迹。磕长头向来是八廓街最吸引人的风景，磕的人是那么虔诚，对来往人流视若无睹；看的人总是很好奇，想不明白哪股子力量把人变得这么虔诚，八廓街的魅力多半就在这看和被看中。

八廓街到底有多少人转过经，永远是谜。我每次走过八廓街，都被磕长头的信徒吸引，那些打扮各异、口音有别的男女，有的是信徒，有的是旅人，到了这里，都成了“转经人”，捻佛珠、握经轮、磕长头，五花八门，在八廓街的艳阳蓝天下，形成了强大的气场，每每看到，便忍不住想拍下他们。但我从不知道他们来自哪里，怎么来，又到哪里去，我想，每个磕长头的人都有自己独特的故事，或悲或喜，只有朝圣的心是一致的，他们都向往一个共同的天国。

在八廓街最神圣的还不是转经，而是前往大昭寺朝拜。大昭寺是八廓街的心脏，是八廓街的灵魂，皆因寺里有释迦牟尼十二岁等身像。等身像很有故事：大昭寺初建时，供奉的是赤尊公主带来的八岁等身像，那时文成公主与她从大唐带来的十二岁等身像都在小昭寺。到了金城公主时期，因小昭寺动乱，金城公主为了保护娘家的宝贝，特意将小昭寺十二岁等身像与大昭寺八岁等身像调了位置，从此八岁等身像就到了小昭寺，而十二岁等身像就安放在了大昭寺，成了大昭寺的镇寺之宝，被万众敬仰，信徒们见像如见佛陀。无数人不远万里，跋山涉水来拉萨，只为对圣像祈愿。也有不少信徒不惜花重金，对等身像贴金涂彩，原本木质的等身像被信徒们一次次塑身贴金，越来越高，越来越丰满，如今头脸和身躯早已超过了十二岁佛陀的大小，成了一尊真正的贴金大佛，端坐在大昭寺正中的神龛中，任何信众见它都须抬头仰视。

大昭寺无疑成了八廓街的核心，春夏秋冬，年复一年，它始终游人如织，有虔诚的信徒，也有普通的看客，男女老少一拨接一拨地拥向寺内，使这座古老的寺庙原本不大的空间显得越发狭小和拥挤。在摩肩接踵的人流中，除了专来朝圣的信众能够虔诚地礼佛，游客大多跟着导游，人云亦云地看热闹，少有能气定神闲地品味什么的，有的人在挤挤碰碰中，连等身像在哪都难以找见。我有一次在寺内遇见两个东北人，他们糊里糊涂地进了寺，却不知道干什么，纳闷地咨询我。当我说看释迦牟尼等身像时，他们好像仍没明白，更不知等身像在哪。我第一次进大昭寺也是糊里糊涂的，后来陪人参观多了，才知道个大概。再进大昭寺，我就直接冲着等身像行进，避过不少拥挤。这时我才知道等身像只许远观，除非花钱贴金，否则不许靠近。当然贴金也非常人能为，只能由僧人专办，信众们花的是钱，换的是心安。我没见到贴金的场面，却每次都见有信徒面像许愿。不知道他们都为什么许愿，许的什么愿，或许在这座古老寺庙的强大气场里，个人的定力往往变得特别脆弱吧，哪怕是不知所以然地跟风，也总能找到所以为之的理由。

也是转经，带动了八廓街商业。与别处不同的是，八廓街的商品要么与宗教有关，要么与民俗有关，没有大件电器；店面也小，有的卖成品，有的亦店亦坊，招牌都别致醒目。寺庙法器、加查木碗、日喀则卡垫、拉孜藏刀、那曲虫草随处可见，尼泊尔披肩、印度香料也不难买到，只是少见异国商人。有趣的是，小巷里还深藏着修鞋、补锅、镶牙、缝藏靴的老行当，它们仿佛在做最后的坚守。但八廓街并非购物天堂，任何普通商品在这里都不普通。我在八廓街很少有购物的冲动，陪内地来的幼儿园园长买过手串一类小玩意，价格比别处高，当然感觉也不同，毕竟是在八廓街，全国也只有这么一处。

正儿八经买东西只有一次，是陪朋友买唐卡，在八廓街古巷里不懂装懂、讨价还价地溜达了一下午。八廓街唐卡店很多，价格却不便宜，原因就在于不愁没有顾客，更不愁没有外行的顾客。在八廓街，容易为唐卡动心的人不少，而懂唐卡的人不多。唐卡是特别的艺术品，制作难，欣赏也难，外行人很难一眼看出好坏，这就为商家留了太多的空间。造型、大小、色彩、内容都关

八廓街上转经的人们

乎价格，而制作方式更重要，纯手工的，功夫在画外，是上品。八廓街的唐卡所以有名，主要是因手工作坊多，在八廓街上，要想买一张纯手工绘制的唐卡，一手交钱一手交货并不难，难的是买到真正的大师作品。我对八廓南街一带唐卡作坊印象很深，狭窄的小巷里，唐卡店和作坊随处可见，有的画卖兼有，有的只卖不画，有的画师兼店员，有的老板兼画师又兼店员。每家唐卡店做派都相似，颜料、画架、画稿随处摆放，只有唐卡端正地挂在墙上，唐卡在藏民心中是流动的佛堂，没有人不敬重。我们进店时，总是小心翼翼，唯恐坏了规矩。货比三家后，我们相中了一家小店。店里只有两个年轻人在作画，对我们光顾并不在意，显然心思在作画上。见我们真心买，他们才边画边与我们交流，最终，朋友花六百元买了一幅白度母，年轻人说那是他们师傅的作品，画了一个多月，我们感觉即便不便宜，也值。

与商业同步的是休闲。在寸土寸金的八廓街中藏了不少茶馆、咖啡屋和酒吧，它们像点缀，没承想成了年轻人的天堂。他们或驾车或徒步，或结伴或单身，辗转来八廓街寻梦。那次我和朋友在著名的娜姆瑟德餐厅就餐，邻桌是上海的几个年轻人，竟然专为那家餐厅而来。他们上网搜，打电话找，做足了功课，就为吃一顿。而我尝了几道所谓的名吃后，感觉名气远大于味道，我甚至没填饱肚子。另一家名为玛吉阿米的馆子更是名扬海内外。很多年轻人来玛吉阿米，就为那一轮东山顶的月亮。我路过玛吉阿米都是与人同行，每次都想进去坐坐，每次都看到食客爆满，第一次因为没等到座位，怅然而归，后来几次还算幸运，都如意地找到了座位，每次都点了不同的花样，而每次我都觉得不对我口味，环境也不舒适。馆子很小，一楼不开门，二、三层营业，憋屈又黑暗，墙壁、桌椅、餐具也很随意，仿佛烟熏过，据说是为了老旧味。来这里的都是年轻人，仿佛满脑子都在怀旧，一个个坐在充满老旧味的环境里遐想。当我看到排队等座位的食客时，我怀疑他们都在凑热闹，为的是说不清的感觉，这种感觉如今渐成时尚，还有了好听的名字——“小资”。

倒是八廓街的老建筑更对我胃口。八廓街是地道的老拉萨，也是地道的老西藏，倘若有心，细细品味其中的一砖一瓦，就等于品读了拉萨的过去和西藏的历史。我每次都因时间仓促，不能细细品味八廓街，但我知道在转经道上、小胡同里，到处都是老旧的建筑，有大院，有庄园，有府邸，也有神庙，它们都曾有过耐人寻味的过去。北街的清朝驻藏大臣旧址、南街的根敦群培故居都已成了德育基地，它们都成了游客免费参观的场所。而更多的老建筑还藏在深闺，有的成了民居，有的空空如也，比如索康家族、帕拉家族的宅院，两大家族都曾权倾一时，因为有过并不光彩的过去，只能默默地湮没在八廓街的白墙黑瓦里，迎送着高原的朝阳和落日，今天没有多少人记起它们，更没人愿意花时间去品读。但我知道，它们都是极有分量的建筑，是八廓街作为中国历史文化街区不可或缺的重要内容。

我走过八廓街时，总是被那些漂亮的老建筑吸引，禁不住就想弄清背后的故事，而我又总是做不到，这令我很遗憾。我始终觉得，要看老西藏就去拉萨，要看老拉萨就去八廓街，要看八廓街必看老建筑，这是很简单的推理。正是老建筑的存在，八廓街才有了色彩和轮廓，才有了无数悲欢往事和流年古韵，才吸引着云集的旅人、信徒和商贾，这也许正是八廓街的独特魅力，而这些，是商贸、宗教、饮食永远难以替代的。

太昭不是城

太昭不像地道的镇，甚至不能称为村，可它叫“城”，还冠以“古”字。想来有人脑子活，盯上了太昭，还知道岁月是宝，便学着内地打怀古主意。据我所知，西藏有此雅号的绝无仅有，太昭因此出了小名，在工布江达，甚或川藏线，它都是招牌，自驾的、骑行的、徒步的，往往未进拉萨，先被勾进古城。

我也是被“古”字勾去的，在今年夏日，一个很冷清的周末。整个太昭没有游客，没有车辆，也没有牛羊。只有一个中年男人，接待客人兼收钱。说他是看门的、打杂的都像，以致我猜不出身份。我能肯定他是藏民，汉语说得蹩脚，但显然很会与内地人打交道，知道怎么赚我这样的来客的钞票。他收我六十元，没给票，却很自然，好像这样做理所当然。不过他服务不偷懒，讲解甚至还很卖力。进古城前，我从尼洋河对岸，已对古城一目了然，零星的建筑散落河边，在正午的阳光下，一派空荡、萧条和寂静，毫无规模，更无热闹，我怎么看都不像有年头的古城。

牌坊最醒目，从“太昭古城”的“古”字推测，应是近年所为。今人总爱怀古，而怀古又不得法，把真古董毁掉，再建假古董，此风刮遍全国，西藏也不能幸免。站在牌坊下，我想到的是广告，至于浮雕什么的，我无心细看。陈列馆也新，仿古而已。中年男人拎着一串钥匙，在锁上摸了好一会，才打开了门。他摸不准钥匙是哪一把时，表情有点尴尬，大约是怕我感到陈列馆不值得光

当年唐蕃古道上的太昭宗政府至今保存完好

顾。果然门打开后，室内漆黑，打开灯，光线也暗，我想也许并非为了保护文物，而有无文物也值得怀疑，更有可能是陈列的物品只配这样的条件吧。图片、木斗、马具、藏装、铠甲、弓箭、古墓石好像都有，七拼八凑，却与古城没多少联系。中年男人赚了我小钱，恨不得把什么都搬出来，让我看，甚至要我摸。我只试了头盔，拉了弓箭，他说弓是文物，要我小心，怕拉断。我将信将疑，倘若此为古代勇士所用，凭我这身子骨拉开都难，谈何拉断？而我轻轻一

拉竟拉了满月，感觉有点货不真价不实。见我兴趣不浓，临结束，他又向我兜售虫草、水晶，说货真价实，还可还价。我越发觉得离了题，太昭古城应是与历史相连的，怎么能与商业沾边呢？没想到卖票、讲解、把门、做生意，他全包了，我不像是参观，像是与他做交易。

出陈列馆时，我在馆南侧留了影，中年男人说以前这里有东西，现在没了，只有空地。我不知道他说的“东西”是什么，但我觉得比牌坊和陈列馆有意义。不要说遥远的吐蕃，就是清朝治藏，在太昭也留过太多故事，和平解放西藏时，十八军曾在这停留过，听说附近还有过指挥部。这些史迹不用装扮，就是原汁原味的风景，哪怕是废墟，哪怕看不见。历史从来存在于心，而非存在于眼。但并非所有人都如我这么想，牌坊和陈列馆的出现并不容易，工布江达这个高原小县一定颇费了周折，才把太昭打造成今天的样子。听中年男人说还将有后续的工程，就如内地建设第一期、第二期，只是我没法预料造出的古城能走多远。

中年男人一定也觉得收费太贵，热忱地建议我去陈列馆西北的老街，说是小八廓街。我在他建议下，去走了一圈，发觉没有商店，民居都关

太昭古城附近的唐蕃古道入口，传说文成公主当年就是经这里去拉萨的

门,连行人也没有。能看的只有两处,一处太昭宗旧址,一处太昭驿站,都上了锁,不知道藏着什么。要是没猜错的话,太昭人并没觉得游人应当看这些,心思应当在牌坊和陈列馆。偏偏我这人例外,对老街的旧物更感兴趣。从驿站沧桑的外观上看,我猜想它是旧物,这也是这处古城唯一可以称得上“古”的地方了。后来我了解到它的确有历史,宗是旧时衙门,如今成了生产合作社,村民在此编织手工艺赚钱。驿站历史更久,从元至清,飞马传信,数百年不绝。直至太昭宗撤销,新县城搬到尼洋河下游,古驿才废弃,成了遗存。据说,太昭繁华时,小街住户有五百多,还有一百多兵丁,虽不比内地小镇,但在荒远的高原,已了不得。那时,太昭是茶马古道咽喉,战略要地。藏民还说唐蕃古道也经过这里,文成公主曾在此躲过雨。但这说法值得怀疑,我查了文成公主进藏路线,看不出有太昭,但太昭人就这么说。如今在太昭城西,有一处两广廊桥似的古桥,横在米拉河上,铁链与木板结构,两头的砖石桥头堡像古碉楼。走在古桥上,也就走在密匝匝的经幡之间。藏民说松赞干布、文成公主就是出太昭到古桥,又从古桥去的拉萨。我走到古桥那头,小径转弯上了山道,山口同样是经幡,我仰望经幡后面,只有古道和蓝天。

关于太昭的过去,史料散乱,我只能猜测。我不解的是太昭名称的由来。太昭的建立距今不远,也说法不一,有人说四川总督赵尔丰领兵入藏,正雄心勃发时,接到慈禧太后“诏”书,长叹而返,故名太昭。也有人说是四川新军都督伊太昭路过此地,以他的名字为名。倘若是前者,太昭是有悲剧色彩的,赵尔丰最终死于他看好和提拔的部下,在成都被枭首示众,功过至今都有争论。若是后者,则有志满意得的意味,路过一趟就留下英名,比踏石有印还要厉害。不论怎么说,似乎都不那么服众,而一般情况下,也没有人会花精力计较真正的答案。再说有时候,传说越多,纷争越多,反而越引人入胜,这于太昭不见得是坏事。

雅砻河边公主梦

文成公主生活的时代距今久远，可在吐蕃故地，还有抹不去的记忆。雅砻河谷有几处遗迹，据说都与文成公主有关。雅砻河是西藏的祖母河，吐蕃从蛮荒到文明，这条不长的小河，始终哗哗地流过它的腹地。公主进藏后，最初就落脚在雅砻河谷，喝过它的雪水。

雍布拉康与其说是宫殿，不如说是碉楼，据传它是公主夏宫。它雄踞在扎西次日山上，面朝雅砻河，如当关勇夫。那时蛮荒的吐蕃像样的房子少，雍布拉康首屈一指。其实，雍布拉康是第一代赞普聂赤所建，比松赞干布时期要早数百年。在今天山南的五个“西藏第一”里，“第一座宫殿”即雍布拉康。藏语“雍布”是母鹿后腿，指的是山脊形状，其高险显而易见。聂赤为了王权修了拉康，没想成全了后世的松赞干布，松赞干布视雍布拉康为爱巢，把公主迎上了巍峨的扎西次日山。公主在雍布拉康住了多久不得而知，她一定无数

松赞干布和文成公主的冬宫昌珠寺是西藏第一座佛堂

次俯瞰过雅砻河谷，遥想过万里之外的大唐，伴随她的是空悲切，徒思量。一千多年后，我登临雍布拉康时，山河依旧，却换了人间，很难体会她的惆怅。雍布拉康遗存已成AAAA景区，迎送着看风景的人。不过也只能看看而已，它窝在山顶，即便骑马上去也不易，很不宜居住。“拉康”藏语即宫殿，可在连房子都不会建的吐蕃，它就是金銮殿。如今佛像摆满了雍布拉康，松赞干布和文成公主也被供在其中，长明的酥油灯下，走动着红衣喇嘛，一切貌似与夏宫沾不上边。只在二楼尚有“公主床”，那是一块陈年巨石，已做了佛像底座，摸上去有远古的冰凉，似乎印证着传说。我费解的是，西藏夏天不热，古时候更寒凉，娇弱的公主如何能承受石头的冰冷？

与夏宫相比，冬宫更令我信服，它不叫拉康，也不叫宫殿，而叫昌珠寺。从雍布拉康的山脚下向西北方向，要是骑马的话，不用一袋烟工夫就能到昌珠寺，它相传是西藏第一座佛堂，因为在山下，比雍布拉康接地气。一千多年后的今天，它被民居包围，成了山南小城主干道的一部分，信徒们趋之若鹜，为的是祈福，而非因为赞普和公主。只有内地观光客偶尔冲着文成公主而来，他们对文成公主一直怀有情结，总以为都是她的娘家亲戚，很少在意李唐王朝有鲜卑族基因，有人说李世民只有十六分之一的汉族血统，照此推理，公主真正的娘家不知在何方。当然她是泱泱大唐的公主，并不局限于某个民族，重要的是亘古不断的情怀。

在西藏，像昌珠寺这样建在平地的寺庙不多。早期佛教入藏时，印度、尼泊尔痕迹浓，寺庙建在乡村，修行在心，并不像后来追求离世。昌珠寺就是那时所建，松赞干布是高原之王，却虔诚地信佛，在去布达拉宫之前，他和公主吃喝拉撒都在寺里。可惜千年过去，他们的日子连史书也说不清，如今寺里只有两件实物可供凭吊：一件是唐卡，公主亲手以金丝所绣，是镇寺之宝。唐卡高度比我还高，不知费了多少工夫，我推测公主要么闷得慌，要么与松赞干布一样笃信佛教。还有一件是有烟火旧痕的小锅灶，为公主遗物，很不引人注意，我第一次去昌珠寺时，就没发现此物。如此小锅灶不知如何能容得下两人饭食。好在俱往矣，无须较真了。我第二次去时，昌珠寺正在维修，画师次旦在描壁画，那宏大的壁画远比小锅灶耀眼。次旦很得家传，昌珠寺另一件宝贝，由两万九千多颗珍珠穿成的唐卡就出自八百年前他的祖上之手，如今与公主手绣唐卡并列于佛堂。次旦说维修得两年，完工后将愈加金碧辉煌，这让我担心到时候还有多少人的眼光会落在文成公主遗物上。巧的是两年后的夏天，我有一次去了昌珠寺，发现公主的遗物并未受到如我担心的冷落，而次旦已被人遗忘了。那天当我仔细打量修复好的壁画时，工作人员很肯定地告诉我是普布次仁所画，他还说普布次仁是如今山南一画难求的大师，至于次旦，他茫然不知，这让我多少有些遗憾，毕竟我亲眼见过次旦画

雅砻河谷的雍布拉康是松赞干布和文成公主的夏宫

雅砻河畔的文成公主雕塑

从贡布日神山俯瞰雅砻河谷的山南

画。当然，我也知道再厉害的画师也比不得文成公主，对于昌珠寺，人们铭记的是大唐和吐蕃的那段历史。

铁板钉钉的似乎只有藏王墓。千百年过去，穆日山下的藏王墓已相当破败，但它埋着大唐公主，文成孤魂就在琼结河左岸黄土堆里。松赞干布规定，自他以后，吐蕃王族须归葬雅砻河谷，他本人率先垂范，魂归故里。三十年后，文成尸骨还乡，随他合葬。我仰望高高的墓冢，想起公主一生，不胜唏嘘，她远离大唐，生不能见父母，死不能回家乡，悲凉无人能解。好在藏民没把她当外人，千年如一日，守护着公主。墓顶一开始就建有小庙，有专人守墓。后来毁了建，建了毁，小庙和下方的墓冢都化险为夷，仿佛有神灵护佑。前几年，电线老化起火，小庙险些化为灰烬，藏民却不让消防队灭火，最终墙上壁画受损，其余奇迹般地转危为安。藏民说松赞干布是佛，公主是度母，自有佛陀保佑，随意进入会惊扰神灵，宁可不要消防队救火。他们还说藏王墓有无数珍宝，从未被盗，同样也因神灵守护。

沧海桑田，斗转星移，藏王墓如今并不为人关注，穆日山下、琼结河边，年年染着新绿，离吐蕃时代已无比遥远，只有历史和传说还在继续。墓前的全国重点文物标志立于1961年，这么多年来，政府一直关注着这座古墓，然而，我每次路过藏王墓，都发现空无一人，与琼结河对岸的县城形成了反差。这不难理解，琼结人都在忙着创业、生活，有谁还沉湎于吐蕃旧事呢？只有我们回望历史时，才会想起藏王和公主，想起穆日山下的那些黄昏，真可谓“青山依旧在，几度夕阳红”！

青冢无时不黄昏

琼结小城四面环山，要不是琼结河穿过，小城会被团团围住。因了琼结河，小城血脉畅通，紫气东来，诞生了强大的吐蕃，归葬了十几代藏王，成了风水宝地。如今吐蕃遗迹已经难寻，能见证小城历史风光的唯有藏王墓。藏王墓在小城南郊，西临琼结河，沿穆日山脚零星排开，伸向河谷豁口的远方。由小城南望，宽广的河谷里没有建筑，也没有树和草，浅浅的琼结河水划了一道不算优美的弧线，弧线左边，荒芜的黄土堆像一个个大馒头散落在穆日山下，毫无光鲜的容颜，它们与绿油油的青稞、黄灿灿的油菜花，形成了明显的反差。

不知何时，黄土堆曾淡出过人们的视线，人们在黄土堆阴影里种着青稞和油菜，过着平静的日子，任风雨将黄土堆剥蚀出一条条沟壑，长出一丛丛马兰花。几百年里，他们不曾关注黄土堆的秘密，也没想过那里还有秘密。二十多年前，四川大学专家在此考古调研，才有了惊天发现，那些“馒头”都是王陵，吐蕃鼎盛时的赞普、王后、王族成员都埋在这里，目前已确认21座，墓主都叫着陌生的怪名，比如赤祖德赞、赤德祖赞、赤德松赞、赤松德赞，仿佛绕口令。对于像我这样的内地人，也只能记住松赞干布，松赞干布是吐蕃符号，他把吐蕃推向了鼎盛，也为自己在偌大的墓群中赢得了一席之尊。如今说起藏王墓，最确切的指向就是他和文成公主合葬墓，而没有多少人能记起那些鲜为人知、只能用编号代替的王陵。但每座王陵都不可小瞧，其墓主都曾叱咤风云，他们与松赞干布一样，统治过广袤的雪域高原。

河边伏斗状大墓就是松赞干布和文成公主合葬墓，它是王陵的“大哥大”，即使在一千五百年后的今天，风雨将它吹打得如同垂暮的老人，它还是有不可动摇的王者气势。但从地势看，合葬墓当初并不显赫，即便松赞干布是伟大的赞普，虽然文成为大唐公主。那时，吐蕃藏制以中为大，以高为上，东边的穆日山应是至尊宝地，可是只有金城公主老公公的陵墓在穆日山脚，占了气势，其他人的陵墓都在其陵墓之下，如众星捧月。而金城公主墓更是与墓群隔河相望，在河西数箭地之外的青瓦达孜山上，仿佛被冷落的孤魂。如此布局，不知道谁能说清缘由。

但无论如何，松赞干布和文成公主合葬墓是最大亮点。我老远就看到土堆上的小庙、经幡和煨桑炉，下车后就见比足球场还大、比五层楼还高的黄土堆，尽管比初建时小了很多，但仍像一座需要仰望的小山。它背对穆日山，面朝西南方佛陀的故乡尼泊尔。墓冢由黄土夯成，高大坚固，“之”字形的台阶、守墓的石狮、彩绘的佛像烘托着大墓的庄严。墓顶上桑烟未尽，经幡遮掩着松赞拉康，有几个喇嘛，他们是拉康主人，或许是当初守墓人后人的后人，也或许是与大墓毫无关系的出家人，但他们终生都在守墓。他们面无表情，仿

藏王墓是松赞干布与文成公主合葬墓

佛表情会冲淡某种神圣感，而为藏王守墓的神圣感已延续了千年。那时赞普安葬，仪轨严格，要用牲口殉葬，还要由活人打扮成死者，终生守墓。这些活着的“死人”遇人祭奠须回避，不能露面。今天，守墓人还在，他们以虔诚告慰着墓下的亡灵。

拉康实际上是建制不全的小庙，主供有松赞干布、文成公主、赤尊公主、禄东赞的塑像。赤尊为尼泊尔公丰，她与文成公主同为王妃；禄东赞曾代表吐蕃向大唐求婚，迎娶文成

松赞干布和文成公主合葬墓上的拉康，守墓人在此食宿

琼结河边这些土堆都是吐蕃时期的藏王墓

公主：他们都曾是风云人物，流芳百世，理当受人尊崇。四面墙的壁画原本比较珍贵，但现在已不是原物，罪魁祸首是几年前的火灾，致使拉康损毁厉害。拉康院子里的几棵果树在火灾中安然无恙，在八月的高原上挂着青色的果实，我认不出是什么，但它绿得醒目，能让人想起很多。史料说，墓中有尸骸和大量珍宝，仅珍珠就有数十斤，还有纯金打造的王冠和骑士。它们是昔日王权象征，如今成了拉康地下的万世宝藏，与藏王和公主一道成为高原人记忆。

从大墓下来，青稞地深处又有两座大墓，风化更严重，在油菜花和野马兰花包围中，已看不出轮廓。一座顶端有两只野狗在狂吠，不知要警告我什么；另一座旁边竖着沉默的石碑，但碑上的藏文近乎天书。陪同的人说了两个墓主名字，我好似听说过，再次强记，可没出墓区又忘了。远方还有一些馒头山，与穆日山融为一体，看不出是墓还是山，只能笼统地视为藏王墓。吐蕃王朝从琼结迁到拉萨后，赞普们入主布达拉宫，王族们却大多仍留在琼结，这里是他们的故地，也是松赞干布规定过的他们的归宿地，他们死后都须魂归故里，葬在琼结。要不是九世纪奴隶造反，王陵该不会变成无棱无角的馒头山。奴隶们管不了许多，把能烧的都烧了，但对庞大的黄土堆，他们无能为力，只好交给高原上的风霜雨雪。藏王们的灵魂因了黄土保护，有幸躲过了一劫，他们安然地躺在馒头山内，听着大地上的厮杀和风声，仿佛在做永远醒不来的梦。

实际上，整个墓群已经今非昔比，一千五百多年的沧桑岁月，足以抚平任何人和事，即便没有奴隶起事，藏王墓也是难以完好如初的。如今，恢宏无比的一座座大墓都坍塌得相当厉害，大部分成了岌岌可危的残墓，没有了当初的森然和霸气。在政府保护力度日益加大的今天，它们减缓了损毁的步伐，淡然地保持着自然演变的状态，这让无数后人在走过这片高原时，还能透过黄土轮廓，遥想墓群当年的容颜。

“一去紫台连朔漠，独留青冢向黄昏。”走在这样的墓群中，更适合想象，而再看不远的琼结小城，袖珍而崭新，与想象又似乎没必然联系。眼前的大片青稞和油菜随风摇曳，无端地把墓群与小城融为一片广阔的田野，丝毫不管墓中埋着谁，也不介意谁来到墓群。青稞知道，油菜知道，马兰花知道，这片土地也知道，在历史长河中，王朝兴衰本是常事，只有血脉不用质疑，王陵永恒做证，它们不因黎明和落日的更替而消失。

青瓦达孜山的大唐魂灵

要不是那段历史，青瓦达孜山一定默默无闻；有了那段历史，青瓦达孜山依旧默默无闻。到琼结时，已近中午，没想到小镇安静得出奇，青瓦达孜山像灰黄的屏障横亘在西郊，不见树木和飞鸟，更没有游客，与小镇一样没有繁华和热闹。镇长说四季如此，人们已习惯了。他们每天寂寞地生活在小镇，静静地守望着青瓦达孜山，看着夕阳从山顶坠落，面对那些千古遗存，就像面对默默相守的老邻居。他们不大谈论山上的事，就像不大谈论每天果腹的糌粑一样。有些人甚至并不清楚山里究竟有什么，更不关心青瓦达孜山对小镇意味着什么，只是一代代地听说山里有祖先，有西藏的过去，而这些于他们的吃喝拉撒并无妨碍。

听说我们要踏访金城公主墓，镇长的表情有隐约的诧异，看得出他没接待过这样的来客。更意外的是，一镇之长的他已在小镇十多年，还在林业局

据说，金城公主墓就在青瓦达孜山上

任过副局长，对这里的山水草木如数家珍，可偏偏没去过公主墓。见我执意要去，他指着远处的山头说“听说那处夯土就是”。“听说”二字足见他对公主墓不太关心，也不大有把握。是公主被人遗忘，还是他对历史没兴趣，抑或别的什么原因？我有些困惑。顺着他手指的方向仰望，那堆夯土像老鹰的翅膀，高高翘起在青瓦达孜山巅，仿佛在天上。一条山脊陡峭得像鲫鱼背，由东蜿蜒而上，崎岖又险峻，令人望而生畏。联想此前查的资料“公主墓高耸入云”，我确信镇长的话比较靠谱。可镇长对我上山很不放心，说那上面少有人迹，没有路，太危险。在我坚持不让他陪的情况下，他仍不放心，答应陪我们上半山腰，我们自己寻路上山，他在山腰等我们。

路的确很差，几乎不能走，只能半匍匐地谨慎攀爬。山脊上遍地碎石，脚踩上去，哗哗滑动，很不踏实。零星的断垣残壁如古长城遗迹，据说是吐蕃时的建筑遗址，公主墓就在遗址上方，只是更高更险，也更加荒芜。我小心地挪动手脚，不时停下来喘喘气，越往上越缺氧，我越恐高，也纳闷，为何要把墓建在险要的山顶？是为风水，让公主离天更近，还是小镇眷念公主，祈求她保佑？公主的小镇情结我不清楚，她生前有没有来过小镇也是问号，我了解的是她活在拉萨，死后才魂归小镇，那是因为小镇是吐蕃王朝祖居地，松赞干布规定，皇族死后都必须叶落归根。史料说，那时吐蕃与唐朝一直闹别扭，后来厌战，想和好，向唐朝求婚，唐中宗便把大臣李守礼之女作为公主远嫁吐蕃，她便是文成公主的娘家晚辈金城公主。公元710年，金城公主带着家人和皇帝嘱托，由长安西去，远嫁吐蕃。就在她到达唐蕃边境时，突然听说她将嫁的吐蕃王子不幸坠马去世，她惊愕不已，连手中的宝镜也不慎滑落，碎成两块，这便形成了今天青海境内的日、月两山。公主悲伤欲绝，去吐蕃吧，心上人已不在人间；回长安吧，有违大唐使命。最终，知书达理的她为了和亲大业，还是去了吐蕃，改嫁给了王子的父亲老赞普，那时老赞普已两鬓染霜，公主的心情自不待言。不过公主毕竟识大体，顾大局，她最终还是毅然决然地去了吐蕃。她在吐蕃生活近四十年，还留有子孙，在漫漫四十年里，她通过不懈努力，终于促成了唐蕃会盟，握手言和。会盟碑至今还屹立在大昭寺门前，过往游人时而对它啧啧赞叹，却没几人能记起公主，也没几人能体会她的辛酸，更无人知晓她魂归何处。连琼结小镇，这个当年吐蕃王族的发源地，也几乎忘了公主的存在，我原本是来寻访吐蕃遗迹的，无意中才听说青瓦达孜山上躺着大唐公主的灵魂。

因为太险，我没敢继续往上爬，只能在离墓不远的山脊停留、拍照。仰望山顶，公主墓仿佛在天上，高不可及。而俯瞰山下，一片开阔，琼结河绕着山脚蜿蜒远去，小镇坐落在河与山之间，空旷恬静。只有镇南的雪巴村，藏寨参差，依稀繁盛，那里有格鲁派寺庙，洁白的佛塔清晰可见，修建布达拉宫的五世达赖、传说中的藏族美女达瓦卓玛故居都在雪巴村。公主墓就在它们上方，倘若公主有灵，便能随时俯瞰雪巴。这么好的风水，当初选墓址一定有高人，也只有公主才能享受这样的待遇吧，可以遥想的是当年的唐蕃友谊和公主的荣耀。公主魂归小镇那天，琼结人如何悲切难以描述了，但我猜想那时的小镇和雪巴村都会是经幡林立，万人空巷，那时的青瓦达孜山是热闹的，公主的灵魂肯定也不寂寞。

如今千年岁月如风吹过，往事已成记忆，连小镇人也快遗忘了。我从山巅俯视，山腰下藏民正在施工，干着我在内地司空见惯的工地活。上山前镇长说琼结县在恢复吐蕃宫殿，扩修五世达赖故居，我忽然就想到“制造”这个词。那么能造出什么呢?我这个人始终有废墟情结，历史遗存只有在废墟中才能感受真实，寻找到有价值的信息，废墟的想象和回味是无限的。可总有人看不上废墟，非要复建崭新的实物不可，哪怕直白得如白开水。废墟保护可能不如我想象容易，但用心于无形是很多人不愿意干的。从满山脊的碎石，能看出公主墓的荒凉和被遗忘，它渐渐被埋进了历史尘埃，我担心有一天会灰飞烟灭。我问镇长县里有没有保护的打算，没得到答案。我知道这不是他能做主的，但他的不知情还是令我遗憾，堂堂大唐公主，吐蕃王后，曾灿若星辰，不知何时忽然沉寂了，如今只剩下无人问津的夯土。

夯土至今还不是景点，用无人问津形容并不为过。我们一行都是努力熟悉西藏、融入西藏的援藏人，却只有我对这堆夯土有兴趣。当我们颤颤巍巍地攀行在山脊上时，大家惊叹的是地势，而没人去想夯土和公主的故事。这也许很正常，不是景点，也没介绍，谁会知晓它的价值呢？诱惑人的莫过于山巅本身，蓝天下的山巅有绝顶的气势，令人遐想无限，虽然直觉上我们感到凭自己的身手，抵达山巅并无希望。

两腿发软时，我们还是不舍得匆匆下山。公主墓就在几步外的山巅，倘若我就此下山，将会永远错过，我知道这辈子不会再有机会登上这条山脊。而这最后几步又是极其险峻的山崖，几近绝壁，大家一讨论，最终我还是作罢。当我手脚并用地费力下山时，不忘捡了一块有特点的碎石，像是古代工程用料，不知是不是公主墓遗存，但愿它留有公主气息。怀揣冰冷的碎石，我感觉像是揣了沉甸甸的历史。岁月真无情，能让人记住一切，也能让人忘记一切，这正是历史。而委屈的是公主，她牺牲一辈子，竖起了唐蕃和好的丰碑，无论如何，她都是大唐的自豪、吐蕃的骄傲，她更是小镇的财富、青瓦达孜山的荣耀，是不该忘却的千古魂灵吧！

扎布让悲歌

据说夕阳残照时,扎布让很瘆人,有时还能听到喊杀声。我虽然在近午抵达,也挥不去惨烈的想象。高原阳光直射在土林上,被千年风沙吹过的黄土呈现出对比鲜明的高光和阴影,断垣残壁、洞窟佛龛遗迹像风化了的骷髅,在蓝得夸张的天空下,森然可怖。整个遗址没有任何绿色和生机,即使有游客零星上下,也改变不了令人窒息的沉寂和荒凉,仿佛从来没有过人烟。而我分明知道,扎布让曾是古格王朝都城,土林上生活过十万臣民,它具备任何一个偏安小王朝所具有的一切。即便毁灭三百年后,也不难看出当年繁盛的蛛丝马迹。

很难想象,庞大的古格能把都城建在金字塔似的土林上,土林孤立而突兀,外表如破败的蜂房,周边一圈是黄土峡谷,峡谷外仍是土林,连绵不断,望不到尽头。站在土林上,放眼远望,碧蓝的天空下,土林如群山万壑,蜂拥而至，人仿佛被裹在密不透风的黄土中，不管心理多么强大，都会有无形的自卑，担心随时就要被黄土掩埋得了无痕迹。当年强大的吐蕃曾开疆拓土，把都城挪到了拉萨，在药王山对面建起了象征王权的布达拉宫，成为高原上真正的王，从没想到它的后裔会落荒到阿里，靠古象雄王国收留，才偏居于光秃秃的土林，营造了一个扎布让，前后对比，反差令人不可思议。而古格王朝能够在如此蛮荒的土林里建都立国，繁衍生息，着实让人惊叹，其中秘密又有几人知晓呢。

古格王朝10世纪建都，17世纪毁灭，统治过象泉河两岸广阔的阿里高原。古格王朝延续时间超过大多数中原王朝，前后七百年。古格最为强盛时，生产繁荣，军事强大，艺术辉煌。所有人气、财富、艺术都汇聚在扎布让，集中在洞窟、殿宇、寺庙里。那时，扎布让有数百处洞窟、殿宇和房舍，从下至上鳞次栉比，奴隶住所、僧侣寺庙、国王宫殿，等级分明，井然有序。靠着层层叠加的蜂窝状的王家土林，古格王朝偏居喜马拉雅山下，过着封闭又安宁的日子。我在土林脚下，看到已经破损的奴隶住的洞窟，有的很狭小拥挤，进出需要猫着腰，有的洞壁还留有烟火痕。当年奴隶们就在土洞里创造着财富，撑起了一个王朝。土林顶上的王宫却是另外的天地，虽然也是遗址，规模不大，但宽敞光鲜，在数百年后的今天，门窗的镂雕还残留着昔日王家气派，它是当年扎布让的大脑，国王的指令就是从这里传出蜂房，进而传遍阿里高原，掌控着王国的疆土。

遗址风化严重，旧貌不再。沿小径攀缘，穿行在房舍、洞窟的黄土残迹中，感觉类似古罗马旧城，但比古罗马旧城残破和复杂，显示着一个王朝的良苦用心。我边走边拍照，像是走在清冷的迷宫里。忽听同伴惊叫，说有阴魂，大家都惊怵。蹊跷出在照片，原本空无一物的土林，拍成照片竟凸显两个古

古格王国遗址扎布让

代武士，像人更像鬼。这样的意外要是在别处，会想到是光线所致，而在扎布让就很容易让人想到冤魂。有过无数悲欢离合、死过那么多人的遗址，不管过去多少年，都很难让人内心平静。再往上，洞窟都有编号，但没介绍，我猜不出功用，便走马观花。像扎布让这样的稀世遗存，考古人最清楚它的价值，他们本能地发现和保护遗址，并不希望人们过多地踏访。有几处寺庙保存比较完好，鲜亮的喇嘛红与土黄色的土林不太协调，像是近年修缮过的，那是对于大多数人来说唯一可以凭肉眼感受古格过去的所在。恰好赶上红殿、白殿、度母殿都开放，我们有幸跟着参观。这几处殿宇在古格灭亡时，没有坍塌，是不小的奇迹。在那个杀戮的年代，只有佛教是双方共同的信仰，或能幸免于难。殿宇里的壁画也在幸存者之列，当年的色彩并未因数百年岁月有过

扎布让遗址上残存着古格王国的残垣断壁

多少改变，成了导游可以向游人大加解说的对象，但泥塑彩绘大多缺腿少胳膊，碎土块杂乱地堆在原地，似乎昨天才遭劫，只是没法再复原，不过我不希望复原，复原会失去更多，逝去的谁又能找回来呢？

当年古格因教兴国，又举国信佛，开创了佛教后弘期，使得国家和佛教盛极一时。可谁都没料到，数百年后，它又因教灭国。17世纪，古格僧侣势力膨胀，国王与僧侣矛盾重重。国王无奈寄希望于基督教，把西方传教士隆重地请到了王宫。恰好古格又因婚姻问题，得罪了本是同根兄弟的拉达克王国，于是，当王朝内部矛盾激化时，拉达克借机向古格挥起了屠刀。激战在扎布让进行，拉达克人凶猛地翻过喜马拉雅山，把土林围得水泄不通，而古格凭借七百年经营，都城固若金汤，拉达克一时也没有好办法。据说，扎布让存粮可吃半年，洞窟藏有无数兵器，更妙的是有暗道从山顶直通山下象泉河，不出土林可直接取水。久攻不下后，拉达克设计诱骗，才捕获了国王，虽不光彩，但古格就此灭亡。后来拉达克大肆洗劫，王宫、基督教堂都未幸免，扎布让终成废墟。如今扎布让就像一本砖头般的厚书，没有准确的注释，只有高原的风无情吹过，不留痕迹，谁又能懂得风声呢？

古格灭亡细节至今是谜，我在土林探寻半天，没发现文字和纪年实物。听说考古人员在土林下发现过军械库洞窟，藏了成批铠甲、盾牌和弓箭，数百年后的今天仍可使用，也就是说古格人原本还可以继续抵抗，却中计灭了国。我想假如古格王不上当，会不会有这样的冤案？当然历史不允许有“假如”。还听说在底端洞窟发现白骨，不知道是奴隶还是战士，死因至今拿不准。一个王朝灭亡，就如一个巨人死去，任人评说，绝无争辩的可能，这是多么令人唏嘘的事。而砾石、灰烬、白玛草，残留在断壁、洞口和小径上，迎送着夕阳和游人，仿佛始终在为古格鸣不平。当我登上王宫时，下意识地对着黄土墙上的一块砾石擦去了黄土，砾石是赭红色，像陈年血迹。我读不懂它，但我知道它的分量，它陪伴过国王和王后，陪伴过这个王朝，它不会说话，但它像文字，更像悠远的悲歌。

土林中的小城

札达县城叫“托林”，与“土林”一字之差，不知道是不是巧合。“托林”藏语是永远飞翔之意，而土林除了黄土，很难有更雅致的解释，可见与托林不同。依我看，叫托林不如叫土林更贴切。小城最不缺的就是黄土，城内是黄土，城外是黄土，黄土外还是黄土。望不到边的黄土如山丘如塔林，汹涌澎湃地拥堆在象泉河两岸，成了举世无双的奇观。

那时正值八月，阿里高原被染成了几大壮观的色块，天蓝、草绿、土黄。唯有建筑不多也不高的小城有几许说不清的杂色，安静地嵌在象泉河西岸，成了蓝天和黄土中间的例外。西藏传说总是很多，小城如何成了象泉河西岸的“夹馅”，我想应是有传说的，只是我没考究。我知道从象雄到古格，小城始终很热闹，是阿里古文明的中心。象雄王国曾盛极一时，后被吐蕃所灭，而吐蕃灭亡时，后裔又反过来投靠象雄，在象雄地盘上建立了古格。这就好像佛

由冈仁波齐去札达，路上可远眺海拔8000米以上的希夏邦马峰

教中的轮回，在这样的轮回中，札达的角色无疑重要，但它肯定也无奈和纠结，不过终究习惯到了麻木。札达人眼睁睁地看着王朝更迭而无法阻止，索性由他去，该放牧放牧，该喝酒喝酒，该跳舞跳舞。我单位的司机格桑就是札达人，他自称象雄后裔，长着一张与山南人不大相同的脸，宁愿在遥远的山南开车，而极少回札达。我不知他的象雄血统是真是假，但那张脸真诚而可信。有几次，我说想去札达，他憨厚地欢迎，有意外的兴奋，他太清楚札达的遥远和荒凉。可当我问他象雄和古格时，他又比我还茫然，他骨子里的“老家”仅仅是“老家”，于他就吃喝拉撒、生老病死，至于世道变更、风霜雨雪，他没热情。

格桑文化不高，不懂麻烦的历史也在情理之中。风吹过高原的时候，也把旧事吹进了黄土，对于他这样的百姓，象雄和古格只是久远的传奇，与寺庙里的壁画没区别。只有考古人放不下，为任何微妙的发现而惊喜。早些年发掘过象雄文字，把象雄和札达一下子拉近了距离。人们又注意起土林，不知道土林里埋有多少旧事。有人说尼泊尔文字、吐蕃文字都有古象雄文字元素，可见象雄曾经多么风光。一个能发明文字的王国是令人敬畏的，其文明的高度足够后世仰视。古格虽然没有文字，但它能在废墟上立国，延续七个世纪，也注定不凡。要不是扎布让战争，古格命运难说。扎布让十万军民瞬间消失，铸成千古遗恨，也成了难解谜团。如今从小城制高点西望，扎布让的血色残阳令人感伤。我抵达小城的傍晚，恰好遇到了那样的残阳，那是我从没见过的血色，映衬着昏黄的土林，恍然如世外。

古格后的札达忽然安静，好久没有惊天故事。有那么三百年，象泉河缓缓流过，札达风轻水静。人们依着土林，日出而作，日落而息，靠牛羊和青稞

札达县城周边随处可见的土林和古遗址

过日子。那时,扎布让遗址还未发掘,充其量是座庞大的土林,札达还保留着固有的原始。小城是荒凉的,但小城也是温暖的。格桑说,那时的小城就是家,城里有父母,有玩伴,有黄土、蓝天和飞鸟,有爱吃的糌粑和牛羊肉。那时城里是土路土房,城外是土林,土林下有地道伸进小城,像蜘蛛网。地道口通山脚、河边,甚至通店家门面。他们那帮土孩子只知道在地道里躲猫猫,从没想过地道来历,更不知道有消失的古格。大人也从不说地道,好像都严守着古老的秘密,格桑说老人是一定知道秘密的,只是不说。地道后来如何,格桑说不出名堂,但他确信还在,就在水泥建筑和柏油马路的地下。格桑是在我离开小城后说这话的,我后悔在小城时没能探访神秘的地道。不过后来上网搜,小城信息极少,更不涉及地道。札达即使在今天依旧不太引人关注,没有多少人去札达,也没有多少人说札达,它只是高原上的小城,甚至不及城外黄土受关注,人们到底还是好奇土林的。

就因荒远,当年象雄和古格才遗世独立。从地图上看,小城在我国最西南,翻过山就是印度,离拉萨有1700公里。我颠簸了几天才到小城,感觉出了地球。不过今天小城已不在世外。我在小城小住,发现并不落伍。街道干净,房舍整洁,机关、银行、公司、餐馆都似曾相识,有的还相当气派,当然有些是内地援藏的功劳,援藏干部们把经费和才干送到了小城,也把内地的思想观念和生活方式带到了小城,使得小城在很多方面与内地保持了几乎同步的节奏。只是小城很袖珍,街道只有横竖几条,居民不到两千,在本该繁华的黄昏,一片宁静,天没黑,许多店家就关了门。那天我和几个朋友本想找特色小吃,绕了一圈,只找到了一家小面馆,是重庆人开的,口味是那种陌生的熟悉。那馆子在小城很另类,天黑仍在营业,卖着内地常见的面条,放着很响的流行歌,嘈杂到说话都难听见。我们点了西红柿鸡蛋面和清蒸水饺,在闹哄哄的歌声中，匆忙地填了肚子。后来我发现宾馆也少，我庆幸预订了一家，否则可能麻烦。宾馆新开不久，老板来自浙江，有沿海人的精明，楼上做宾馆，楼下开超市，可即便新开业，那晚也早早就停水，老板说这在小城是常事。看得出小城在与内地接轨，可它是边城，有些困难出乎想象，慢生活并不易改变。

小城的慢生活并不意外，小城人在某些方面的坚守，并不因外界而松动和改变。这样的判断来自于城外，那些古老的佛塔、寺庙，近乎与土林一样凝成了永恒。佛教后弘期就是从小城开始的，那个佛教死而复苏又再度辉煌的时期，小城佛塔林立，寺庙广布。托林寺就是见证，至今还屹立在城外，它是真正的古格原物，虽然残破，却不失风度，如今是小城标识。来小城的游客都要在导游引领下，拜谒这座寺庙。我们没仔细参观托林寺，却有幸赶上了僧人们欢送活佛，拉萨色拉寺的活佛来此讲经一个月，那天是离寺的日子，消息不知如何就传出了，信众们手捧哈达欢送活佛，那人气与城里反差很大，烘托着托林寺的氛围。后来，我查史料获知，托林寺在雪域高原上十分有名，像这样热闹的佛事并不鲜见，小城人便也时而有机会经历这样的氛围，也许正是在这样的氛围里，小城人便容易气定神闲，这可能才是“托林”的本意。

走近帕拉庄园

帕拉庄园能完好保留是奇迹。它在日喀则，不仅远离内地，也远离拉萨，它就像留存在静止的时光里，八十多年过去，仍如初建，鲜活地矗立在班觉伦布村，成了旧西藏农奴主庄园的活化石。我先后三次去过帕拉庄园，一次扑空，两次参观。对于一处人去楼空的建筑，每看不厌，每次皆有新感触，于我是绝无仅有的。

一

说到庄园，我很容易想到的是欧洲古堡，两者应有相似之处，一定是气派非凡的，帕拉家族红极一时，那该更了不得。可当我走进班觉伦布村时，发觉并非如此，与今天周边的民居比，它已经很不起眼。普通的院落、房舍、围墙，锁着大门,几无特点。不仅如此,我三次前往,都不见其他游客。要不是有景点标识,初来乍到,很难在民居中认出它。更意外的,有一次连管事的人在哪也没打听到,狠狠地吃了闭门羹。可见它至少在当地不大能引人注意了。

然而这并非说帕拉庄园当初就这么普通,八十多年前,无论建筑的豪奢,还是主人的身价,在日喀则都是首屈一指,在全西藏也少有能望其项背的。

帕拉庄园紧闭的大门

帕拉庄园是帕拉大贵族的老巢,帕拉家族曾位列西藏第二。只是由于班觉伦布村是帕拉家族的根,才将庄园建在这里,并没建在拉萨。但当年帕拉家族的三个儿子中,有两个在拉萨,在噶厦政府里任职。只有二儿子留在庄园,经营着帕拉家族的私产。

很难想象,如此大家族是由僧人起家。17世纪时,其祖先阿香古钦曾在不丹的帕觉拉康寺出家,寺名后简化成族名。这是如今能找到的关于帕拉家族的最早资料，而对于家族起源，西藏史鲜有记述，诸多问题已经很模糊，连阿香古钦是不丹人还是西藏人，也都说不清，这使得庄园越发具有传奇色彩。这也许注定了庄园的主人从骨子里就不同于日喀则普通的民众，后来的事实证明，这个家族始终不太安于现状，即便是在很封闭的年代，也时不时地与境外或者西藏政教高层有着往来，在若干大事件中，扮演过一些相当重要的角色。

我后来查资料才厘清脉络，庄园发家于18世纪，那时起，帕拉家族出过五位噶伦(旧西藏政府大臣)，外加几个小官，权倾一时。一段时期，大凡边疆争斗，都有帕拉家族人员的身影，可谓能人辈出。五位祖先就是因治疆有功，才被清政府授予噶伦。意外的是，如此显赫家族后来却干了糊涂事，事件似乎出于偶然，最后一位噶伦的妻子因看病结识了印度人达斯，殊不知他是英国间谍，他利用噶伦夫人的善良，通过她得以前往日喀则和拉萨，借机测绘地形，偷盗文物。政府发觉后，帕拉家族受到严惩，噶伦妻子及噶伦弟弟被流放，还充公、没收不少粮食，连庄园也被没收，改由高息租用，帕拉家族从此由盛转衰。

帕拉庄园如今是全西藏保留最完好的庄园，完整地保留着老二当家时的样貌，使得我们能够直观地感受到当年农奴主们如何过着人上人的生活。三楼是主人层，二楼是管家和奴隶层，一楼是仓库和监狱，等级秩序一览无余，只不过人去楼在，我看到的都是静物展。展览核心在三楼，主人的吃喝拉撒全盘陈列，其时尚与奢靡，难以想象。这些物品虽不能说话，却很能勾人联想。半个多世纪前，帕拉家的奢华与前卫超乎想象，即便生活在21世纪的我也惊叹不已。然而好景不长，1959年3月，兄弟三人仓皇叛逃，一夜间家族灰飞烟灭。老二在拉萨仓促逃亡时，来不及回日喀则收拾，连夫人、孩子也没能带走。三兄弟后来均老死于异域，再没能回庄园，老二的夫人、孩子望眼欲

从帕拉庄园楼上俯瞰保存完好的帕拉庄园院内

穿，也没能等到一家人团聚。

帕拉庄园就像被遗弃的老人，从此孤守在班觉伦布村。

帕拉庄园已成物质文化遗产，可它毕竟没了主人，从三楼俯瞰，院内萋萋荒草野花，而院外新宅经幡飘扬，昔日农奴们的房舍已胜过庄园，里外对比，让人不禁感慨万千。

二

帕拉庄园的外表今天的确不上看了，看头全在展品，都是原物，且照旧摆放，这是十分难得的。听说主人扎西旺久逃亡前，曾转移不少物品。来不及带走的，才遗弃在庄园，后被政府没收。房屋原样保留，物品用作布展。游人在展品间穿梭，感觉旧事并不遥远。

后院是庄园的核心。三楼是老二扎西旺久与夫人俊美的起居室;二楼是管家房，也是家奴们的劳作场所;一楼是私家监狱与仓库。三层共有82个房间，按功能分为阳光房、议事室、经堂、麻将室、管家房、染坊、酿酒坊、厨房等，整个庄园俨然一个独立小王国。虽时隔半个多世纪，当年的生活用品、供佛器物、刑具、农具一应俱全，完好如初，这得感谢扎西旺久逃亡太仓促，连破坏都来不及，就“忽喇喇似大厦倾，昏惨惨似灯将尽”了。

阳光房阳光通透，它是扎西旺久卧室，家具主要有传统的卡垫和木桌，皮草却五花八门，令人眼花缭乱。卡垫上铺着金丝猴的皮，墙上挂着虎皮和极珍贵的雪豹皮。雪豹是濒危物种，全世界只有不到两千只，即便在半个多世纪前的西藏，雪豹也是难得一见的，如今要用红外摄像仪才能在雪线以上的高寒山区偶尔拍到它的踪影，往往为了偷拍它，动物学家要一等好几年，想当年，扎西旺久竟把它剥了皮，挂在卧室。让人开眼界的是马鞍，它由纯金打造，其中皮革是印度青蛙皮，拼接得天衣无缝。只是不知道冰凉的青蛙皮，主人骑上去是什么感觉。最令人惊讶的是一件毛皮上衣，用老鼠皮制成，用了四百多只印度鼠。看着这件上衣，我既惊叹，也像吃了苍蝇，四百多只老鼠穿在身上，如何能心安。扎西旺久把常人无法想象的奇思妙想都一股脑儿搬到生活起居中来了，把传统和时尚乱七八糟地搅和在一起，卧室布置得如动物园，不知道追求的是什么。

时尚存在于会客室和夫人卧室。会客室中间的玻璃大展台俨然珠宝店大柜台，只不过物品概不出售，仅供参观。象牙纸扇、派克金笔、万宝龙钢笔、劳力士手表、欧米伽手表，全是洋货，六十多年过去，依旧熠熠生辉。柜台边摆着两架留声机，同样是泊来品，据说仍能放唱片。夫人卧室有几组立柜，摆满了进口女士用品，还有雀巢咖啡、进口白醋、高档西药、威士忌等。几款香奈儿香水、LV女包，据说都已绝版。透过这些展品，很能联想当年庄园主的奢华，要知道当年的日喀则农奴们过的是衣不蔽体、食不果腹的非人日子，而帕拉家族却已经过上了比今天的富豪们也毫不逊色的奢靡生活。我在三楼见到了扎西旺久照片，那派头即便在今天也很前卫。扎西旺久留过洋，那时的西藏，普通人连拉萨都没去过，庄园的家奴们连青稞都吃不上嘴，他就放眼全世界了。可惜我没看到他夫人俊美的照片，想象不出那个女人什么样。她既在柜台上摆满时尚洋货，又在柜面绘着20世纪30年代上海招贴画，真不知她过的是什么奇怪日子。

令人不解的是，扎西旺久虽然时尚，骨子里却又传统。他在基督教地盘上混过几年，偏偏只信佛教，有经堂为证。在所有房间中，经堂最精致。雕梁画栋、描金涂银，法器、唐卡俱全。最吸引人的有三组物件，一组是隔门上的

八九十年前的帕拉庄园就有LV包和雀巢咖啡

英国进口彩色玻璃,我只在欧洲教堂见过;另一组是隔门下方描的《三国演义》绣像和福禄寿禧图案,西藏绝无仅有;还有一组是两件法器,一件用高僧头盖骨做的圣水碗,另一件是用少女腿骨制的人骨笛。虽然都是法器,但我看了顿生寒意。

时隔半个世纪,参观这些展品,有感慨更有纳闷,扎西旺久见过世面,他拿来了西方生活,可要不是和平解放,他还会守着庄园,守着罪恶的农奴制度。

三

帕拉家族的旧日子已结束,故事却在流传,偌大的帕拉庄园,藏着多少往事,有过多少传奇,留有多少谜底,除了任人怀想,没人能说清。

也许是祖先出过家,帕拉家族历代信佛。据说祖上还出过转世灵童,家族因此锦上添花。扎西旺久是帕拉庄园最后的主人,也曾出过家,为了经营庄园,才又还俗,但他也没忘佛祖,后来建经堂,念佛经,还安排专人值班念佛。他甚至在本该温馨的卧室,摆了两件瘆人的人骨法器,不知是敬佛还是辟邪。

而如此信佛的家族并没有佛祖的慈悲。帕拉庄园是农奴制活标本,庄园等级森严,处处有剥削。帕拉家鼎盛时有奴隶三千,班觉伦布村百分之七十人口都是他家奴隶,为他家种地、酿酒、织羊毛。其中两百多是家奴,被扎西旺久当作会说话的工具。庄园对面的低矮院落还在,我走近一看,每间都狭小而憋闷,但就是这里面曾挤住过六十多家奴,人均不到四平方米。生活困顿不说,被用刑致残致死的也不乏其人。

扎西旺久虽然信佛，却也是俗世情种。西藏那时时兴一妻多夫，老大为了家族稳定，强求他与老三共妻。留过洋的扎西旺久虽不乐意，又不敢直接反对，只好长期不去老三供职的拉萨。后来，扎西旺久与庄园酿酒女拉珍成了情人，但老大决不同意他接纳拉珍这样的奴隶。我在庄园三楼，看了扎西旺久正牌夫人俊美卧室，豪华时尚，却没见到拉珍房间，连照片也没见。拉珍虽为他生过两子一女，却始终没能越过等级住上三楼，最终还被他许给了管家。扎西旺久逃亡时，甚至没告诉拉珍。拉珍和他俩的小儿子罗布次仁，连同俊美，活生生被遗弃在班觉伦布村。俊美最后去向我不知道，我看到了拉珍和罗布次仁的影像，他们都已是普通农人，就住在庄园边。他们成了这个庄园留在班觉伦布村的后人，他们每天看着这个有过他们往日岁月的庄园，感觉却已经麻木，他们一般不愿多说庄园，而一旦说起来也不避讳，就像是在说与己无干的往事。

直观的是生活用品，件件高档、罕见，在交通闭塞的高原，半个世纪前，除了帕拉家，我敢肯定日喀则无人能想象这些物品。扎西旺久却已拿它们当寻常物，用于吃喝拉撒睡。如今，物品原样布展，令人咋舌不已，也让人眼花缭乱。古今中外什么都有，真不知混搭出什么日子。我曾想象，穿着老鼠皮上衣、坐着青蛙皮马鞍、戴着劳力士手表、踩着溜冰鞋、叼着美洲雪茄的扎西旺久，会是啥样子，会不会像怪物。庄园三楼有蜡像，是扎西旺久打麻将场景，那时庄园最大开支是赌博，这令我越发不明白，留过洋的他，拥有当时最高档的乒乓球、足球、羽毛球、溜冰鞋，如何又弃之不玩，偏偏迷麻将？屡输屡赌，屡赌屡输，可他就是这样，没人能明白他想干什么。

年楚河不会忘记

宗山不能算地道的山，不高也不美，除了土石还是土石，没有一棵树，甚至没有一棵草，山顶有座城堡，从头到脚都灰不拉几，毫无生气。管理员说游客不多，冬天更少，对于我们大清早冒着严寒看城堡，他有些意外，但兴致不高。他说城堡在修，已很久未开放。见我们执着，他收了五十元钱，做好事似的领我们上山，当然态度立即好了很多。

城堡依山而建，主体在山顶。从山下仰望，路不像路，房不像房，难以想象它是旧江孜的宗政府，战争和岁月真残酷，足以使一切容颜不再。及至山顶，一组杂乱无序的建筑被同样杂乱的院落包围，看不出明显的色彩和年代，与西方古堡的精致和宏大相差甚远。整个山顶，只有几间僧房面貌整洁，甚或有些肃穆，在混沌的土黄色中鹤立鸡群。但城堡雄踞山巅，占了地利，有一夫当关的气势，在冬日的太阳刚刚照亮山头时，它分外严酷而冰冷，仿佛不欢

当年藏族人民英勇抗击英国侵略者的宗山城堡

迎任何来客。这是宗山城堡固有的姿势，数百年来，它就是这么傲然和孤寂，仿佛冰冷的巨人立在年楚河北岸，江孜人熟悉它如同熟悉自己的童年，倘若无人打扰，它的高高在上还会持续不短的时日，至少外貌不会大变。但战争无情，一个月光景就让这个巨人面目全非，直至成为死寂的遗址。

衙署、宿舍、经堂，还有小型监狱都挤在山顶，原物复制物混杂，成了不协调的组合，倘若不知底细，会摸不着头脑，不知道主人曾经想干什么，又干了什么。几处墙壁弹痕累累，可见是旧遗存，而大部分建筑为近年复制，相当粗糙。据说城堡为十四世纪所建，战事发生前，曾是宗政府衙署，相当于今天所说的县衙，“县官们”就在这里掌控着百里江孜。如今衙署依旧，人去楼空，威严不再。偌大的衙署，可参观的实物很少，管理员领我们进院后，似乎不知道从何说起，特意讲解了左侧白墙上的老虎壁画，说是佛教故事，画在墙上象征权威，也只有这幅壁画给昔日的衙署留了点尊严。走进壁画边的小门，是蜡像展，再现衙署办公情景，但也只能看看，不能带给人多少回味。另几间房子更加物是人非，有一间房管理员说曾是宗官和衙役住处，如今乱糟糟的，成了管理员宿舍。再往上走，只有经堂是原物，供着几尊有年代的旧佛像。仓库、暗道和战壕都是新复原的，水泥用得草率，把人的兴趣一下子削减了很多。当年英军的炮火将城堡毁坏得很彻底，山头几成废墟，再想复原很难。在一侧山崖上，我注意到几门土炮架在崖边，炮口指向不远的年楚河，河的远方，连绵的冈底斯山像一道屏障。当年英军就是撕开屏障，从那边蜂拥而至的，河南岸的帕拉庄园曾做过藏军指挥所，藏军与英军寸土必争地肉搏过，后被英军炮火击败，庄园和它的班觉伦布村一片火海。管理员却说土炮也不是原物，后来，我在资料中看到藏军在战斗中的确使用了土炮，那是藏军唯一有点分量的火器，可性能也很差，一次也没打着英军。

宗山城堡上的土炮静静地指向当年英军入侵的方向

那场战事完全怪英国人，要不是他们对西藏垂涎，日喀则平安无事，江孜平安无事，宗山城堡平安无事。战事规模不大，但从曲美雄谷到宗山城堡，再到卡若拉，每一战都异常惨烈。在曲美雄谷之战中，英国人很卑劣，占不到便宜便佯装谈判，骗藏军说子弹已退出枪膛，要藏军也灭掉火镰枪点火绳，以示诚意。殊不知英军马克沁机枪是现代兵器，退出一粒子弹时，另一粒子弹自动上膛，可随时扣扳机击发。藏军当时不懂马克沁机枪，当熄灭点火绳后，英军突然袭击，守信的藏军猝不及防，火镰枪来不及点着，当场被射杀五百多人。曲美雄谷之战后，英军攻击江孜，藏军奋勇抵抗，拉锯式地打了个把月。藏军终因训练差、武器落后等因素，退守孤岛宗山。宗山保卫战事关江孜存亡，藏军誓死保卫。面对马克沁机枪和重磅火炮，藏军以土炮、火镰枪、藏刀与英军血战，且战且退，最后困守山顶。那时已弹尽粮绝，藏军便用石头毙

从宗山城堡上俯瞰年楚河畔的江孜大地

敌，石头用完，又用吾尔朵拼杀。吾尔朵是牧羊工具，以牛羊毛编成，没想到成了武器。当藏军用吾尔朵抛石砸向英军时，英军莫名其妙。在城堡保卫战中，藏军的英勇连英军也不得不承认，最艰难时，藏军喝自己的尿坚持战斗。英军最后用炸药炸开了一道缺口，才逼近了山头。眼看城堡不保，藏军最后几人宁死不屈，肉搏后，砸坏火镰枪，纵身跳崖。城堡失守后，藏军在卡若拉冰川再次抗击英军，谱写了最后的悲壮。电影《红河谷》说的就是这段历史，只不过真实的战争与银幕上并不是一回事，没有美景，没有浪漫，只有流血。

我在城堡外找到了跳崖处，那是绝壁，高约几十米，伸头俯瞰，令人心惊肉跳。遥想跳崖壮士的勇气，不胜惊叹。悬崖下方是低矮开阔、参差错落的江孜城区，由山脚及远方，延伸着一条寸草不生的平缓山脊，山脊下是一片寺庙区，在冬日的上午，格外清冷，只有赭红的殿顶透出丁点暖色。寺庙规模可观，院落一侧紧挨着我视线下的绝壁，我断定它就是日喀则十分著名的白居寺，那赭红色的多层宝塔样大殿就是名闻遐迩的十万佛塔。这情景着实令人深思，当年寺庙也是这般守着城堡，本以为佛国圣地能保佑宗山，没想到一夜之间，血流成河，连寺庙也未能幸免。史料说侵略者在摧毁城堡时，也将屠刀伸进了寺庙，喇嘛和文物都遭到了劫难。这当然不难理解，当一个国家积贫积弱时，是没有平安可言的，只有一个强大的国家才能保护好它的领土、它的百姓。如今百年过去，高原蓝天依旧，城堡和寺庙历尽沧桑，旧时痕迹却已难寻觅，连跳崖壮士们的名字也无人能说出了，只有悲壮的事迹一直在流传。不知何时，有人在跳崖处竖了黑色石碑，石碑下堆着玛尼石，摆着野花，不知何人来此祭奠过。战争已经过去，往昔终归成为历史，今天的江孜一派生机，即使是严寒的冬日，站在城堡眺望，也觉心旷神怡。城内房舍鳞次栉比，有高原上难得一见的壮观，不远的农贸市场人流熙攘，牧人已在筹办藏历年年

宗山城堡上当年抗英勇士跳崖处

货。城外大地一马平川，年楚河像白色飘带，凝固在南郊，听不到哗哗声。河岸边一所学校飘着国旗，学生们在操场上活动，这景象与寂寞的宗山仿佛两个世界。江孜人正走向新生活，对于血的历史，江孜人不堪回首，但宗山不会忘记，年楚河不会忘记。

拉加里的背影

曲松的春天来得迟，5月末山野才复苏，干枯一冬的曲松河还是一派干枯，但河滩已经泛绿，远望如绿毛毡铺在河谷，绿毡上缀着羊、马和牧人，天空中悠悠地飞着两只苍鹰。这便是曲松河的早春，在这样的季节，走进曲松仿佛走进了安静的童话世界，没有喧闹，没有人声车流，一切都还沉浸在睡梦中，而这样的睡梦于曲松并非千年如一日。

响当当的拉加里王朝曾经傲然于河谷，那时的热闹不分昼夜，今天的拉萨也不过如此吧。不幸的是，拉加里王朝没能经得住历史考验，终于在一个死寂的冬日寿终正寝。王朝消失时，波澜不惊，就如一个人悄悄地进入梦乡，连最亲近的伴侣也不曾知晓。多年后我想查找王朝灭亡的史料时，困难如大海捞针，可见无人关注。但天知道，地知道，河谷知道，它们都曾亲眼见过拉加里王朝的繁华，目送着它进入衰落，最后彻底消亡。

拉加里王宫

我是在午后踏访拉加里王宫的，想到昔日王朝的大脑和心脏忽然以一座废弃王宫的形式与我面对，就觉得不可思议。王朝如日中天时，从没想过有今天的寂寞，从没想过会成为荒凉的遗迹。而在这个春日的午后，王宫是赤裸裸的遗迹，没有任何生机，甚至看不出曾经有过生命的迹象，只有坍塌后重修的砖石建筑，努力想重现当年旧颜。可惜无论如何，它也只能蔫在土林上，像庞大的僵尸。新宫、拉康、马厩是原物，也完全没有了当年精神，都紧锁着门窗，蓬头垢面。平坦的砾石广场空旷而寂寥，没有整修过，但却连杂草和野树也不见，仿佛天生这么空旷，以致我们的越野车停在广场上，醒目得夸张，极不协调。广场边，昔日宫墙在拉康北面尚存一小段遗迹，残砖碎石风化得如沙砾。宫墙外，断垣残壁与千古土林浑然一体，那曾是王朝军队、农奴、杂役的居所，拱卫过王朝七百年。王朝消亡后，它们被岁月吞噬，彻底成了废墟，要是不知底细，自然就想到地震，只有地震才能毁灭得如此干净。

边巴副局长不是曲松人，但他在县民族宗教局工作过，同与佛教有关的旧物都有过接触，对遗迹的来龙去脉如数家珍。他此前多次来过遗迹，每一次感情都很复杂。他说王宫曾有五层，在平房为主的年代，鹤立鸡群，又雄踞加里山，面对曲松河，越发有君临天下的非凡。直到二十多年前，依旧金碧辉煌。我确信边巴没夸张，即使现在从县城遥望王宫，也须抬头四十五度以上，王宫就像古老的灵魂，俯瞰着曲松城。我此时站在王宫旁的宫墙遗迹上，向曲松县城方向遥望，屋舍、马路沿着曲松河排列，一直伸向远方，青山、牧场在远天下像青绿山水画，一切都铺陈在我的脚下。想当年王宫的主人也是这样俯瞰河谷的，河谷里有它的臣民、牧场和牛羊，有王朝土地上流淌的河水。可毕竟天翻地覆，王朝崩溃后，王宫不再是王家禁地，多年后，当主人不知所终时，王宫终被遗弃。又过了多年，藏民异想天开而又心安理得地用王宫当了仓库，那真是一大创造，他们把柴草和饲料堆进王宫，让灰蒙蒙的草木与金砖银瓦拥挤在一个屋檐下，而从不爱惜和打理。终于出了大娄子，1996年，一个藏民在宫内抽烟，不小心引燃了柴草，烈焰顷刻吞噬了辉煌的宫殿。很快，王宫被烧得面目全非，幸好是砖石结构，才没完全化为灰烬，但从此容颜不再。

我在旧照片上看到过被毁的王宫，只能用丑陋来形容。它就像骷髅被人遗忘在加里山上，任凭高原的寒风吹拂，直到前几年人们才忽然醒悟，王朝已逝，王宫无罪，它只是凝固的历史。于是，国家投资恢复旧貌，可不知何故，最终只修了三层。边巴说，除了外墙和门窗，旧物已不多。我从门缝窥视，昏暗的光线，空荡荡的宫廷，一片衰败。据说文物大多被盗或散落民间，暂不能开放。等追缴回来，就建成拉加里博物馆。至于拉康、马厩，虽没发生火灾，也是灰尘拂面，明显维修不到位。只有广场西侧石台子，似乎损毁不严重，我以为是戏台，边巴说是王朝发号施令的重地。王朝鼎盛时，台上一句话就可能让曲松大地颤抖，如今石台还在，台上台下空无一人，除了我们一行，石台面对的广场同样空无一人。

拉加里曾是大名鼎鼎的小王朝。那时，吐蕃已灭，后裔四分五裂，一部蜷缩在阿里，建立了古格王朝。另一部12世纪时，在吐蕃故地——雅砻河谷的加里山，建了拉加里小王朝。加里是山名，“拉”是“神”的意思，连起来好像是神在山上，或者山上之神，总之，是指王朝伟大。拉加里强盛时，治所包括今天的曲松、加查、隆子、桑日等地，囊括了藏南一半土地，雪山河谷、草原森林应有尽有。王朝的经济主要由其统治的56个富裕家族支撑，此外，还直接管理25处牧场。靠这些收入，王朝自给自足，王公贵族吃喝玩乐，过着上等人生活。不仅如此，王朝还享有制定法律、设立监狱、打造刑具、判决官司的特权。那时，拉加里王地位很高，参见达赖喇嘛时，达赖喇嘛要专门派人去拉萨河远迎，在等级森严的布达拉宫里，拉加里王所坐卡垫只比达赖喇嘛低一层，达赖喇嘛的所有大臣则要低两层。

为了巩固统治，王朝政教合一，臣民们信奉宁玛派藏传佛教，不杀生。王公贵族死后，还视死如生，被制成木乃伊，用金银包裹棺椁，以图长存。王朝建了数十座家庙，遍布雅鲁藏布江两岸，僧众数百人，家庙大兴佛事，为王朝祈福。遗憾的是，佛教并没能挽救王朝，据说主要因为王朝在风云变幻时，一再站错队。成吉思汗大军进藏时，它没配合；清朝平定准噶尔叛乱时，它又支持叛军。旧西藏噶厦政府十分不满，削去了王朝大部分特权，王朝从此一蹶不振。王朝后期，统治者沦落到去噶厦政府求职，直至消亡。很讽刺的是，王朝不再，寺庙却依旧，只是都被政府接管，不再是家庙。遗址东方不远的一座寺庙就是加里寺，想当年在王朝家庙里首屈一指，如今由寺管会接管，喇嘛们不为王朝，只为自己念佛修行。边巴与寺管会主任熟识，我们便跟着主任走了一圈，寺庙规模可观，但直观上已经见不到王朝家庙的印迹，只能从主任介绍中想象家庙时的情景。边巴说每年要做两次大佛事，那时才是加里寺最热闹的时候，但那样的日子已不为王朝所有，当然我也没机会亲身经历。

加里寺是遗址外围唯一完整的遗存，虽然维修过，但保持了原貌。它与不远的王宫遗址隔着参差的断壁残垣，仿佛就是专为守护王宫而存在的。站在寺庙前西看王宫，遥远得仿佛不在同一时空。孤单的王宫、倒塌的墙壁、肃穆的寺庙默默坚守在无云的蓝天下，仿佛在坚守一个天荒地老的信念。唯一活动的是一只苍鹰，风筝似的飘在头顶，不知道要干什么。苍鹰在高原上常见，但此时此地，尤其引人注意，我和边巴都看到了鹰，而我想起的更多。

悬崖上的摇篮

拉加里王宫到洛村洞窟，有数十里难走的山路，上高原，入山谷，沿溪流拐弯抹角，路尽头才是洛村。旧时走这样的路最好是骑马，那样得一天，今天虽然有路，路况很差，越野车颠在路上，连说话都不顺畅。但这山路曾是王家山路，在数百年岁月中，拉加里王朝的主人曾在山路上往来穿梭，纠结着王朝延续，上演过无数不为人知的生死故事。

我走上山路时，是早春午后，天气说变就变，一会阳光灿烂，一会又阴晦欲雪，捉摸不透。要不是洛村有洞窟，没有人会在风云变幻的午后，专门走这样的路去那样的山村。当然即便洛村有洞窟，也不见得吸引人，曲松本地人对洛村就知晓不多，这是我后来得出的结论，外地人更闻所未闻。我此前对洛村从未耳闻，无意中记住它，全因我对拉加里历史的兴趣，在口口相传中，拉加里像不可靠的传说，虚无缥缈，这反而对我有诱惑。但曲松人与我不同，他们对拉加里王朝记忆犹新，熟悉这个王朝就如同熟悉曲松大地上的邱多江草原。但洛村人还是例外，因为有洞窟，意外地联系着拉加里王朝，使这个原本与王宫没交集的山村抹上了宫廷的神秘，这便是洛村人多年来认为值得传说、又值得炫耀的旧事。我后来从各种渠道获知，传说并非虚构，它是王朝的往事。而这些往事就聚集在黄土洞窟中，很耐人寻味。

今天看，洛村并不神秘，房舍、经幡、庙宇簇拥在小小盆地中，与曲松大地上任何小山村并无二样，不同的是土林，并非土林地貌的曲松，在洛村一带孕育了发达的土林，使洛村乍看像陕北高原，只不过陕北高原是一道道沟壑一道道坎，而洛村的土林像屏障裹着洛村，倘若从天空俯瞰，土林像巨大的锅沿，洛村就坐落在锅底，锅里锅外是两个世界。没人知道土林的历史，也没人知道土林为何偏爱洛村。但这样的地貌把洛村与外界天然地隔绝，让人感到莫名的踏实。不知道是否是这个缘故，拉加里王朝看中了洛村，洛村从村姑一跃成了贵妇，与王宫拉上了关系。从此，拉加里王朝就把土林和洛村圈入了王家重地。王朝看中的并非洛村的山水草木，也并非藏民和牛羊，而是村外的土林，那些黄土悬崖适合挖洞，于是，在盛行女人不能在家中生产的旧西藏，王朝决定在黄土悬崖上挖洞，让王朝的女人在这里生产，为拉加里王朝传宗接代。今天，拉加里王朝已经烟消云散，在史书上只剩下一鳞半爪，它在洛村和土林获得的满足和留下的遗迹都被高原的风吹得没了踪影。唯有神秘的洞窟依旧留在村边土林上，像黑洞洞的眼睛，忽闪闪地注视着洛村，在这个午后也注视着我们。

洞窟不止一处，稀稀拉拉地围了洛村半圈，但作为产房的洞窟选址考究，它在悬崖最高处，一览众山小。我从小溪西岸远望，它高高在上，就像王的眼睛注视着膝下的臣民。过小溪，东岸是砾石陡坡，坡上有几户民居，杂乱地挤在土林下，与背后的土林浑然一色。只有洛曲德寺赫然醒目，它的喇嘛红是这里唯一鲜艳的色泽，始终是洛村亮点。洛曲德寺曾是拉加里王朝家庙，在政教合一的拉加里时期，它是佛的居所，也是王权符号。不知道是先有寺庙还是先有产房，但是寺庙与产房相邻，应该多了守护的意味，在风雨七百年中，寺庙应该肩负过沉甸甸的责任，也承载过王朝的祈求。如今寺庙依旧，王朝已逝。当我攀爬到寺门前时，发现大门紧锁，听不到诵经，闻不到香火，也不见僧人。陪同的边巴转了一圈，在寺后找到了寺管员，他是中年藏民，常驻这里，对拉加里比较熟悉，可惜从他嘴里我也没能听到多少拉加里旧事，他的藏语只能通过边巴翻译我才能懂，而大凡需要翻译才能沟通的，总是事倍功半，收获甚微。不过有他当向导，我们去产房少走了冤枉路。

转过寺庙，随即要爬坡。一栋破旧不堪的建筑，坐落在斜坡，挡住了去路。寺管员说它也是拉加里王朝遗迹，也是专为女人生产而建。用今天话

拉加里王朝女人待产的地方

洞窟为拉加里王朝女人的产房

说，是待产区。拉加里的女人将要临产时，得先住这里待产。那是王朝了不得的大事，远在曲松的王朝早早地便如临大敌，举朝而动，马驮人抬，把孕妇翻山越岭弄到这里。他们在这里念经拜佛，守护上不少的日夜，像护佑天使，直至女人生产将至，才又将她艰难地抬到土林上的悬崖洞窟，那里才是最后临盆地。待产区毁损严重，很难看出原貌。尚存的是不规则的一高一矮连体建筑，两扇残门，一扇紧锁，另一扇洞开，门口都堆着乱砖，砖缝里生长着不茂盛的杂草。我跨砖而入，陈年柱梁雕花清晰，王家气派依稀可见，只是破败已久，色泽已消退，梁柱下堆放的干草料释放着牛圈的气息。我攀爬上二楼，从天井俯视，院里两间小房间，破损的门窗蓝色尚存，那是藏族传统颜色。据说小房间就是待产房，但早已人去楼空，一切任由岁月剥蚀，我努力地想看出点陈年旧事，可除了杂乱和荒芜，看不出名堂。不知谁煨过桑，若有若无的青烟飘上了院落二楼，给死寂的院落增加了一点点生命气息。我在阿嘎土房顶上，打量青烟飘过的院落，感到离王朝很近，也很远，就像在看一本古藏文的旧书，明知有故事，却怎么也看不懂。

出待产区后，土林上的洞窟已经不远，但没有路，需谨慎攀爬一段陡坡才能抵达。我手脚并用，费了不少工夫，才气喘吁吁地爬到洞窟边，不知道当年拉加里的女人临盆，如何能艰辛地爬上洞窟。零距离再看洞窟，六七个洞口一溜排列，均面朝崖下。我向下俯视，两腿微微发软，有坠崖的恐惧。洞窟与洞窟之间有窄小的悬崖路相连，像黄山天都峰上的鲫鱼背，我揪着心颤巍巍地挪步，艰难地探访了三四个洞窟。洞窟都不大，形状也不规则，与黄土高原窑洞不能相比，但内部都经过修饰，有的窟顶祥云壁画色泽如新，而有的只剩壁画痕迹。最大的洞窟在中间，有六七平方米空间，四壁空无一物，地上胡乱地堆着枯草，看样子被藏民当饲料间了，只有一侧洞壁有小凹槽，不知是供佛还是点灯用。寺管员说此洞窟就是王家产房，其他洞窟都是辅洞。我细细打量产房，上下左右都是黄土，这是与陕北高原质感一致的黄土，但洞窟比陕北窑洞更憋屈，只要两三人站在其中，就感觉碍手碍脚。想当年，享受王家奢靡的王朝女人们落脚洞窟中，还要苦痛地分娩，不知道如何忍受。但她们维系着王家希望，身不由己，那真是无可奈何的事，不过当时为王家生儿育女，终归是崇高的使命，很多女人对此梦寐以求。对于任何王朝来说，嫡系香火的延续都是头等大事，拉加里王朝当年寻找洞窟也是颇费心机，洞窟方位极佳，它坐东朝西，避风向阳，高高地悬在村东的土林上。洞窟外就是悬崖，崖下是洛村盆地，既安全又安静。我在洞内，窟外的蓝天、艳阳、黄土、洛村一览无余，虽在人间，又似在世外。想当年，拉加里女人们就是在这样的情境中分娩的。当婴儿呱呱坠地时，她们居高临下，俯瞰洛村，一定与我的感觉有天壤之别。

拉加里王朝延续了七百年，多少女人在洞窟生产，寺管员说不清，村民说不清。王朝坚信洞窟能产聪慧的男婴，这个信念使王朝很看重洛村洞窟，任凭岁月流逝，王位更迭，洞窟作为王家生命摇篮铁定不变。说来也巧，洞窟产的全是男婴，多成大器，王朝在血雨腥风的高原无忧无虑地存活了七百年，多亏了这些男婴们。直到王朝末年，最后一个女人因王朝衰败，才没能来洞窟生产。那个可怜的女人生怕与洞窟无缘而不能产男婴，却果真产了女婴，且是哑巴。仿佛是上天有意安排，不要人知道王朝的隐私。一个王朝灭亡必然有万千原因，而再多的原因说出来又有何益，还不如不说。哑巴自从王朝灭亡，就再没回过洛村，甚至没回过曲松，没有几人能记住她的名字，听说至今还活在拉萨，已年逾古稀。她默默地活了一辈子，从王朝的女人变成了普通市民，与今天所有的拉萨人一样吃着糌粑，喝着酥油茶，磕着长头转经。也许在八廓街的黄昏，能遇见摇着转经筒的她，但没人能看出她是哑巴，也没人能看出她不寻常的基因，更没有人能想到她传奇的过去。只有当人们想起拉加里时，才会想起她，只有当人们走近洛村洞窟时，才会想起她，但她永远不会开口，留给人们一个任意猜想的谜，那是一个逝去王朝的谜，就如远去的古人的背影，你只能想象和回味，却难以看清。

修行在青朴

我在山南第三年才听说青朴，这好像很合常理，青朴是隐修之地，要的是遁世和清静。印度高僧莲花生、寂护当年撂下杂务来此隐修多年，自然也是慧眼识珠，他们惊喜地发现，日夜奔腾的雅鲁藏布江边，居然有这么一片清静之地，它虽在人间，却又在世外，于是他们落脚于此，心无旁骛，一修多年。他们的隐修，不仅成就了功德，也宣扬了青朴，青朴从此成了名满高原的修行圣地。鼎盛时，有一百〇八处修行洞，一百〇八眼泉水。后者真相如何，无人考证，而前者并不夸张，我感觉半边山都是修行洞，寺管会主任说肯定超过这个数，现在常年隐修者就有五百多人。

青朴海拔超4000米，背山面水，居高临下，如太师椅置于在南面的山腰，高原的寒风很难吹到它，而阳光则几乎能洒到每个角落，坐椅俯瞰，雅鲁藏布江横流山下，如白练飘过，真乃宝地。上千年来，青朴山里一直不通大路，由江边进山，要由羊肠小道徒步10里，才能爬到山腰，由山腰再向上数里，层层叠叠才是修行洞。很难想象，莲花生、寂护年代，山里山外何等隔绝。如今修了公路，蜿蜒陡峭，倘若无车，依旧不易。一代代的修行人大约也是看中了远离凡尘这一点。我两次去青朴，都仿佛从凡尘一步跨到了另一个隐秘的世界，而陪同我的朋友也差不多与我有同样感受。第一次是幼儿园的达珍、边巴、旦增卓嘎三位老师，她们的家与青朴隔江而望，可咫尺之距，如隔天涯，她们也绝少来这里。第二次是幼儿园的拉巴卓玛园长，她老家就在青朴同一边江岸上，向西的山那边就是，直线距离不过几里路，可数十年也只上来过一次，那还是孩童时期，这次陪我上山，于她差不多与我一样新鲜。

上山途中，新修的马路幽静畅通，很少见人影，寂静的山林，只有山鸡咕

青朴沟的山腰上有五百多个石窟和小石屋，每个里面都有信众常年修行

咕，放生羊咩咩，让人很容易联想到世外桃源。到了尼姑寺前，才约略有了人气。停车场不大，车子不少，不知车主都是何人。我想隐修者常年不下山，不大可能用车，但不论是谁的，都说明青朴在变。从地理上说，它与外界已不再隔绝，这也许违背了莲花生、寂护的初衷。这不难理解，旅游业已触及高原的每个角落，哪怕是喜马拉雅山深处，也很难找到无人染指的地区了。听说拉林铁路、拉萨至山南公路都将经过青朴附近，不久它会更热闹。这样的变化对于青朴不知道是好事还是坏事，答案于隐修者和我们这些普通人，一定不一样。

尼姑寺在停车场后，如山门守在山腰，让人未上山便有遁世的联想。尼姑寺不大，外表也普通，与雪域高原很多大寺庙无法相比，可身世不一般，幽暗的殿堂、发黑的唐卡、莲花生的化石脚印，无不显示出久远与厚重。我跟着寺管会主任参观时，他如数家珍地讲述着一个个老故事，我不由得随着他的讲述遥想寺庙的过去。据说寺庙已有千年历史，经历过毁坏和维修，原始风貌基本未变，香火也一直未断。很难得的是它是尼姑寺，在高原上尼姑寺不多见，我在山南三年，也只见过这一座。此时，近百名尼姑正在诵经，嗡嗡声一片。尼姑们大多年轻，淡然的表情让我猜不出她们的内心。寺管会主任说，她们冬天多上山修行，夏天才在寺庙诵经。她们极少下山，与山上隐修者一样，过着清淡又封闭的日子。听了寺管会主任介绍，我才知道尼姑们还不能叫隐修，隐修与出家不同，出家是彻底断了尘缘，而隐修外延更大，还包括俗人。隐修是为了清静修身，在去除旁骛杂念方面，两者又是一致的。

撇开隐修不说，青朴远离尘嚣，很适合修身养性。即使在高原上，像青朴这样的洞天佛地也不多，所以信众云集也在情理之中，听说还有内地人慕名来隐修的，寺管会主任说前几年北京有个年轻女孩不知何故，万里迢迢来此，隐姓埋名修行了两年。但现在管理严，想来隐修的并不都被接受，需要符合条件，实名登记。寺管会有专人管理隐修者，基本的后勤和医疗由寺管会负责，寺管会主任本人就跑遍了山上所有的修行洞和石屋，他像活地图，知道山林岩石间都有哪些人在哪里隐修，就像班主任了解每个学生一样。当然他很难知道他们的内心，每个隐修者内心都有不同的隐秘世界，他不会轻易闯入，他深知隐修需要的是清静，而他提供的只是管理和服务。

常年在洞窟里修行的信众

穿过尼姑寺，山路艰难，要在乱石树丛中穿行，更像是没有路。山林间不时可见石屋和石洞，形状不规则，编着序号，或虚掩或紧闭，有的在岩石下，有的在老树旁。拉巴卓玛说这些都是修行场所。联想到五百多人就隐修其间，却看不见一个身影，一点响动也没有，树是树，石是石，泉是泉，鸟是鸟，整个山腰仿佛与人间毫不相连，我感到不可思议。喧闹和沉静，只一念之差，内心沉静，就不再喧闹。我们顺路推开几扇很隐秘的小门，走进几处形状不同的石洞石屋，都有人在苦修，她们都是女性，但没有落发，穿着也普通，不像是尼姑。她们对我们贸然闯入并不欢迎，出于友善，并没有明显地拒绝，她们几乎不会汉语，我的问话都只能通过拉巴卓玛翻译。石洞石屋都很狭小，条件十分简陋，生活用品极少，只有佛像、唐卡、酥油灯等供品不马虎。她们就在这

作者(右四)与藏族朋友在青朴尼姑寺前合影

样的角落里,就着糌粑、馒头、咸菜、酥油茶或甜茶,打发着几年甚至一辈子的岁月。我们走近时,她们有的盘腿打坐,静默无声,像是在念经,有的简单示意,像是招呼,但都不说话,也不愿拍照,拉巴卓玛说她们相信拍照会夺走灵魂。只有一个年轻的隐修者,不仅愿意拍,还让我们用她的手机拍了合影,仅仅是拍了合影,显然也不想与我们多说话。

用了近两小时,我们才攀到小山顶,仰望后山,云遮雾绕中有更高的山顶,沿着山坡,葱茏绿色中星星点点的修行地若隐若现,一阵小雨后,云雾飘荡,宛若仙境。但我们已腰酸背疼,无法再攀登。小山顶最高处是莲花生修行洞,外观是小庙,里面是岩洞,仅能容几个人立足,洞中有莲花生石像,围着一摞哈达,它是青朴的灵魂。莲花生曾在此修行三年三个月零三天,终成夙愿,也为这座山和后人留下了宝贵遗产。想是仰慕莲花生,那时的藏王赤松德赞执意邀请他弘扬佛教。在藏王支持下，他和寂护修建了桑耶寺，桑耶寺在山下的雅鲁藏布江边，它是西藏第一座寺庙，与青朴遥遥相对，两者都因莲花生、寂护，成了相距十里相互顾盼的朝佛圣地。如今一拨拨普通信众涌向桑耶寺，也有一些信仰坚定的信众来此山隐居，他们大多都冲着莲花生而来。隐修者们隐居于此，与世隔绝，短的几个月，长的数十年，苦思冥想，念佛隐修，他们不是莲花生，但心里都有莲花生，他们来此都有共同的心愿，就是通过隐修，早日抵达内心的香巴拉。

我们是在寻常的日子来青朴的，此时不是朝拜旺季，仍没少遇见远道而来的信徒。我对一家四口印象极深，老妇人体胖，腿脚不灵，丈夫和两个儿子一路搀扶，从青海玉树，辗转千里来到青朴，与我们一样，费了五个多小时上下一趟，老妇人气喘吁吁，却毫无抱怨。我想他们是高原上很普通的信众，来青朴也许是一辈子夙愿，也许将被他们回味一辈子。还有一群年轻喇嘛在我们上下山全程中，总是忽前忽后遇见，我与他们留影，他们也很乐意，我才知道他们也是从遥远的青海来，不过他们出家人，是寺庙集体活动，他们来青朴，还将去别处，有点像云游，他们在青朴的活动与我们几乎同步，要不是衣着不同，看不出与我这样不出家的有何区别，但我知道他们看的是门道，我看的只是热闹，人不同心不同看到的世界便不同。就像青朴这处山，说它是藏地终南山，适合隐修，没错；说它是旅游点，适合看风景，也没错。心中有佛，它便在世外；心中无佛，它便仍在凡尘。

巨石上的帕崩岗

与哲蚌、色拉、甘丹三大寺相比，帕崩岗又小又破旧，外来人很难注意到它，拉萨人也很少提起它，形象地说就是香火不旺。我在西藏第三年，陪朋友去色拉寺的路上，才偶然从出租车司机口里听说帕崩岗。而帕崩岗不因人们忽略而消失，它顽强地扎根在乌都日山腰，就像经历过太多世事的老人，宁愿坚守着寂寞和清静，与世无争地每天俯瞰着圣城拉萨。

当“帕崩岗”三个音符从司机口里发出时，含糊又陌生，我听不出是普荣卡还是帕崩岗，反正都没听说过，但司机很肯定地说那里比色拉寺有看头。于是依照司机建议，我们去帕崩岗寺。其实帕崩岗离市区只有二十分钟路程，后来我才知道，它隶属于色拉寺，与色拉寺只隔了条山脊，由色拉寺向南沿山腰转一个弯便能到帕崩岗。两座寺都背山面水，后依乌都日山，前迎拉萨市区和拉萨河，风水极好。但帕崩岗寺比色拉寺更老，且大有来头，在老拉

松赞干布修行过的帕崩岗寺

帕崩岗寺后山古老的灵塔

萨人心中，它地位卓越，在没有三大寺之前，它是无可置疑的老大。

帕崩岗藏语意思是“巨石宫”，顾名思义，与石头有关，但建造初衷说法不一。有人说为文成公主，有人说为战争防御，还有人说为大臣吞弥·桑布扎。说文成公主，就撇不开拉萨城的由来。传说松赞干布建城时，屡遭失败，便请文成公主算卦，发现拉萨地形如魔女仰卧，不吉利，须镇妖方可修城。于是按文成公主推算，松赞干布命人在乌都日山腰的巨石上以铁水浇灌砖块，修了帕崩岗，并以铁链拴牢，以镇魔女，巨石宫由此而来。此说神话味浓，这在西藏不奇怪，在藏文出现前，历史靠口口相传，越传越神，久而久之，本来面目便无人知晓了，不过有两点是明摆着的：一是文成公主被藏民爱戴和仰视，二是松赞干布与文成公主同帕崩岗的联系紧密。这些传说至少说明这座寺庙有一千多年历史了。如今当我走近帕崩岗寺时，发现它确与巨石同在，最醒目的建筑就像弧形古堡矗立在一块古老巨大的岩石上，二者融为一体，岿然不动，无人能解释如此设计奥妙何在，也无人能解释为何能够一千多年不倒。

从帕崩岗寺俯瞰拉萨城

说为吞弥·桑布扎而建似更可信。吐蕃还没文字时，松赞干布命吞弥·桑布扎带人去天竺学习经文历法。吞弥·桑布扎苦学七年后，回到吐蕃，松赞干布念其有功，建帕崩岗供其居住。吞弥·桑布扎奉命在帕崩岗钻研七年，以天竺文为基础，创造出吐蕃藏文。此说在帕崩岗有迹可循，三怙主殿尚存一石，刻有藏文六字真言，据考它是全藏最早的六字真言刻石。今天的高原上，凡是有石头的地方都不难见到六字真言，没承想它的祖宗就藏在帕崩岗不起眼的石头上。遗憾的是我进帕崩岗寺时，对其历史尚不知晓，晕头转向地走了一圈，不知撞见了那块石头没有，过后翻照片，佛塔、玛尼石上都有藏文，不知道是不是六字真言。

我印象深的是帕崩岗宫。它有西藏寺庙中极罕见的弧形墙体，像西方古堡突兀于巨石上，白色的墙，喇嘛红色的顶，伟岸又肃穆，容不得人不注意。或许不是周末，少有藏民转寺，也无游客参观，古老的寺院静悄悄的，我只见到三个从康巴来转寺的藏民，他们能说简单的汉语，我们就跟着他们参观，看得出他们是有目的地朝圣，每个细节都不放过。他们千里迢迢来此转寺，其中一个还有点瘸腿，也跑了这么远，我确信帕崩岗名声在外，可我没能向他们打探出多少帕崩岗旧事，他们心在朝圣，并没有我这样好奇。与他们分手后，我们好容易遇见一个住寺的喇嘛，他却不懂汉语，手势加猜想后，我才了解到点滴信息：帕崩岗现有二十八名喇嘛，数十座古塔。喇嘛说这些时，指向后山腰，那里正是他说的塔群，顺山腰排列，大小不一，都是白色实心塔，外观很古旧。在这个高原的早上，朝阳斜射在塔群上，有一种久远的沉寂，仿佛不属于今世。看他比画，我约略知道，帕崩岗鼎盛时楼高九层，喇嘛两百多，有塔一百〇八座，全是灵塔，葬有古代尼泊尔、印度高僧。但高僧们都是哪些人，为何而来，已成谜，我看着不远处那些古旧的白塔，惊讶而感叹。

后来查资料，我发现帕崩岗的厚重不单在宫和塔。从吐蕃到今天，帕崩岗始终与佛教上层多有联系，在星罗棋布的藏传佛寺里，它骨子里是高大上的。吐蕃当初由山南迁来拉萨时，拉萨还相当荒芜，帕崩岗所在的山腰成了松赞干布十分看好的地段，他不惜丢开政务，三度在此潜心修行，也因此，帕崩岗寺庙的血统从一开始就比其他寺庙高贵。如此延续一千多年后，大学问家根敦群培也在此闭门学佛，一举成名。而帕崩岗活佛在藏传佛教界一直名声显赫，尤其是二世活佛，以讲经和辩经闻名雪域，信众为了听他讲经，不惜奔波千里，甚至挤破了门窗。当二世活佛讲经早已成往事时，佳话仍在佛教界流传。这些大德高僧使得帕崩岗的名声如日中天，佛门僧徒都以能来帕崩岗为幸，不知何年起，喇嘛凡是获得“格西”(相当于“博士”)学位，都要来帕崩岗庆贺，就如毕业典礼。历代达赖喇嘛转世，也须到此礼佛受戒。帕崩岗因此被誉为“佛教二十四胜地之第二”，名望仅次于布达拉宫。也因此，帕崩岗虽在历史长河中屡次被毁，又都屡次重修，始终屹立在巨石上。

帕崩岗寺虽然身世非凡，外表却极普通，完全没有想象的雄伟壮观和金碧辉煌，相反有些破败和萧条，在大部分时日里它几乎被人遗忘。我粗略走过寺院，直观上看不出名寺应有的风光，弧形帕崩岗宫一侧，几步外就是断垣残壁，有人在不慌不忙地干砖瓦活，一打听说是在大修，而我没见有多大响动，连脚手架也没有，更像是小修补，不知道将会带来多少改变。穿过貌似工地的小径，向下走过不长的一段，似乎就出了寺庙，再回望，寺庙与山腰和谐地融为一体，喇嘛、塔群、工人都被杂乱的树木山石遮挡，看不见了，都仿佛隐入了另一个世界，只有帕崩岗宫依旧巍峨，如孤峰独立。而当我转身背对山腰，向下俯视时，景色大为不同，拉萨城一片开阔，远离尘嚣的惬意油然而生。这地势如此绝佳，视角不同，看到的世界截然不同，从拉萨看帕崩岗如雾里看花，帕崩岗却能轻易看清整个拉萨。

下山时，我们正为路远难走发愁，刚好一辆小车下山路过，我情急之下，冒昧地拦了车。没承想是一个年轻喇嘛，没多说他就爽快地让我们上了车。平生第一次坐喇嘛的车，离他这么近，我和朋友都莫名地兴奋，我于是又想打探帕崩岗，怎奈年轻喇嘛比先前遇见的喇嘛汉语更糟，问什么都徒劳，于是都只好沉默。我很快发现，喇嘛的车技比他的汉语好得多，他不用多看路，就能在多弯的道上疾驰，时而还拨弄手机看微信。他的做派活像都市里的新一代，我想他肯定是常驾车下山的，这让我越发好奇，一个有私家车的喇嘛，怎么说也很现代了，为何汉语这么糟呢？大约只有一种可能，用汉语的机会太少，这让我不难推断帕崩岗与外界的隔绝，而这样的隔绝与喇嘛的常下山似乎是无关的。这座古寺庙恰似一个有定力的老人，即便在红尘滚滚的闹市，也能保持内心的安静，它某些方面可能每天在变，而另一些方面，却又可能千年如一日，永恒地坚守。

拉姆拉错观湖

通常去湖边叫“下”湖，到山上叫“爬”山，拉姆拉错是湖，但少有人说“下”，都说“爬”。它海拔高，湖面在4500米，观湖点5200米，先要爬数百级石阶到山顶，再下700米到背面山腰，才能到湖面，从山下仰望，蓝天白云，不见湖影子，上了山顶，俯视背面，才忽然见到山腰下的湖，所谓“天湖”名副其实。

要想一睹天湖面容很不容易，上山数百级台阶非常人所能承受，多数人都会有严重“高反”，有人长途颠簸，好容易到此，对着山顶却只能望而却步，有人鼓足勇气上山，也是一步一喘气，嘴唇手脚都发紫，一路不断吸氧，即使是藏民，没有顽强毅力，也难到山顶，而从山顶往背面下山，还需过七百米陡峭岩石才能到湖边。加上山顶气候无法捉摸，一会儿丽日晴空，温暖如春；一会儿风霜雨雪，刺骨严寒，对人的毅力有极大的考验，绝少有人能下到湖边。

可拉姆拉错的出名并不在海拔高路途难，而在神奇和虚幻。“拉姆拉错”

拉姆拉错湖旁山脚下的经幡

藏语是“吉祥天母、圣女、度母”之意，很有神话味道，仿佛原本就不在人间。传说它原本是吉祥天母“班丹拉姆”头颅化身，至于如何化身，无人能言。湖面不到一平方公里，在高原湖中是小字辈，小块湖面落在山腰，云蒸雾绕，多数时候藏着真面目。我对湖名由来未考证过，怀疑有因形得名的成分，从山顶俯瞰，拉姆拉错湖面像蘑菇也像头颅，怪异而神秘，很能引人流连和遐想。所谓观湖，以我之见，也包含好奇心的驱使，变幻莫测的湖面令人好奇，不知何时起就被人赋予了特殊意义。据说湖是一面无所不能的大镜子，心诚能看到前世来生，当然只能默默地看，切不可告人，否则不灵。此说越发渲染了拉姆拉错的神奇和神秘，它于是成了信众心中的神湖。每年都有无数信徒为了了解前生，预测来世，千里迢迢虔诚地观湖，他们献哈达，煨桑，转经，祈祷，一丝不苟地静观和冥想，那时湖面的任何一丝波纹，天空任何一团云雾，都成了注目的焦点，也触动着每个人的神经。

我对拉姆拉错好奇，并不在它能预示命运，而是它在藏传佛教的神圣地位。在西藏神奇的事物总是归结到宗教，而大凡宗教的事物又总是带着神奇，两者互为因果。在拉姆拉错观湖，似乎也遵守着这样的逻辑。相传16世纪初，二世达赖喇嘛根敦嘉措云游到拉姆拉错，发现它很神奇，便为它开了光，还在山脚修了达琼果杰寺，从此湖名大震。如今寺庙已废，只有拉姆拉错依旧是圣地。二世达赖慧眼识湖后，湖便有了佛缘。此后，凡活佛转世，湖像都会显灵。观湖像也成了寻找转世灵童的必备程序。一般来说，活佛圆寂，先由护法神卜卦转世方位，接着由高僧观湖像，然后以湖像显示的情境为线索寻访候选人，最后再经金瓶掣签，确定转世灵童。

观湖像寻访转世灵童在西藏已成惯例，而且都能成功，无人怀疑过真实性，也无人能解释其中奥妙。每当活佛转世观湖像时，整个雪域轰动，那时拉姆拉错至高无上，也牵动着所有人的心。最近明确记载的是十世班禅转世。1989年，十世班禅圆寂后，为寻找转世灵童，曾观湖像两次。一次是当年7月，寻访组先在拉萨大昭寺朝拜释迦牟尼，然后到拉姆拉错观湖。那时正是雨季，等了四天才看清湖面，当时湖像显示:向南有大脚，朝东有佛瓶，可见藏文“萨”字，且有三个箭头指向东方。第二次是1991年6月，寻访组又另派人再次观湖像，此次收获更大:清晰的藏文“杳”字;有雪山、树木、草坪、羊群、湖泊，还有红色的房子和门;甚至还有札什伦布寺展佛台似的大房子，前后左右好几座金顶。两次观湖后，结合卜卦，寻访组经多路艰难寻访，终于在1995年寻访到三个灵异孩童。后经金瓶掣签，最终确定其中一人为转世灵童，他就是当今十一世班禅额尔德尼·确吉杰布。

我在西藏没能亲眼见过活佛转世观湖像，参与过寻访活佛转世的援藏干部牛金智跟我说过此事，他作为某位活佛转世仪式的嘉宾，对观湖像细节知晓颇多，赞叹很神奇。有人说湖像与海市蜃楼同理，也有人说是幻象。这些推测对藏民缺乏说服力，他们的思维里包含着严密的宗教逻辑，相信被二世达赖开过光的神湖。他们觉得神湖的力量无与伦比，神湖的预示不可违背。寻常日子，没有活佛转世，他们也寄希望于神湖，祈愿于它，相信它能给出灵魂轮回的暗示。我听加查县教育局同行说，每年4月一过，观湖就到高峰。从山南到加查的崎岖山路上，藏民们边走边念经，甚至磕长头，从高原的四面八方翻山越岭，来拉姆拉错湖，只为把虔诚献给湖神，希望在神湖的帮助下，找出自己明晰的生死轮回轨迹。

我去过两次拉姆拉错湖，都不是观湖高峰季节，没有震撼的场面，印象却都很深刻。第一次陪上海的几位朋友去，天气好，没想到“高反”严重，在离山顶20米远时，近乎崩溃，最终没能登顶。上海朋友中的一个年轻小伙子更糟，连车子也没法下，瘫在山脚吸氧，连仰望山顶的力气都没有。第二次是家人、朋友一道去，雷电交加，没承想我反而爬到了山顶，那时忽然云开日出，所有人都认为是吉兆，希望能看出什么，可我只看到了湖水，那是一汪亦真亦幻的湖水，随天空云彩变幻不定，人在山顶朝下看，700米距离的天湖很难看清细节。山顶那时有不少藏民和游人观湖，都蹲在山石上，面朝湖面一动不动，都像石雕的思想者，都希望看到什么，而又都不知看到了什么。我想可能每个人想法不同，却谁也不曾说出来。面对神湖的高远、奇异、多变，有的人或许能读懂它，有的人或许永远读不懂它，但敬畏是同样的。

色拉寺看辩经

作为拉萨三大寺之一的色拉寺，规模不算大，资历和名声却很了得，在藏区上千所寺庙中，僧人无不心向往之，即便在俗人中，名声也如雷贯耳。色拉寺的了得缘于宗喀巴，西藏寺庙凡与大德高僧有因缘的，想不出名都难。六百年前宗喀巴从青海来拉萨，就修行在色拉乌孜山。他圆寂后，其弟子依山建庙，便有了色拉寺。那时遍地野玫瑰，“色拉”藏语即野玫瑰。今天从色拉寺仰望后山，乱石嶙峋，高远而苍茫，野玫瑰形迹难觅，连草也很少见了，宗喀巴的修行洞不知在何处，而人的思绪常常仍能被牵引到遥远的古代。

从建寺到今天，色拉寺传佛弘法，普度众生，积淀深厚，其内涵可写成庞杂的佛教大书，但这样的大书并非人人能懂，像我这样对佛教没研究的，充其量只能看热闹。好在色拉寺是有热闹可看的，雪顿节展佛一年一次，万人空巷，是拉萨少有的佛教盛事。僧人辩经常年不断，家喻户晓，早已成了色拉寺

名满雪域的色拉寺

的招牌。色拉寺在雪域高原很接地气，与展佛和辩经分不开，哪怕再不懂佛教，说到色拉寺，就想到展佛和辩经，反过来，说到展佛和辩经，便能想到色拉寺。我在拉萨遇到过雪顿节，却因故错过了色拉寺展佛，总觉得是件憾事。后来内地朋友来西藏，我便专门找了机会，去色拉寺看辩经，也算是弥补缺憾，这也是我唯一一次近距离地走进这座千年寺庙，当然我同样没能读懂它，我只是纯粹地看了热闹，当了一回很外行的观众。

辩经是色拉寺的惯例，每周五次，午后3点开始，5点半结束，四季如此。其实辩经在西藏非色拉寺独有，唯色拉寺辩经最有名，不仅参辩僧人多，场地固定，时间固定，程式固定，也向俗人开放，只要不干扰，男女老幼皆可观看，还可拍照。当然只限于手机，相机一律不允许，我很奇怪这样的规定，后来搞清楚相机有闪光灯，会干扰僧人注意力。可见色拉寺寺规很严，辩经一丝不苟，即使是小事也考虑得很仔细。实际上，我发现僧人们早已习惯了在众目睽睽之下投入地辩经，当游人里三层外三层将辩经场围得水泄不通时，他们根本不在意有没有人拍照，心思都在辩经上。他们举手投足忘形忘我，旁若无人。那天的辩经，从开场到结束，无人指挥，一切都井然有序。我坐在场边路牙上看辩经，感到像在看别样的表演，演员是穿袈裟的喇嘛，观众是天南地北的游客，而辩经分明与演出不同，没有台上台下，没有互动，全场热烈又肃穆，仿佛被无形的气场所包围。

我原以为辩经像开会，却发现像舞台剧，更像吵架，只是不打不骂，脸红脖子粗地争辩而已。僧人有的站，有的坐，形成了辩经双方。站着的成焦点，他发问、击掌、跺脚、扭身、仰望，时急时缓，很有节奏;端坐的偶尔回答，有时

色拉寺僧人在辩经

出声，有时只用眼神。双方时而会意一笑，时而言语相争，而始终井然有序。辩经用的都是藏语，又都是佛教用语，对于普通人来说，如同听天书，除了好奇以外，基本上都不懂。我问了工作人员，才知道过程看似无序，实则组织严密，谁问谁答都很明确，都有规定程式，寓意深刻，问答都依佛经，绝不可随意发挥。为了保证辩经的顺利，每次都有主持监管，就如监考。那天的监考是个中年僧人，不苟言笑，整场辩经，他都在辩经场一角，像只闷葫芦，一声不吭。他专注地巡视每个僧人，表情十分严肃，以致游客们想拍一张他的照片都不敢。我谨慎地偷拍了几次，也没拍到如意的照片。

辩经起源于印度，吐蕃王朝时期传入中国。那时，桑普寺有过一次汉传佛教与藏传佛教大辩论，轰动雪域，虽然最终有胜有负，但两者都获得了大提升。稍占上风者藏传佛教觉得脸上有光，汉传佛教也没觉得丢面子。藏传佛教在庆贺同时，把辩经传统延续下来，作为学经之必须。从那时起，学经要辩，考试要辩，胜出才算合格，才可晋升。色拉寺辩经起于何年，说法不确切，今天已成每个僧人必修课。在越来越多的进藏旅人中，不乏有人不远万里来拉萨，只为一睹色拉寺辩经的。有人说不看辩经，等于没去色拉寺，更有人说看了辩经，也等于白去色拉寺，因为看不懂；也因为看不懂，色拉寺辩经便除了思辨的魅力，还带有淡淡的神秘色彩。

色拉寺辩经所以闻名，与其严谨规范、数百年坚守有关。色拉寺对学佛有严格要求，入学门槛高，学习形式和内容自成体系。僧人想进色拉寺不易，想学成更难，就像名牌大学难上一样，天赋和勤奋都不可或缺。僧人学经，讲、听、读、背，马虎不得，尤其强调背，背经成了每个僧人必备基本功。史料记载，宗喀巴在色拉寺时，每天背17页经文，长年不断，勤奋使他终成第二佛陀。色拉寺后世僧人都以他为榜样，早起晚睡，夜半苦读，读经背经，数十年不辍。顶尖者能背3000页经文而不出错。除了背，还要辩，从沙弥到活佛，无一例外。即便达赖和班禅，在辩经场也只是普通辩手，没有特殊待遇。辩经场上的权威只有一样，那就是佛经，一切都由佛经出。

我没看过别的寺庙辩经，对色拉寺辩经印象便尤其深刻。它不像考场，也不像会场，是很难准确形容的室外辩论。那是寺中心的风水宝地，篮球场大小，铺了厚厚的小石子，简陋又特别，小石子是僧人站和坐用的，外人不能捡，我本想捡作纪念，也没敢坏规矩。有几棵老柳树很有年头，像满腹经纶的老喇嘛，恰好遮阴。这样的场地在寺院喇嘛红衬托下，格外清新脱俗。僧人们一入场，就如进了考场，谁高谁低，都在辩中见。当然外行人很难看出门道，我看了两个多小时，辩题也没搞清。问现场工作人员，他们同样茫然。他们每天维持秩序，观摩辩经，也没被熏陶，我诧异于僧俗两界如此隔绝。后来我找了资料，发现辩题高深得超乎想象，比如“先有子还是先有父”“佛陀会不会死”，与哲学课上“先有鸡还是先有蛋”的难题如出一辙。没想到远离凡尘的辩经场，也绕不开这些恒久话题，不清楚这些话题对于他们是否有我不知道的意义。

我最终没看懂辩经，但是直到结束我仍兴致未减，离我生活越远的事给我的印象总是越深。那时已是傍晚，刚刚还热闹的柳林顿然安静，喇嘛们三五成群地散去，没有争辩，没有议论，仿佛什么都不曾发生。他们的淡然引发了我挥之不去的回味和思索。辩经于我难得一见，于他们却是常态，那些千古纠结的话题，他们激烈地争辩后，就如一阵风吹过，在这片柳林里了无痕迹，而且每天如此，波澜不惊。这是否就叫拿得起，放得下呢？

天上有个纳木错

西藏看冰川

将冰川与西藏连起来想，似乎并不出格，毕竟是雪域高原。电视上播放西藏时，雪山冰川、藏歌藏舞、经幡寺庙常不可或缺。没想到即便在西藏，冰川也很稀罕。要看冰川，绝非易事。不是西藏没有冰川，而是冰川躲在寒荒之地，仿佛有意逃避人类，非历尽艰难不能及，当然即便有幸身临其境，感觉与电视画面也是两码事，完全不如想象。

我在西藏三年，看过几处著名冰川，但都没看出名堂。事实上，冰川看什么，美在哪，我始终模糊。我翻过不少冰川资料，做过小研究，也记不住，没能提起兴趣。图文的精美好像并不因冰川，而更因照相机和铜版纸，冰川其貌、其色、其势并不诱人。文字又很专业，概念太多，似乎只针对气象、水文和地质。这让我在走近冰川前，初始感觉很一般，也就想不通为何有些人对冰川有那么夸张的赞美。

卡若拉是我进藏最早听说的冰川，也最受内地人瞩目，它在拉萨去日喀则的路边，名扬西藏。可我走近它之后，发现它的真实面貌远不如它远播的名声，我更感兴趣的是冰川背后的故事。它曾是战场，一百多年前，藏军在这里抗击过英军，血染冰川，电影《红河谷》由此而生。今天卡诺拉能让人怀想的与其说是冰川，不如说是战争和电影。但卡若拉作为冰川曾名副其实，我从英军回忆录得知，那时卡诺拉冰天雪地，即使没有藏军阻击，通过山谷也

卡若拉冰川

难，那场战争是地道的冰川上的厮杀，雪白血红。如今，谷底已见不到冰川痕迹，一条平坦的柏油路畅通无阻，所谓卡诺拉仅剩下路东半边山脊的冰盖。我三次去，目睹了它一次比一次可怕的变化。

第一年去感觉是冷和白。那时还无游客，冰盖像白棉被铺在山脊，下垂达路边，寒气逼人，尚有气势，仰望冰盖，白花花的，能联想到雪盲症。第二次去，就已单薄不少，虽然还有寒气，白棉被已大为缩小。第三次再去，冰盖已

普若岗日冰川所在的藏北高原上，可见成群的藏野驴

作者在普若岗日冰川

缩在山顶，想拍照已难，可怜的冰盖仿佛随时会消失。糟的是人和杂物越来越多，有人在山脚竖了石头，写着“红河谷拍摄地”的红字，引人拍照掏钱，也有人兜售藏刀、蜜蜡、手串、头饰。还有人干着一些诸如拉客合影的不受游人欢迎的事，总体上给我感觉有点乱。

后来我去过珠穆朗玛峰、冈仁波齐两处冰川，两者都有“之最”美誉。珠穆朗玛峰最高，有无数攀登者冒险，冈仁波齐最神圣，是天下信徒圣地。它们都在高寒的藏西，人们望而却步。但情景也不乐观，珠峰开辟了一条龙的商业路线，来登山的，来旅行的，来摄影的，来结婚的，什么都有。冰川的保护颇让人担忧，珠峰大本营那个帐篷小镇一天天膨胀，无人能预见将来会怎样。冈仁波齐命运稍好，它是公认的神山，四大教都以它为世界中心，在人的心理上占了优势，转山者虽常年不绝，却敬畏神灵，无人敢登顶。我于2015年与家人、朋友花两天时间走了一圈冈仁波齐，领略了那片冰川的不一般。59公里的逶迤山道，海拔都在5000米以上，让人生死难料，也因此只有络绎不绝的信徒们在朝圣，他们转山磕头，绝不动一草一木，而内地旅人极少，这使得冈仁波齐虽在尘世，犹在天外，少了很多麻烦。

普若岗日冰川大约还算幸运，这个被称为世界第三极的冰川海拔6300米，似在天上，又远在藏北，常人不能及。官方说普若岗日是世界最大的冰川，藏语普若岗日的意思是“倒扣的银碗”，不论怎么说，都对人有极大的诱惑。我就是冲着诱惑，与家人和朋友，在无人区行车几天后，赶在一个阳光灿烂的上午去的，普若岗日空旷宁静，蓝天白云，草原雪山，星星点点的牦牛、藏羚羊，不见游人。到目的地，连管理员也没有，只有男女两个藏民拉着绳子拦车检票，猜不出身份。他们撂了一句“冰舌会雪崩，不能靠近”，就不再管闲事。我想普若岗日一定来人很少，才如此松散，这好歹保留了一点原汁原味。不过，我发现崭新的柏油路已从双湖县直达这里，我想它在不远的将来，一定也会变了。我尽可能地走近冰川，看到乱石滩上小溪哗哗流淌，不太厚实的冰川融化得很厉害。在走进几米高的冰舌缝后，我发觉貌似厚实的冰盖其实很脆弱，我近在咫尺，也没感到寒冷，向阳的一面已千疮百孔，哗哗的雪水就是从这里流出的，汇成了小溪，蜿蜒伸向远方，听说最终流向长江和黄河。想不到遥远的普若岗日离我并不遥远，这使我陡然感到了亲切，但我旋即又为普若岗日、为长江黄河的源头感到了担忧，在全球变暖的今天，阻止冰川融化是不可能的。告别前，我不甘心地转了一会，常规性地拍了一些照片，想拍出想象中的震撼，没能如愿。离开时，我捡了几块拳头大的石头，权作纪念。

在珠峰星空下

最后一抹夕阳沉入雪山时，珠峰的夜幕瞬间就降临了。大本营亮起了星星点点的光，那是牦牛毛帐篷漏出的光，是靠太阳能发电的。今天的西藏，即使在偏远的深山里，也都有太阳能发电设备，是政府免费配的，在漆黑的夜，电给了高原人温暖和希望。

珠峰下没有民居，所谓大本营，准确说是雪山脚下的数十顶牦牛毛帐篷而已，在荒凉的乱石滩上微不足道。帐篷聚集在溪流边，围成了不规整的圆圈，入夜后像一圈黑色的帷幕。这些歪歪斜斜的帐篷虽然简陋，却扮演着旅馆、邮政所，甚至派出所的角色，给空旷的荒原多少增添了点烟火味。但这样的热闹不见得是好事，越来越多的人涌入，让我担心大本营有一天会变成集市。邮政所很袖珍，作用也有限，似乎只能寄明信片、盖邮戳，此时已悄然关了门。派出所在帷幕中心，与周边的帐篷没有区别，要不是有几个手写汉字，

珠峰大本营海拔石碑上被游客刻了许多名字

无人知道它是派出所。但它还顽强地亮着灯，还有人在值班。它一定是世界上最高的派出所了，在寒荒的珠峰下，有了它，不知为何，我隐约放了心。但我也感到了珠峰的变化，它已不是我国登山队多年前首次登临时的神秘珠峰了，每年夏日，这里都是临时小镇，天南海北的游客匆匆来此，偶然碰面，谁也不认识谁，更不知道他或她往后会怎样。

只有旱厕不是帐篷，它是一小间很狭小的水泥房，静静地藏在帷幕外，无水无灯，黑洞洞的无人问津。人们在乱石滩上方便，似乎已成习惯，我们很快也入乡随俗，顾不上羞涩了。高原就这么简单，容不得讲究。来珠峰的多是年轻人，我是为了陪家人和朋友，才下了天大决心来珠峰。我对珠峰并不陌生，它的高度早就刻在记忆中，它是世界屋脊的标志。后来又听说海拔没那么高，可它依旧是世界最高峰。大本营在珠峰下，海拔5200米，比峰顶矮了一大截，但身处此地，高原反应还是让人很难熬。我此刻头昏脑涨，气喘吁吁，任何诗情画意都已烟消云散，只想抓紧找地方歇脚。想必人们都有同感，一拨拨都忙着找住宿，晃动的人影夹杂着越野车的马达声，与山野的空旷和寂寥很有反差。这场景让人想起部队物资转运站，可没有部队和物资，有的只是帐篷、藏民和旅人。

所有的帐篷打扮都一样，漆黑的夜，很容易摸错门。好在我们住的帐篷口有辆大客车，特征明显，夜里它成了进出帐篷的路标。帐篷里围了十来张卡垫，卡垫上铺了毡子和被子，这是藏区的卧具，也将是我们今夜的睡铺。有一拨游客正躺在毡子上，或闭眼或玩手机，对我们视而不见，不知道他们来自哪里。从精神状态，看得出他们都有高原反应。帐篷中央吊着一盏太阳能电灯，光线微弱，让我担心它随时熄灭。听说电量只够一顿饭工夫，倘若不抓紧收拾，过一会只能摸黑。吊灯下两张桌子有些破旧，一个取暖炉燃着红红的火。我想起去内蒙古时住过的蒙古包，也是这般，而这里更简陋，且缺水，所有物件都黑黢黢的，好像从没洗过。主人是一男一女两个中年藏民，皮黑、牙白、脸颊红，裹着深色藏袍，是典型的高原人，男人叫顿珠，像康巴汉子，女的名字没记住。

晚餐是荷包蛋面条，听着很不错，实际上因了缺氧，面条要么煮不熟，要么煮得稀巴烂，很难吃，加上缺氧后，都消化不良，帐篷里又充斥着不习惯的酥油味，大家胃口顿失，每人的一碗荷包蛋面条，实际都只尝了几口。晚餐后，因为主人，气氛才稍活跃。女主人的漂亮服饰成了兴趣点，大伙问了她许多细节，她大约明白，却不会用汉语回答。而顿珠似乎见人熟，索性坐在我的卡垫上，不时用夹生汉语朝我耳语。他的诡秘让我担心他是绿林好汉，联想到电影《新龙门客栈》，我隐隐地有些忐忑。终于明白他是要兜售藏刀、虫草和蜜蜡，误把我当大款了。原来，顿珠他们是珠峰原居民，因旅游开发拆迁，政府照顾才搭帐篷开旅店，他们便借机悄悄倒卖点土特产。好在他没强迫我买，我心里的石头才落了地。

但和衣而卧后，我还是不踏实，直到半夜也毫无睡意，家人孩子加内地几个朋友，实在弱小，在荒远的高原，万一出岔子，我完全无能为力。偏偏夜半，顿珠又生出麻烦，让我心拧得紧紧的。他神秘兮兮摸到我跟前，要我和儿子摸黑换帐篷，我听了一惊，一骨碌坐起来，才听他说派出所要查房，每个帐篷只能住8人，多住要罚款。我不知真假，但他催得急，容不得我拒绝。我追问后，他才坦白说是想多赚钱，才多住了两人。我与儿子不情愿地像做贼一样摸进了另一顶帐篷，与一帮陌生客混住。原本就缺氧，经这一折腾，更兴奋了，脑海里挥之不去的是顿珠的鬼鬼祟祟。后来我只好自我安慰，顿珠他们生在珠峰，活在珠峰，靠帐篷吃饭，也是不易，谁不想多赚钱呢?这么想，就觉得他的偷偷摸摸虽不规矩，却也无奈。

后半夜我终究没能入睡，索性出门走走。帐篷外，万籁俱寂，星斗如月，仿佛伸手可及，我从未见过这么多、这么近、这么大的星星，像凡·高《星月夜》里的星星，只是与内地星空不同，北斗和银河都变了方位，显得越发陌生而神秘。我不解的是在如此星光下，大地却伸手不见五指，天与地的遥远，在这里达到了极致。我仰望静谧的星空，胡乱地想象，试图缓解高原反应，也打发失

珠峰大本营越来越多的游客

珠峰大本营帐篷群中的邮政所

眠,却发现效果不佳。终于我还是回了帐篷,但依旧无睡意,头木木的,连想心思也不是太顺畅,我只能迷迷糊糊地躺在毡子上假寐。顿珠没有再打扰,不知他是否躲过了查房,直到我们离开,他也没出现,而他聪明地在头晚上就要我们结了账。

因急于赶路,天没亮我们就起床了,从神态看得出大家都与缺氧斗争了一夜,有个朋友甚至说夜里胸闷得厉害,喘不了气,连呼救的力气都没有,生怕熬不到天明,还好活过来了。说这话时都已上车,人人都很困,却又都异常兴奋,都在说头疼失眠,没有谁因为朋友的话而后怕,缺氧让人都迟钝了。我仔细回味,庆幸没出事,否则连施救都没可能。不过我没后悔,于我来说,经历就是财富,何况遥远的大本营,这样的经历,这一生怕不会再有了。至少我赶在珠峰还未人满为患时,看到了它宁静的星空,冒了险也值。此时,车厢里满是笑声,四周依旧漆黑,雪山像沉默的巨人看不清面目,而帐篷群已亮起了零星的光,满天星星也已退去,黎明不远了。

云端上的家园

当越野车沿“之”字形山路，艰难地攀爬上三十五道悬崖后，我早已惊出一身冷汗，这时远方依稀可见到炊烟，似云似雾，间或还有几点鲜亮的红，那是藏民房顶的五星红旗。我的驻地终于到了，那个叫咯巴的藏族小山村，就落在喜马拉雅山半山腰，四面壁立千仞，云雾缭绕，有的常年积雪，高不见顶。一条狭长的峡谷蜿蜒于村前山腰下，深不见底，陪同我驻村的藏族老师指着峡谷远去的方向说，那里就是印度，而咯巴村是隆子县靠边境线最近的一个村庄，它就像一棵千年老树，顽强地生长在人迹罕至的高山上。

这样的山村于我完全是陌生的世界，尽管我已习惯了高原上的地广人稀，但到了这个与世隔绝的地方，还是不免惊讶。村子只有十八户，五十一口人，平均每户不到三口，这么少的村民分散在山腰，几乎被绿树遮没，无论从哪个方向看，都若隐若现，我从村里往山下走不出百米，回头就只能仰望山

恪巴村的公共磨坊,静静地蹲守在无人的深山峡谷里

野,看不见村子。我驻村一个月,始终没能准确数出十八户,更弄不清哪家住哪里。其实我很想知道村子来龙去脉,可无任何资料可查。拜访了村里老书记后,也只知道大概。村子历史很长,吐蕃时代就有八户,那时村子在对面大山上,那里如今还有迹可循,几许土黄色的断垣残壁再无人走近,常常在夕阳下引人怀想。

缘何搬到现在这个山腰,老书记说不清,也没人能说清。我感慨的是,千年过去才增长了十户,其中之不易可想而知。而村民并不觉得,他们很知足地生活着,繁衍着。我后来发现,他们不富裕,亲情却很浓,户户是亲戚,家家有血缘。我在村里一个月,始终没能厘清户与户间的亲戚关系,听说村主任家亲戚最多,半数人家都与他沾亲,不知什么原因。那天,我帮一户村民挖土豆时,有好几户村民也都在帮忙,他们都是亲戚,只是默默地来帮助,并不图任何回报。

我担忧村子的前景，海拔高，位置偏，道路险。谁不担心呢?千百年来，村民进出靠骑马，遇有生病，去乡里请医生要走一天，请回来也要走一天，医生看完病出去还要走一天。近年炸山挖了简易路，可仍要翻三十五道悬崖才能出山，村民宁可走老路。有了医保后，看病免费，可出山难，语言不通，他们还是习惯“小病靠扛，大病靠天”，他们没觉得有什么不好，生老病死，一辈辈都这样。一位叫多吉的姑娘，眉清目秀，我在帮她家挖土豆时，无意中听说她脑子有病，发作时疼得满地滚，会短暂失忆。究竟什么病，无人能说清，也从没去医院就诊过。我以为是缺钱，看不起病，一问才知道西藏农村的医保已全覆盖，看病不需要花钱，困难是出山难，而更大的麻烦是村民不懂汉语，去大城市难，更怕大城市的医生听不懂藏语。获知详情后，我的心沉沉的，我觉得我应该为多吉做点什么。我当即与驻村的藏族老师们商量，请他们趁我驻村有顺风车进出，找机会带多吉去大城市看病，驻村老师懂藏语也懂汉语，是能为多吉翻译的。在我帮忙下，多吉同意出山看病，后来在成都查出是囊虫病。听说不难治，吃了个把月的药就好了，可就是这样的病折磨了多吉多年，她和家人束手无策。

姑娘康复时，我已离开了山村。听说后来这事成了小新闻，村里人说这事时不忘提起我，不忘提起援藏干部。但我知道多吉只是特例，自给自足在恪巴村延续了千年，就如日头东出西落，太自然不过，他们还没想过要变。

由于闭塞，村民们足不出户，他们习惯了靠自产的青稞、土豆、小麦、油菜、牦牛、犏牛、奶牛和山羊养活，他们最钟爱的主食是糌粑，最常吃的辅食是土豆，最喜欢的饮料是青稞酒。他们家家会酿青稞酒，每月都酿，自酿自喝，连食油也是自己压榨，榨出的菜籽油又土又香。

恪巴村的妇女走在山道上

我在老村主任家的那个黄昏，赶上了酿酒，刚煮熟的青稞摊晾在小院里，散发着质朴的清香，陈旧的木桶斜靠在墙角，像位安详歇脚的老人，那是酿酒的老工具，老到看不出色泽和年岁了。老村主任边说话边忙活，不紧不慢，仿佛要把闲适和温馨也酿到酒中。老村主任说他家青稞酒用量大，两三天就要酿一次。我相信他没夸张，但我不知道为何用量大，青稞酒多用于节庆和待客，不适合每天喝，村主任家过的是什么日子呢?这个谜直到我离开山村也没解开。

后来的一天我特意翻了很远的山路，去了村里老油坊，想看看榨油。那是秋收后的上午，山野里已蒙上了浓浓的秋色，榨油季刚过，老磨坊已闲置，空荡荡的。那是一处水磨坊，坐落在河谷，谷两边峻岭苍翠，高不见顶。孤零零的小石屋、有年头的石磨、破旧的木栅栏小门，蹲守在一泓哗哗的溪水上，像独居的老人。我没见到榨油的村民，却在磨坊口看见了新鲜的野兽粪便。那是山野气味尚未散尽的粪便，让我想起了此前听说的野熊袭击牦牛的事，心一阵紧缩。村民们磨面、榨油，常常要在老磨坊过夜，那时山风呼啸，野熊出没，他们会想到什么呢？

通往恪巴村的山路

近年来，小山村与外界有了接触，一切在渐渐改变，村民用手机了，用的是藏语输入法，只可惜信号差，更像摆设。我那阵子每用手机都要上山找信号，碰巧了才能通，可说不了几句，又会断。更大的变化是干部驻村后带来了太阳能发电机和太阳能电视，山村的夜有了生机，尽管村民们不懂汉语，看不懂大多数频道，但外界信息无可避免地钻进了他们的视野。最高兴的是啤酒也进了山村，这于村民是很时髦的享受。我曾以为藏族只喝青稞酒，没想到他们最爱的是啤酒，人人酒量惊人。我在村里亲历过两次喝啤酒，眼界大开。一次是在老村主任家，十几个村民，男男女女，又喝又唱又跳，唱的是原始藏歌，跳的是古朴藏舞，那场面热闹奔放，令人难忘，遗憾我身在高原，不敢喝酒，后半夜不得不提前退场，第二天听说他们闹到凌晨4点，而一大早，他们照样干农活。第二次喝酒是在另一户村民家，村民们从头天清早直喝到第二天早上，我半道加入，仍没能撑到散场。后来发现，这样的狂欢在村里是常事。每当那样的夜晚，沉睡的山村只有喝酒的人家亮着灯，兴奋着全村人的神经，直到天明。偏远的山村，村民们就这样坚守着简单的生存法则，那是都市人不懂的生活，但它是真实的，还会一代代真实下去。

以都市人看，村民的生活简单又单调，甚至原始，可他们从不言苦。那段时间，我习惯了鸡犬之声相闻、牛羊身影不绝，见识了挤奶、打酥油、做糌粑，也目睹了酿酒、织羊毛、挖木勺，置身这一切，像是回到了古代，可他们分明与我同处21世纪。临行前的一天，我拜访了老书记，问问他日子咋样，他只说生活好多了，很感谢政府，再问他有何要求，他直摇头。他的表情是那么真诚，看得出是实话，而我不知怎的心里涌起了一股暖流。我问老书记政府有没有打算将他们迁出，答案出乎意料，不是政府没考虑，是村民不愿走。

是呀，谁不恋故土呢？藏民本来就很朴实，他们对精神的追求远胜于物质，这也许与信仰有关，也许与一个民族根深蒂固的价值观有关，他们本来就是天上的民族，家园岂不应该在云端之上吗？

邦锦梅朵盛开的地方

一间小石屋，一座玛尼堆，在云雾里忽隐忽现，一片空荡荡的草甸布满了杂乱的牛蹄印，阵阵淡淡的牛粪味在空气中游离飘散，间或还有一两声牧羊犬的吠叫，只是不见牛羊和牧民。我有点不敢相信，恪巴村赖以生存的高山牧场，原来这般原始和荒凉。

走近才发现，三个牧民正在门口朝我憨笑，他们的灰头土脸与灰暗的石屋浑然一体，要是不靠近，我以为没有人。看得出他们对我的到来很惊喜，这个海拔近6000米的喜马拉雅山腹地牧场，连树木都无法存活，从无外人光顾，更没有干部上来过。前几天，听说我要上牧场，山村轰动，村民们既兴奋又担心，提前备了马，还买了红景天。今天出发，三匹马六七个人，武装成了响当当的马队，如此隆重，在村里头一次。幸亏有马，否则我熬不到牧场。从山村到牧场，半天艰难攀爬，连藏民索朗次仁也挺不住吐了，我全靠骑马才渡过难关。

也许是从无来客，也许是条件差，我的造访令他们不知所措。当我故作轻松地喝着酥油茶，嚼着风干肉时，他们才稍稍安了心，但依旧不知说什么。我静静地打量石屋，发现的确简陋。石棉瓦顶棚单薄又阴暗，不隔热也不防寒；石块堆叠的墙壁，满眼缝隙，到处透着光亮，在9月的天气里，寒风嗖嗖；凹凸又狭小的地面，几乎无处落脚；而正中正燃着火盆在煮奶，燃烧的灰烬直窜鼻孔。石屋里没有像样的用品，他们只好把卧具铺开，让我和索朗次仁小坐。那几条脏兮兮的毛毡已辨不出颜色，要不是在特定环境，我定没心情碰它，但在高山上，我顾不上许多，坐在毡子上时，居然有温暖的质感。

此时，上午挤奶刚结束，他们边招待我，边忙着做酥油，索朗次仁则向我介绍着他们。只是名字难记，我只记住了索朗顿珠，因为我与他已二次见面。几天前的晚上，在老村主任家喝酒，他醉得厉害，还握着我的手，说了许多我听不懂的藏语。我退场时，他醉卧卡垫，浑然不知。第二天才知道，他常年在高山牧场，几个月才下山一次，热闹于他很难得，他下山唯一想的就是喝酒，而一喝往往就醉。后来又听说，他那晚喋喋不休，是在说牧场的用水，他以为我这个驻村干部有很大的能耐，能够帮助他解决用水难题。我突然就有了压力，我知道像这样的牧场西藏有不少，天高路远，供水难如登天，暂时还没好办法，不是政府不给力。今天再见到他，他似乎不好意思，而我愈加不安。我没能满足他的愿望，只买了太阳能烧水设备，带了几箱啤酒，而无力做得更多。我的歉意无法告诉他，他不懂汉语。听索朗次仁说，索朗顿珠才三十五岁，却苍老得像五十出头。他没成家，据说不想找。但我更觉得他回避了什么，常年在喜马拉雅山上，与牦牛、牧羊犬和山鹰为伴，谁能耐住寂寞嫁给他呢？

在格巴村高山牧场遥望远方

高入云端的草甸上，只有苔藓和邦锦梅朵

与海拔5000不到的浪卡子县相比，恪巴村高山牧场仿佛在天上。索朗顿珠他们三个牧民就生活在天上的牧场，但他们过的却远不是天堂的日子。从他们木讷的表情、迟钝的语言，我感觉到了与世隔绝，他们难得有机会下山，难得有人说话，孤独和寂寞无法想象。但山村离不开他们，他们是全村人的希望。牧场有几百头牦牛，那是全村十八户的命根子。为了牦牛，他们凌晨三四点起来挤奶，太阳爬上山顶时，奶挤完了，又要赶紧做酥油，酥油做完后，又要挤下午的奶，一天就这样围着牦牛转，每季度还要送酥油奶渣下山一次，上下走两次。我骑着马，费了九牛二虎之力走过的崎岖山路，却是他们最幸福的路程，因为能看到村里的炊烟，喝到久违的青稞酒，还能不管死活地醉一场。

我在石屋里，第一次见识了酥油制作，才知道十分不易。从挤奶、煮奶到捣压，最后分离出酥油和奶渣，足足要忙大半天。难的是捣压，要在齐腰深的特制木桶中，用特制工具上下捣压上千次，不仅要体力和技巧，更要有足够的耐心，俨然是身体和心灵的历练。在索朗次仁鼓励下，我好奇地试了几下，费劲得冒汗，还将奶水溅到了衣服上，我惭愧又无语。也是打发寂寞，也是鼓足精神，他们捣酥油时，总是随捣压节奏，哼着什么，像劳动号子，低沉雄浑，透着艰辛。只有那时，石屋里才热气腾腾，而他们就在这重复的号子中，多少年如一日，寂寞地迎送着牧场上的日升日落。忽然发现一架旧收音机，看不出颜色和牌子，我拧开开关，除了兹兹声，什么也听不见。我想这可能是他们唯一的娱乐了，只是想象不出，野狼怒嚎的夜晚，他们是如何把收音机当宝贝的。

我一直纠结着用水问题，可没勇气问。很想住几天体验一下，但顷刻又打消了念头，我实在没勇气在无粮无菜无水、与世隔绝的牧场上生活。我注意到，石屋的一切都黑魆魆的，连同他们的肤色。他们常年无水，靠奶生存，无法洗澡和洗漱，更不用说对用品清洗和擦抹了。四壁石缝里，塞的辣椒、风干肉、糌粑，都很不新鲜，我看上去，一点食欲也没有，而这些就是他们的一日三餐。我想当然地认为，在这样的环境里，不大可能有“卫生”的概念，也没有谁会介意什么。当我把余下的一块奶渣顺手递给牧民时，我全然没有多想。没想到他发现沾了灰尘，那可能是我捏拿时不小心留下的，他不好意思当我面表现出来，想是怕伤我的感情，背过身悄悄地用力吹了吹奶渣，然后才放心地送入口中。我窥见他的小小举动后，顷刻就有“被榨出皮袍下的小来”的惭愧。即使处于这样的环境，他们仍追求干净。

听说大山里的太阳落得早，我担心下山的路更难走，简单地嚼了糌粑和风干肉后，和牧民拍了几张合影，然后匆忙告辞。索朗次仁说又该到下午挤奶了，果然云雾中陆续出现了牦牛身影，牧场顿时有了生机，三个牧民拎着奶桶，习惯地迎接着它们，一言不发。在远离人烟的牧场，牦牛与他们生死与共，他们和它们心有灵犀。索朗次仁说，牧民们能从地上的牛蹄印，辨认出每一头牦牛，知道它们的去向，而牦牛们都知道三个牧民是它们的主人，包括每个主人的脾气，他们和它们，彼此信任，朴素地支撑着牧场的秩序。当牦牛们吃饱后，奶水充盈时，都会自动下来接受挤奶，挤完奶再自动上山，无须吆喝和呼唤。这默契的一幕使我好奇又难忘，我也感到了冷冰冰的牧场上多了另一种温暖。

我们告别时，没有寒暄，或许长期的隔绝使他们不知道寒暄，或许他们觉得寒暄多余，但眼神里分明有惜别。当我们踏上返程山脊时，三个牧民已被牦牛群包围，忙得正欢，空气中飘出了淡淡的奶香。此时，山鹰在头顶盘旋，草甸在脚下伸展，一路野花望不到尽头。因为路险，我和索朗次仁没再骑马，徒步下山，边走边欣赏草甸。我忽然注意到了一种小喇叭花，蓝艳艳的，只有花，没有叶，娇嫩地匍匐在草甸上，索朗次仁说它叫邦锦梅朵，很有诗意的名字，是爱情的意思，也象征丰收，只长在与雪莲差不多高的海拔上。他还说今年邦锦梅朵开得迟，也开得比往年旺，似乎有意等我上牧场。我不禁又想到了孑然一身的索朗顿珠，想到了牧民，他们一定常看到邦锦梅朵，它会给他们带来什么呢?而我再回望牧场时，牧民和牦牛均已模糊，石屋和玛尼堆轮廓依稀，牧羊犬不再吠叫，牧场上一片苍茫。

太阳照在喜马拉雅山上

恪巴村党员就如恪巴村，不为外人所知，他们在喜马拉雅山里过着封闭又寻常的日子，做着寻常的事，从没想到会被人提起，更不会想到被我这个援藏干部铭记。

要不是驻村，我绝不可能知道还有这样的村庄，十几户人家，一千年来，就散落在喜马拉雅山半山腰。山村面朝东方，与印度相对，站在村口不费力就能遥望山沟里的边境线，那是太阳升起的方向。村外是大山，常年积雪，冰冷地裹着小山村。即使最晴好的日子，日照时间也短得可怜，太阳10点出3点落。在村民心中，短短的日头很稀罕，也是温暖和希望。

最麻烦的是出山，得翻数十道悬崖，村民因此极少外出，更绝少有外人光顾。也因此，我这样的汉族干部驻村是破天荒的大事。进村第一晚，老书记、新书记、村主任、副村主任、妇女主任都来村委会欢迎我，他们是村委班子全部成员。虽语言不通，没有客套，但拎来的牦牛肉、青稞酒、辣椒酱，献给我的哈达，足以让我感受到热情和真诚。与内地有别，即使听说我是副局长，也没叫“领导”，他们连乡长也没见过，不知道局长是什么。陪我驻村的索朗次仁介绍后，他们也没多话，只有憨笑和握手，除了“谢谢”，我也不知说什么。话题只好在高原反应上，他们从我与他们不一样的皮肤，猜想我来这里不易，一再叮嘱我多休息。

索朗次仁说村委们遇要事才出面。反过来说，村委一出面，必定是大事。在恪巴村，共产党是至高无上的，人人都知道共产党好，入党历来最光荣，进村委更光荣。他们不懂“援藏”啥意思，也不会说这两个字的汉语，更没见过援藏干部，但都知道我是党的干部，来做好事的，他们从心底里欢迎我。白天我们的车子进村时，他们淳朴亲切的笑容、热情搬行李的举动，已经让我心生感动，没想到晚上还专门上门来欢迎。索朗次仁说，能来欢迎我，人人都很羡慕，我越发感受到他们对我的重视。我知道，这并非针对我个人，而是对党的爱戴和感恩。

其实，我第一脚踏进村委会时，就感觉恪巴村党组织不一般。村里最浓的颜色是绿，最鲜亮的是红。因树而绿，因旗而红。家家插国旗，村委会不仅插国旗，还常年飘着党旗。在边境线上，旗帜就是主权，也是党的象征，那一面面旗帜让我感受到了沉甸甸的分量。我在山村拍的照片中，大部分都有红旗，那鲜艳的红像山村的眼，成了照片的亮点。村委会是两层藏式小楼，面积不大，条件不好，但在山村已很难得，它是村里的活动室，是唯一能机动的房子，也是我和四位驻村藏族老师的临时住所。从门口牌子看得出，村委会平时没闲着，党员们常在这里活动。正面墙上挂了几代中央领导人照片，两边是党员活动图片和资料，有一面墙还列着党员活动考评表，不久前刚更新。

还有一面墙展示了两组照片进行对比,一组是旧西藏的悲惨画面,一组是新西藏的幸福生活。因驻村时间短,我没能赶上村委会党员活动的场面,想象不出党员们是如何点着酥油灯宣誓、学习、交流的,猜想那场面一定很特别。

后来我听说村干部中没人懂汉语,所有的学习活动都得靠一个叫扎堆的村民,只有他懂几句汉语,能写简单汉字。那次因为帮扶结对,我刚好去了他家,没见到他本人,他的残疾的妻子说他放牧去了。关于他家中的生活我没能了解,但我在堂屋案头看到了汉语字典和藏文书,妻子说扎堆喜欢看书,这在恪巴村绝无仅有。那几本已经翻旧了的书,应该来之不易,不要说他家境不好了,恪巴村出山如登天,就是有钱又哪里去买书?西藏的县城很少有书店,我在拉萨也没见过像样的大书店。我对扎堆不仅仅是钦佩,也有感动。

村委们看中扎堆也是有眼光,就是他常带党员们学习,使村里的党员了解了党和国家政策,进而传播给全村村民。他还负责写材料,定期向上级党组织报送。我觉得他这份差事并不容易,既当翻译,又当秘书。他的妻子残疾,他是家里的顶梁柱,全部农活都靠他,而更不容易的是他的汉语只是比文

作者与村民在山腰上挖土豆

作者(中)和一起驻村的藏族老师

恪巴村村委会前每天飘扬着国旗和党旗

盲稍好，任何简单的小材料都需要查字典才能看才能写，不知道每天与青稞、牦牛打交道的他，如何能坚持做，且无怨无悔。听说他积极性还挺高，村干部因此对他很信任。我没见过他写的材料，不知道都写了什么，能肯定的是他用心在做，在学，在写，他一定觉得很光荣吧。

亲眼看到党员活动，是村里那次修暖房。因为与世隔绝，村民们长期自给自足，连蔬菜也极少吃到，也是近年他们才了解了外界，于是想尝试种暖房蔬菜，改善生活。为这事，村委们很认真地商量了好久，还请了外面的技术人员指导。那几天，就见抬水泥，搬砖头，一群人起早摸黑干活。我和几个藏族老师苦于高原反应，又不懂技术，帮不上忙，便看他们干活。通过藏族老师沟通，我才知道修暖房是党员活动，党员们都积极参加，不拿任何报酬。更不会打什么标语，搞什么宣传报道，而是只做不说，从没想过要告诉什么人。像这样的活动，我听说在恪巴村司空见惯，修路、建磨坊、架太阳能都是党员活动。恰好那季节收青稞和土豆，村里几户特困村民家无劳力，又有人患病，党员们便轮流帮忙。我参加了几次活动，发觉党员们只默默干活，就如在自家劳动一样。我原本驻村有任务，要指导党员活动，看到村里党员活动，我感到需要反思的是我，而不是他们。我最终也没勇气开展什么指导，只尽可能做了点实事。

因为环境差，资源少，尽管有党和政府扶持，恪巴村依旧不富。但村民从未抱怨，有党组织，他们仿佛就有了主心骨，有了希望，生活其乐融融。在佛教味很浓的高原，恪巴村没有佛塔，也没有经幡，也没有人磕长头，这在西藏很少见。村民家里虽然也有佛堂，但他们更敬仰的是共产党。他们对党的感情，发自肺腑。听说政府曾想将他们迁出，没人愿意。有一天我问老书记有没有要求，他说藏语我一句没懂，藏族老师翻译说没要求，很感谢党和政府，也感谢我驻村帮助。我听了即惭愧又感慨，我在电影里听过这样的对白，总觉得不真实，没想到真有人这么说。从老书记的表情，我感到他说的是真心话。他就像其他村民一样，始终没忘记党的阳光和温暖，而他本身就是普通党员。也就是那天，我听说又有三个村民递了入党申请书，而他们此前已经在参加活动，是积极分子。

离别恪巴村那天，我没看到党员，连老书记和村主任也没见，猜想或许在山野里，或许在牛羊中，或许在村民家，因为他们本身就是普通村民，每天过着寻常的日子。而我回望山村时，国旗和党旗依旧吸引了我，在小山村万绿丛中，那么一点红，很鲜亮。

天上的雪莲

“江塘”藏语是“开阔”之意，“普玛”不知何意。在普玛江塘驻点过的德吉副局长猜是“不太好”的意思，也只能是猜。他在浪卡子教体局多年，是有名的全县通，可也说不清，可见普玛江塘的冷僻和荒远。德吉说，那里早先是无人区，后来成了逃犯和地痞流氓聚集地，新中国成立后才有人定居。德吉的推测并非无道理，普玛江塘乡政府驻地海拔5373米，乡内最高峰7000多米，是世界海拔最高的乡镇。对于内地来的我来说，不要说在普玛江塘生存，就是乘车走一趟，也极不易。

出浪卡子县城，车子一路攀升，雪山横亘在视野里，车内微微有缺氧感。过了达隆镇，山野就只长草不长树，不久全是高寒草甸了。德吉说这里只有两样物产，牦牛和雪莲。我暗自惊喜，没想到终于就要走近可望而不可即的雪莲，这对从内地来的我来说多么不易。可我发现牦牛不多，倒是不时有野

普玛江塘乡卫生院门口的海拔碑

海拔5000米的普莫雍错

在世界上海拔最高的普玛江塘小学,学生们课余时间习惯了不活动,而静静地晒太阳

盘羊在山崖上觅食。这么高的海拔，野盘羊没有天敌，它们才是自然的主人。普玛江塘的空气含氧量只有平原的百分之四十，也就是要五个鼻孔吸气，有正常人两倍半的肺活量，才能在普玛江塘生存。缺氧的严重出乎想象，人和动植物受不了，连机器也受不了。性能不好的车子会熄火，打火机点不着，复印机打印机也无法用，乡完小到今天还只能用蜡纸刻试卷，与我三十多年前在内地乡下教书时相似。我在乡完小看到了从没使用过的电视机，就因海拔高，收不到台，才没办法用。最麻烦的是三餐，什么都很难烧熟。德吉在乡完小驻点那阵，晚上同事们有时想聚会，吃的烧不熟，也买不到，酒又不敢喝，大家一合计，只好吃方便面。他吃过太多的方便面，对那家小店刻骨铭心，如今回忆，忍不住笑。

德吉那时年轻，有工作热情，加上对缺氧估计不足，曾要学生跑早操，没承想跑不了几步，学生个个嘴唇发紫，气喘不过来，把校长吓得不轻。他才明白，这里跑步和快走都是能死人的。他没想到，这个屋脊的屋脊比他长期生活的4600多米海拔的县城还要缺氧很多。后来他教体育课，只敢伸伸手，不敢弯弯腰，比内地散步的花样还要少。同在蓝天下，同样是学校，本该活泼的年龄，孩子们不敢活泼，对打球和跑步只能奢望，他们也不知道世界上还有想跑就跑、想动就动的学校。

那天，我在乡完小看到学生们都穿着崭新的藏装，却不在上课，一问才知道正赶上当地的节日，而所谓节日什么活动也没法搞，只是不用上课。学生们穿着盛装，像花蝴蝶散落在校园里，心里装着喜庆，外表看不出任何活蹦乱跳，大部分学生靠在栏杆边安静地晒太阳，连话也不大说。高原让他们一出生就离太阳很近，也让他们很小就懂得了自然法则，要想生存，就得适应。在这样高的海拔，一出生就得像老人，不能多说话，不能大笑，也不能一骨碌起床。我下车时，不敢弯腰，迈步像小脚女人，可还是困难，没走几步，头便胀痛。德吉是故地重游，可也不敢像在县城一样随意走动，只是小心地陪着我，不时提醒我悠着点。

普玛江塘现有人口900人，这是很了不起的数字，在这么高的海拔上，怀孕和生育都是不容易的事，长期以来，这里人口出生率极低。除了本地牧民，国家不提倡女人去普玛江塘工作，乡政府、学校、卫生院，好多年都没女职工，今天依旧凤毛麟角。那天赶上乡完小有手足口病，4个学生隔离，我去乡卫生院看望打点滴的学生，难得遇见一个女护士，从黑红的皮肤看，她是土生土长的本乡人。后来我在乡完小进一步发现女性极少，十几位教职工，多年来只有一位女性，是食堂临时工、校长夫人，就因她冒死来陪校长，校长才至今没调离。我在食堂见到了校长夫人，望着她单薄的身影，我能想象出她的孤单和寂寞，她想有一个同性说话都是奢望。

为了孩子有学上，缺氧缺教师的乡完小始终艰难地支撑着，校园里那面鲜艳的国旗四季都在寒风里飘扬，仰望那面国旗，我心里说不清是什么感受，想想内地，条件再差的学校与普玛江塘完小比也是天堂了。但普玛江塘总要有人坚守，总要有人付出，国家为此也动了不少脑筋。在这里只要工作五年就可调县城，干部可提拔，老师可评职称，可还是少有人敢来。我很敬佩的是，乡完小仍能多年如一日，每天七节课，从不偷工减料。他们做这些时，无人布置，无人检查，甚至无人听说，省和市的领导没法来，就是县城的领导也没法来。山南教育局我的那些同事，四分之三没去过那里。局长听说我去了，十分吃惊，我也因此成了我们这批援藏干部中唯一一个去过普玛江塘的人。

我在学校里简单地参观了一圈，感觉一切都在与高寒缺氧做斗争。塑料透明房是最大亮点，靠阳光取暖，师生们都住在里面。暖房里的几盆植物是全校唯一的绿色，但长势不好。食堂挨近暖房，看样子也不暖和，学生洗漱的一排水管都冻裂了，还没修，我忘了问如何用水，猜想一定很不方便，校长说水管每年都冻裂，年年要修，不修就没法吃喝。在别的学校我也看到过这样的现象，天气寒冷，没办法，只是这里更严重，即使水管不冻裂，也只有短暂的夏天中午能放出水，其余时间都结冰。食堂里码放的砖茶和蔬菜都是从县城买的，来之不易，已储藏很久，没了新鲜的样子，而师生们已习惯了，它们是每天伙食的全部指望。

普玛江塘的问题在环境严酷，一年只有两个月有绿色，几乎四季都是冬天，常年要烤火。我来的时候是一年中最热的季节，但仍要穿夹克衫。与西藏其他地方相比，普玛江塘缺少生机。这片土地没有一块耕地，长不出一棵青稞，更没有一棵树。我一路放眼四望，草原无边，雪山连绵，偶有点点牛羊。乡政府所在地是最大定居点，但在空旷、寒荒的高原上，它很可怜、渺小，仿佛可以忽略。据说冬天普玛江塘是一片不见尽头的大冰原，那时要砸冰取水。我看过央视专题片，普玛江塘的一个老妇人天一亮就冒着严寒，走很远的路，去普莫雍错砸冰取水，来回要走很远的路，那片子看得我心生严寒。严寒成了冬天的普玛江塘人难熬的日子，生火取暖常常还不济事，还要喝白酒御寒。这一来他们的白酒量不错，在很少沾白酒的西藏，这里是特例。这么高海拔敢喝白酒，在我甚至在德吉看来，都是把生死置之度外了。

但普玛江塘人对生活很乐观，他们知道有些东西无法选择，只能面对。统计说解放至今，普玛江塘从没人活过四十五岁。他们知道生命的上限，但从不悲观，也没想过要移居他乡。他们面对缺氧和高寒，以超乎想象的超然，感受着生活的酸甜苦辣，体现着生命的价值。这个不足1000人的小乡却有自己的文化节，每年5月开展，为期一周，届时，全乡六个村藏民汇聚乡镇府，住帐篷，演节目，换产品。文化节影响很广，连雪山那边的不丹人也来凑热闹，他们来一趟并不易，要翻雪山，还要走半天羊肠路，他们以虫草、服装、布料来换糌粑和酥油。内地闹“非典”后，不丹人才不敢登门，他们以为普玛江塘就是内地，从没想到与内地有十万八千里距离。后来普玛江塘每年照样邀请，他们还是不敢来，文化节成了真正的本土节日。德吉说别看小小文化节，内容不俗，还有非物质文化遗产献艺，有一种他叫不出名字只能用手比画的乐器，是谈情说爱的信物，成了压轴活。我们刚好赶上了文化节最后一天，没欣赏到绝活，但文化节氛围还在，数百顶军绿色帐篷，有的是临时杂货店，摆满了杂货和特产，有的是临时住处，铺盖炊具什么都有，一顶顶帐篷凑在一起，形成了临时小巷，像批发市场，又像军营，更像赶集。我们穿行时，有些藏民在帐篷群里聊天、闲逛、交换，享受着难得的夏天。有些人正朝文化站集中，听说是去拔河，我新鲜也意外，如此屋脊，竟能拔河，我不能不折服。有几个藏族女子特别醒目，我来回遇见过两次，藏装、头饰、大眼睛，黑色的藏帽、胭脂样的高原红，在帐篷群中，像大牌明星，却没人注意她们，都是老熟人吧。但从打扮和表情看，为了今天，她们很用了心思，要知道寒荒的高原上，她们能有多少这样的机会呢？

我遗憾没能等得及看热闹，也没能在乡完小吃饭，当然我头疼胸闷人恍惚，也不能坚持那么久，听说外来人都是来了就走，不敢久留，哪怕是藏民，德吉也建议早点离开。我们于是不甘心地告别了，走出帐篷群时，才刚过午后，却有傍晚的寒凉，放眼四望，草原空旷，雪山巍峨，没有绿色，也没有稀罕的雪莲，这令我失落。我是冲着雪莲来的，德吉分明说普玛江塘产雪莲，可它在哪里呢？当我在越野车上越行越远时，还在追问。

深秋，走在冈底斯山下

去索珠乡之前，我没听说过它。它其实就在我驻地的江对岸山坳，驱车半小时，先出城过江，再沿山坳下的村村通朝里走，深处就是。但我从宿舍窗前从未能远眺过索珠乡，一座高高的山峰遮住了视野里的一切，那是冈底斯山脉的山峰，地图上叫郭喀拉日居，很奇怪的名字，只有灌木丛，谈不上风景，但白云蓝天下的山峰像巨人，总是毫无遮拦地进入我的视野，由不得我不被它吸引。当我知道索珠乡在山坳时，对山峰的印象便有了改变，我知道山峰下有水磨坊，有喇嘛庙，有牛羊和青稞地，有村落里的藏家，还有秋日高原的宁静。

水磨坊是糌粑厂标志，糌粑厂在山坡上，乍看像公园，秋树、野花包裹着厂区，没有机器轰鸣，也没有人声，不像在生产。先前去过的桑杰旺姆说厂子才开业，人不多，产量小。明年将建第二期，产、购、玩、食、宿一条龙。说这话时，桑杰旺姆似有期待，但我不懂她期待什么，我很难想象她会经常来，这样的山坳，一条龙能玩出什么呢?山坳的动人就在于它的原始，越现代就越没风景了。但这只是我的认识，很多人并不这么想，经济要发展，生态又要保护，这的确难。还好我来得早，厂子还没火，山坳静悄悄的，连水磨声似乎也没有，但我知道有四排水磨坊在生产，它们在一个中年男人看护下，正卖力地把青稞碾成面粉，变成能直接食用的糌粑，水磨是厂子的命根子，也是外人眼中的风景。

在索珠乡，糌粑厂的机械化是特例，流水线虽不完全，但对于祖祖辈辈放牧耕种的藏民来说还是很新鲜，当崭新的厂房建起，炒熟、脱皮、碾制、包装被分割成一个个独立车间时，藏民们第一次知道磨了数百年的糌粑还可以这样加工。一传十，十传百，糌粑厂成了热点，藏民们好奇地来参观，像看戏法。我在炒熟车间，看到三个工人在劳作，为炒熟的青稞装袋，他们不慌不忙，对我们进入车间毫不介意。可见常有人看热闹，他们已习以为常。见我对熟青稞感兴趣，他们友好地说可以尝，我和桑杰旺姆便尝了几粒，淡淡的炒货香让我想起爆米花，却让桑杰旺姆冒出了很多感慨，甚至想到了家乡。她家也在冈底斯山下，在江对岸扎囊县，以前穷，拿炒青稞当零食，吃得津津有味。那时三餐都靠糌粑，没它就没法活，而现在只有七十七岁老母亲还离不开糌粑，她和孩子们主食已汉化，炒青稞再无人问津了，但炒青稞里有她太多的童年回忆。

我佩服老板的眼光，抓住了藏民心结，把糌粑当老味道打造，还做出了品牌。在糌粑厂陈列室，糌粑产品眼花缭乱，有普通袋装，也有礼品盒，精美的设计让糌粑从纯粮食转身成了旅游品，让它能走出高原。我一直吃不惯糌粑，只拍了照片，什么也没买。出门时，我在门口留了影，是因为哗哗的小溪

深秋的高原上,处处都是秋色

流过厂外,动静对比,很有特别的意味。桑杰旺姆也说厂址好,在山坳的核心,是圣洁之地,夏天藏民们都来过林卡,秋初还来野餐。小溪是冈底斯山雪水,是藏民的最爱,索珠乡靠它养活。每年初秋沐浴节,藏民们男男女女下水洗浴,说能洗去罪恶。他们还用土豆、牦牛肉在溪边烧烤,唱藏歌、跳藏舞、喝啤酒,那时的糌粑厂见证着小溪的欢快和热闹。桑杰旺姆和司机要我明年一定来,我想我不大可能有机会再来,但我对那样的热闹的确充满想象。

离开糌粑厂,沿途是零星藏村,峡谷一片金黄,杨树、牧草都像染了色,桑杰旺姆说这是索珠乡最好的季节,每年这个季节都有藏民来踏秋。据说再向前是牧场,风景更好,但车子进去难。我顺着他们说的方向遥望,两侧都是山,向远处越来越窄,金黄的白杨树遮住了尽头,不知伸向哪里。怕司机麻烦,我们就此返程。返程时,一路依旧静悄悄的,三两孩童背着书包路过,对我们和车不感兴趣，偶尔扫一眼，并不停步。也有穿藏袍的妇女摇着转经筒，踽踽独行，可当我拿相机时，她又好似无意地躲着镜头。这与我的想象有些反差，我在中印边境深山里见过的藏民并不是这样，他们对我的相机很感兴趣，有时还凑过来瞅照片，索珠乡显然已见惯了现代生活。不过索珠乡还保留了部分原汁原味，至少节奏上还没与现代接轨，我看到有藏民在门口投入地玩骰子，手口并用，即便在村村通的水泥路边，他们也悠然自得，十分忘我。在他们眼里，祖辈是这样的节奏，父辈也是，他们习惯了不紧不慢的安宁。

沿途的人气只聚在两处，一处是佛塔，一处是喇嘛庙。佛塔在村村通尽头的小村边，傍着小溪，规模不大，被一大丛秋树包围，经幡拉在雪白的佛塔和金黄的树丛间，艳丽和肃穆笼罩着小村。傍晚的松烟告诉我有藏民刚刚煨

冈底斯山下的秋天

过桑，桑杰旺姆不自觉地绕了佛塔三圈。藏民们种青稞放牧，日出而作，日落而息，总不忘围着佛塔煨桑、转经，这已经是常态。

喇嘛庙在归途的半路，是西藏名不见经传的小庙，像这样的小庙高原上有上千座，但它在索珠乡很闻名。从高扬的经幡柱和硕大的煨桑炉就知道它在当地藏民心中的分量。此时太阳已偏西，不大的院落里阴影重重，转经、跪拜、磕长头的仍然不少。磕头的地方奇特又神秘，是墙壁下的黑洞，遮着厚实的布帘，磕头时得双膝跪地，头伸进洞。要是腿脚不好，磕头不容易，可藏民们就是这样一年到头磕来磕去，心满意足。桑杰旺姆说小庙灵就灵在磕头，能治失眠，当然藏民祈福并不只为失眠。听她们说得这么神奇，我弯腰伸头瞅了洞口，洞里漆黑，有浓浓的陈年气息，什么也看不见，不知道这样的空洞有什么来头。但油腻腻的洞口告诉我无数人伸过头，佛教和传统还在高原上深深地保留，不论时代变迁，而这些与他们见过世面并不矛盾。

离开喇嘛庙时，夕阳更红，郭喀拉日居山峰金顶初现，路边的白杨落叶洒金，零星的牛羊在低头觅食，俨然画中静物。我们走走停停，时而下车抓拍，而无人打扰和旁观，仿佛都在傍晚安睡了。但我知道林子里有糌粑，有人念佛，有看不见的鲜活，藏民们该干什么还干什么，无心关注我们。在他们看来，生活就是这样，日复一日，年年不变，像凝固了似的，而没有谁想过，一切明明在悄然改变。今天的太阳要落了，又一个黄昏将来临。

路过卡达

一夜寒风，错那的清晨群山披雪，风像刀子。这样的天气，在错那进行任何活动都很困难，何况去偏僻的卡达乡，连县教育局旺久局长也不敢保证能

五月去卡达，沿途大雪弥漫

否顺利。错那海拔高，雪天多，一年有好几个月在下雪，即便夏天，冷不丁就能飘雪，而冬天雪一下就能存很厚，从隆子通错那的公路，有一段山口，路两边常年插着两米多高的固定铁标杆，像标尺，据说就是为冬天司机开车用的，几尺厚的雪，路完全看不见，司机只能沿着标杆中间小心翼翼地移动，稍有不慎，就会滑入山沟。昨晚夜雪不算大，但对于偏远的卡达，没人说得清，我们也只能按计划去卡达。果然出城后就不对劲，一路都是厚厚的雪，天上还在下，比城里显然下得大，我们于是一路小心翼翼，摸索着前行。说实话，我没经历过在高原上雪天行车，还是新鲜的，但不久就遇到了麻烦，车子爆胎了，大伙只好下车，冒着风雪，帮司机换轮胎，寻常不太难的换胎，在风雪中要困难得多，折腾好久，才换成功。此时，严寒已将我的新鲜感一扫而光，剩下的都是冷。再上车时，话题全然变了，大伙都盼着快到卡达，都知道在这样的寒

卡达乡的冰天雪地里，也能见到绿油油的柳树

天里，茶馆是最温暖的。路上听旺久介绍，卡达虽然偏远，茶馆却不缺。

旺久说卡达乡虽偏远，却不荒凉，它是产粮大乡，这主要得益于地理和气候。卡达地处喜马拉雅山东南坡，印度洋的暖湿气流是近水楼台，因此能种两季作物，这在错那是罕见的。旺久的话并不夸张，我们从错那县城出来，一路没见到一棵树，沿途的青稞才吐绿，到了卡达，青稞却已抽穗，村野郁郁葱葱，感觉像到了内地。丰厚的物产加上是边境，与印度接壤，便有得天独厚的优势。据说小镇自古繁荣，常年不缺外来客和外地货。长期的商贸集散，使小镇人会经商，也时尚。小镇给我的第一感觉是干净、整齐、葱绿、闲适，比寒荒的县城更宜居。旺久说，卡达在新中国成立前就被称为“小拉萨”了，言下之意，小镇人从来只看中拉萨，看不上县城。

我们停车后，就近找了一家茶馆，从旺久轻车熟路的举止来看，他应该不止一次来过这家茶馆，他是极其敬业的教育局长，全县的穷乡僻壤没有他不熟悉的，哪里有茶馆，哪里能吃藏面，他都了如指掌。茶馆装修不精，老板娘却端庄，见我们进屋，不用说来意，就摆了茶具，仿佛老熟客。藏族人相遇，总是很默契，几句藏语立刻就没有距离。老板娘斟上甜茶后，接着做早餐。不一会，就端上了青椒肉丝面，每人一大碗，从汤料和面色看，不亚于内地牛肉面，这让我很意外，藏区向来吃藏面，我这样的内地人很难习惯。而我没见旺久点餐，她就做了汉面，还很地道，显然老板娘见过世面。

旺久他们还在喝茶时，我就匆匆吃完面条，外出溜达了，想看看小镇模样。小镇很袖珍，从北到南，一条水泥路，两边是民居。民居后是绿油油的山野，看了令人心动，这在高海拔的错那是比较稀罕的。山野上绛色的寺庙和五色经幡遥遥可见，那是西藏常见的风景，但在与印度接壤的小镇却是暖心的风景，也是小镇人心灵的依靠，有了它们，小镇人就有了佛事可做，也踏实了许多。杂货店只有几家，开在路边，都不排场，也没有顾客，但照样在营业。在偏远的卡达，杂货店里的任何产品都会让人不能不满意。茶馆却是另一番模样，不足千人的小镇，藏茶馆有四五家，都遮着厚厚的门帘，让人猜不透其中的热闹，但我能想到，一到晚上，它们一定是小镇最温暖和甜蜜的地方。藏族人爱茶，在卡达也不例外。只是不知道在交通不便的卡达，茶馆里

卡达藏刀厂的工匠们手工打制藏刀

通常会坐着哪些茶客，会发生怎样的故事。我来得不巧，是早晨，几家茶馆的门帘缝里都冒着热气，留给我的只能是一缕缕不着边际的想象。

镇南似乎是热闹中心，乡政府、邮局、移动公司、杂货店都挤在那一块，有些建筑没有藏式特点，似乎在告诉人小镇的变化。附近还有几家餐馆，从招牌看，主人来自内地，仍然是重庆和四川较多，不知道他们如何找到了偏远的

小镇。我随意走进一家杂货店，店主是藏族半老徐娘，她见我明显不想购物，依旧很友善。我打量店内商品，品种相当丰富，只是摆设很随意，仿佛任何人都可随手取货。有两样货物很特别，像油炸麻圆和干枯的芝麻秆，老板娘说是红糖和烟叶。红糖可做甜茶，我并不陌生，烟叶是个谜，我从没见过藏民抽烟叶，他们更喜欢的是卷烟。小镇人与我有着隔世的生活，他们的生活如今在大城市，甚至在错那县城也不会遇见了。小店的主打似乎不在吃，而在用，日用杂什无所不包，铁农具尤其醒目，一把把靠在门口，很方便挑选，这让我想到了藏刀，我试探地问女主人卖不卖，以为她不懂汉语，没想到她普通话比我还标准，她说店里不卖，但小镇有藏刀厂，在村西头。

其实来之前，我已听说小镇有两大亮点，藏刀和美女。美女配藏刀不协调，可偏偏都出在小镇，相映生辉。据说小镇女人漂亮、贤惠，在错那极出名，即便在外县，说起卡达美女，也是人人心动。旺久说县城干部职工有不少娶的就是卡达美女，她们去县城打工，随后与当地人恋爱、结婚，留在了县城。卡达本地男人因此感到了危机。在爱情这个问题上，永远谈不上公平。我在小镇溜达时，没发现美女，不知道是不是都在县城。与美女相比，藏刀要内敛得多，不过要想买到好的藏刀，也要动脑子。旺久说小镇藏刀历史久，都是手工打制，上乘的好刀要订制，还要设法弄到好钢材，否则枉然。如今小镇还有三十多名藏刀艺人，有一个叫扎西顿珠，四十七八岁，当年山南乃东的雍布拉康金顶就是他制作的，他的金工手艺远近闻名。前几年，旺久找他打过藏刀。不过，目前扎西顿珠已不做私活，县政府要打造藏刀，把艺人集中办了厂，不准私人再打造。旺久自豪地说，这个主意多亏了他，那时小镇有三四家藏刀铺，谈不上规模，但他看到了前景，于是2007年他向政府建议办厂包装，政府拿出了15万元，打造卡达藏刀，“卡达藏刀”从此成了品牌。

恰好我想买藏刀，公务结束后，我们去了藏刀厂。藏刀厂不大，一排平房隔成三间小厂房，看不出有什么分工，在其中一间里，十几个工人，他们锤、凿、磨、切，干着完全传统的匠人活，他们工具简陋，坐在小凳上埋头干活，远看每个人都像修鞋的皮匠。我好奇地凑近时，他们头也不大抬，照旧忙着手里的活，于他们这就是每天的生活，没有什么好奇的，当然，他们也从来没想过藏刀对内地人有什么意义。旺久说一天只能打制十来把，但质量绝对有保证。我随意试试，掂掂分量，摸摸刀锋，不亚于拉孜藏刀。不过价格不低，我挑了六把小刀，花了两千多，这还是旺久谈的优惠价。出厂时，我想握刀留影，却发现门口连厂名也没有，更没有门卫，这的确是不成规模，也不光鲜的小厂。这样的小本经营，是很难财大气粗地宣传的，只有识货人才对它钟情。我想起了汪元先前的话，藏刀的买主越来越少，何况卡达如此偏远。藏刀的萧条可能原因很多，但在现代社会藏刀用途大大减少是不争的事实，这让我担心它的未来，很多传统工艺就是这样消失的，不知道多年后，还能不能见到卡达藏刀。

但小镇人并不多虑，多少年来，他们悠然的日子恬淡如田园诗。旺久说卡达名气大，不仅仅在错那。内地人来开饭店，似乎也印证了他的话。那么卡达魅力在哪里呢？离开卡达后，我还多次想过这问题，忽而联想到茶、美女和藏刀，就有了答案——有了它们，卡达虽然远在喜马拉雅山下的边境，也不会藏在深闺人不识。

你知道西藏的色彩有多艳

西藏能夺人心魄的东西多，最直观的是色彩，倘若不看色彩，味道便少了一半。

我去西藏拍的第一张照片是天，是天的蓝让我不能不拍。那是我第一次去西藏，一出贡嘎机场，就是山南地委欢迎的人群，藏族姑娘们手捧哈达，端着切玛，捧着青稞酒，站成一排，背景是候机楼和蓝天。候机楼与内地比小巫见大巫，但是天蓝得虚幻，那是我从未见过的天，抑制不住震撼，便抓紧拍了好几张照片。一周后，我第一次到单位，从四楼的宿舍仰望，天也是那样蓝，我又禁不住拍了不少。那些照片实际上都很空洞，但蓝得惊人。我每每忍不住发给内地朋友，朋友们惊呼天太蓝时，想象我很幸福，而忘了我每天饱受缺氧和“高反”的折磨。后来时间久了，发现蓝天在西藏太普通，蓝天是西藏万物的背景和底色，没有蓝天才不正常，即便雨雪天，雨雪也是稍纵即逝，旋即蓝天白云，寻常日子，天总是蓝得醉人。

我常驻的泽当镇常年被蓝天包裹，像是画在蓝色画布上的小镇。那时，我睡眠很差，起床时总是晕乎乎的，但只要拉开窗帘，立即就心旷神怡，忘了疲惫，就因为开窗就能见到蓝天和贡布日神山。那时候，缺氧使援藏干部都很少出门走动，我和铜陵来的方其满医生算是喜欢出门的，我们就结伴去贡布日神山上看天看山。坐在神山上俯瞰小镇，蓝天之下，一眼千里，毫无遮

西藏的夏天，油菜花映着蓝天

雅鲁藏布江边山口的经幡

雅鲁藏布江江畔的秋天，远方是贡布日神山

拦，房舍、街道、山岗纯正而透明。雅鲁藏布江像白色哈达，轻柔地飘过贡布日山脚，缓缓地流向下游的东方。那是一种依稀不在人间的感觉，西方是日喀则，近处是山南，往东是林芝，虽然我看不见江水流去的尽头，但我知道它穿过青色的山岭后，最终通向遥远的印度。小镇的建筑谈不上高大雄伟，但藏式房顶、屋檐、门帘的色彩和样式尤其丰富，加上点缀在山野、河流、树丛的五色经幡，感觉是天外人间。有一段时间，我很想画画，为色、为景、为人，还请内地朋友带来了笔和纸，遗憾终究没动笔。

西藏的风景绝不仅在蓝天，大地更是色彩明艳。夏天，牧草遍地，处处皆绿;秋天，树叶金黄，遍地洒金，而冬天，银装素裹，一片洁白。最稀奇的是春天，不像内地百花争艳，而是铺天盖地只有两大色块，土黄和蓝紫。土黄是因为树木还没发芽，山野一片枯黄，黄得很纯净，连人似乎也变土黄色了。但就在壮阔无边的土黄中，铺陈着一丛丛、一片片、一团团蓝紫色，蓝得动人，像凡·高的笔触狂野地涂在大地上，那是我从未见过、也无法形容的自然界色泽。那种蓝来自一种丛生植物，远看似薰衣草，近看是灌木丛，它不畏严寒干旱，遍地生根，每到4月，蓝紫色小花开遍雅鲁藏布江两岸的山野，没有香味，却绚丽震撼。那时在山野穿行，很自然会想起普罗旺斯，却比普罗旺斯更壮观。可惜我不知道那灌木叫什么，问过藏族司机，说是蓝刺，后来又听援藏干部虞文胜说叫狼牙刺，终究没弄清名称。我姑且叫它蓝刺吧。藏民说蓝刺以前只能当柴火，炒青稞特别香，发现能固沙后，政府才不让砍。我很为蓝刺鸣不平，这么漂亮的色彩却有那么委屈的过去，至今连像样的名字也没有，当然也许只是我无从知道罢了。

藏民很有色彩天赋，这或许与环境有关。他们一睁眼，就是蓝天、白云、草场、雪山，这种大块色彩比野兽派油画更慑人心魄。或许也因此，藏民从骨子里喜欢五彩斑斓，而少有人追求淡雅和素净。即使在最贫穷的年代，他们也将房舍打扮得花花绿绿，如今更是在色彩上做文章。藏民家最讲究装饰，从门窗到天花板，卧室到厨房，甚至羊圈，处处雕梁画栋，描红涂绿，怎么鲜艳怎么涂。家具也都精雕细刻，花枝招展。藏民卧具不用床，而用卡垫和毛毯，一圈围在卧室，大红大紫，鲜艳得像新房。我有一个朋友去甘孜藏区，在藏民家住宿时，一夜未合眼，我一问才知道，是藏家色彩太艳，还挂着白色哈达，他联想太多，很害怕。我能猜想朋友联想到了什么，但藏民并不忌讳生死，要的就是鲜艳。至于寺庙，白、黑、黄和喇嘛红，千年不变，它们在蓝天和雪山下，和谐、绚丽，浑然天成。藏民还很注重服饰和头饰，色彩和材质都很用心，很多人把家产全穿戴在身上，花花绿绿。我喜欢藏舞，就是因服饰和头饰，舞起来像万花筒。而藏族节日多，展示机会便也多。前年夏天，山南雅砻文化节开幕式，上千名演员集体舞蹈，服饰和头饰色彩纷呈，我举着摄像机很辛苦地拍了两小时。

藏民对色彩的追求狂热到崇拜，从信仰上就能看出。不知何时起，藏族有挂经幡风俗，山头、水边、林地、草场、路边、房顶，红、白、黄、绿、蓝五色经幡随风飘扬。据说五色代表金、木、水、火、土，每被风吹动一次，等于诵经一遍，真是聪明做法，省力又增效。于我，它更是飘动的风景，飘扬的经幡时时张扬着神圣和美丽。实际上，不止经幡，唐卡色泽也艳，宗教味也浓。唐卡原本因宗教而生，被藏民称为“流动的佛堂”，意思是可随身携带，随时膜拜。藏民家家都挂唐卡，或在客厅或在佛堂，它的鲜艳胜过印象派油画，意味也超出了美术本身。据说唐卡颜料是矿物所制，千年不变，在山南寺庙，我见过一千四百年前的唐卡，至今色泽没多少变化。与唐卡可比美的是壁画，西藏是壁画世界，有寺庙就有壁画。我在布达拉宫、大昭寺、扎什伦布寺、托林寺、塔尔寺参观，导游都要讲壁画，色彩和颜料都是重点，我都没记住内容，只记得色彩很艳丽，我问到西藏去的其他朋友，感受几与我类似。

其实，藏民自身就是多彩的，他们黝黑的皮肤如陈年古铜，宽大的藏袍色彩厚重，很适合摄影和画画，而内地人肤色和服装即使在那样的蓝天下也要逊色得多。所以仅就色彩来说，我觉得藏民族很幸运，得益于天然造化。当然任何色彩都是死的，只有人是活的，内心有色彩，色彩才会鲜亮，这一点藏族与我们都无例外，我们都生活在同一片蓝天下。

五月的藏南，漫山索鲁梅朵

娘姆江边的人们

“娘姆”不知道是门巴语还是藏语，译成汉语后，用于江名立刻多了母性温馨。娘姆江的确就是门巴人的母亲河，但门巴人是娘姆江土著，还是外来移民，我没查到资料。在错那多年的旺久也不清楚，他是外乡来此工作的藏族，只知道门巴人很少，四个民族乡，人口不到600。不过门巴人分布广，沿娘姆江南行，蜿蜒曲折的高山峡谷就是他们的家园。在杜鹃花盛开的5月里，这里云遮雾绕，让人看不清面目，也让人对门巴人有无尽的想象。

我行车数十分钟，也没遇见任何人，只偶尔望见山顶有若隐若现的村寨，而娘姆江哗哗的水声不时传入耳中，仿佛并不真切。门巴人长期封闭，少与外界交往。他们不关心山外的变化，山外人也很少能走近他们，更不懂他们的内心世界。旺久是错那教育局的老局长了，很敬业，对于全县学校包括最偏远的教学点，他都了如指掌，连代课教师他都能准确说出姓名和家庭情况。

但即便在旺久眼里，门巴人也有太多的问号，他和他们都在错那，却始终生活在两个不同的世界。旺久对门巴人的好奇，就如我对旺久他们藏族人好奇一样。

以前门巴人更隔绝，直到新中国成立初，他们还封闭在“乃不知有汉，无论魏晋”的世外。他们沿江边高山散居，日日俯瞰娘姆江，却从不向娘姆江索取，只是把娘姆江当成故乡符号。他们更多的是靠山吃山，以林、茶谋生。他们不习惯铁器，也几乎没有铁器，以石、木、竹器生活，石锅、木碗、竹编享誉高原。竹编我没见过，高原上长竹子对我一直是谜，但石锅和

错那县勒门巴民族乡村民的小石楼

娘姆江边麻玛门巴民族乡

木碗我有印象。石锅是门巴特产，即便在电器时代，它也没淡出生活。我没尝过门巴石锅饭菜，不知有何特别，但我在林芝逛过门巴石锅店，青白石头凿成鼓状圆盘，中间掏空，打磨后就成石锅。石锅好坏一看石材，二看凿痕，好的能卖数千元。店主说石锅有药效，我不知真假。我想门巴人用石锅不会冲着药效，在三餐不保的过去，他们想法不会花哨。木碗并非门巴人独有，但门巴木碗令人称道，旺久说杜鹃老树做的是上品，纹理漂亮，结实耐用。我后悔没在门巴买木碗，后来在拉萨买过阿里小木碗，才二十儿元，只能想象成门巴木碗了。

公路修通后，门巴人才与外界多了交往，可还是离不开山，离不开树和茶。我在勒乡，约略解了他们的简单生活。勒乡是四个门巴乡中的边境乡，只有两个村，勒村最靠边境，也是乡政府驻地。我趁午饭间隙，在勒村转了一会，引起了村民的注意。边境人从来警惕，这是长期养成的习惯。从房舍的石墙苔痕，我猜想村子有不短的历史，如今石楼错落，石径纵横，古树遮阴，舒朗又整洁，很适合人居。可是并不见鸡鸣犬吠和孩童玩耍，要不是哗哗的娘姆江傍村而过，村子的寂静会让人憋闷。我转来转去，只见到几个妇女和一个中年男人。妇女们在树荫下打麻将，边玩边打量我。男人盯梢我一段，问我是干什么的。我告知来意，他仍不放心。知道他是村干部，我便不奇怪。他叫普布，在乡纪委，这个中午他无所事事，我们便聊了一会。我以为村民们放牧或外出打工了，可普布说村里人不放牧，生活靠采茶种树和政府补贴，村里人口少，无人外出打工，有时还要找外乡人来干活。我问他日子怎样，他好像答非所问，但能看出满足。我又问他，村里人最想什么，他抬头看着南边的大山，有些茫然，或许除了山，什么都没想，山终归是勒村人的一切。聊到上

门巴族最爱吃的早餐——荞麦饼等

学时，普布才来了精神，说村里孩子都上学，但孩子少，原先的学校撤了，要去麻玛乡寄宿上学。麻玛乡住的也都是门巴人，孩子在那里寄宿也都习惯了，这几年还有考取大学和中专的。我从他话里听出了自豪。

即使生活好了，娘姆江边门巴人的物质追求也不复杂，他们不狩猎不杀生，甚至不吃猪、鸡和野兽，过着近似素食的日子，与林芝门巴人不同，据说是受藏传佛教影响。他们长期与藏族杂居，很多方面与藏族相似。我一直分不清门巴人与藏民在饮食、语言、服饰上的区别。我在麻玛乡吃过门巴早餐，荞麦饼、奶渣、生小白菜和辣椒汁，听说很正宗，而我感觉是藏族糌粑翻版，当然也不好吃，奇怪的是藏族司机也吃不惯，他宁可泡两包方便面。旺久说，门巴人虽然生活在藏区，却有很多独特风俗，比如相信鸡肝能预示吉凶，遇大事会杀鸡取肝，最有趣的是男人爱在脖子上挂刀，方便吃肉时割肉，与藏族挂腰刀不同。不过有些风俗也在变，我在勒村吃午饭的那家路边店叫“老兵饭店”，很有趣很内地的名字，饭菜口味也很内地，让我隐约感受到了某种变化。路过村口时，我留意到了门巴木碗店，不在营业，但留着手机号，我想门巴人也有市场意识了，也许再过几年，对生活没有过多奢望的他们也会走出大山。

听说娘姆江流向的远方是印度，从勒村却无法遥望那远方，高山峻岭如屏障包围着小小的勒村，娘姆江绕村而过，转弯抹角，流得很费力，几米之外就折转方向，不知去向了，只有哗哗声在山谷里回荡。我在村里转悠时，在任何角落都能听到水声。村子靠江一侧，水声轰鸣，那是自然界的喧嚣，于外人可能是噪声，于勒村人却是习惯了的乐声。

门巴人是很会唱情歌的，人口不多的门巴族情歌很多，我买过一本门巴情歌汇编，那是多年前的汉译本，书页微黄，随意翻读，短小的情歌像打油诗，又像儿歌，朴素直白、情真意切。门巴历史上出过一位非常特殊的人物，本不为写情诗,今天却因情诗扬名,有人说他就是得益于门巴情歌。这话似有道理,在有语言没文字的门巴人中,很多事是难厘清的,而爱憎从来分明,感情向来不逊色于任何民族。门巴人擅长以歌、舞、戏抒情,有许多绝少流传。错那县现在每年办诗歌节,旺久说其实不是吟诗,只是跳拔恙舞,唱萨玛酒歌,演门巴戏,观众也不多,但错那县每年照样办。我听来很新鲜,却不奇怪,门巴是性情民族,重在感情,在人心,而不在乎是不是诗。遗憾我在麻玛乡没遇上诗歌节,没法想象那些绝活,但我在勒布办事处院子里看到旧年诗歌节的巨幅广告还在,似乎在告诉人们,错那是门巴人的故乡,这里有诗,有歌,也有欢乐和忧伤。的确,门巴人是封闭的,也是开放的,可贵的是,不管生活如何,世界如何,他们都是淡然的,他们有朴素的追求,有自己的昨天、今天和明天。

边城，不寂寞

普兰是真正的小城，车子缓缓绕一圈，不到五分钟。小街只有四条，围成不大的“口”字形。“口”字南边是孔雀河，河南岸是岗次仁雪山，属喜马拉雅山脉，那边是印度和尼泊尔，据说雪山里有十多条山口可通异国，只是需办复杂的手续，但这并不影响通商和往来。

也许是边城，在普兰“边”字很常见，同伴订宾馆，手机一搜，就冒出“边防宾馆”，再搜几家，依旧与“边”有关。我们选了一家，据说条件上等，价格也合适。但我很快发现不如意，房间又旧又小，还断电停水。我找服务员，她弄一下管用一阵，一会又不行，我老找她，她也就老是来折腾，我什么也干不成。后来发现，整个小城电和水都不正常，一个晚上，发电机声不绝于耳。宾馆服务员却说住上已很幸运，若不提前订，根本住不上。

我想宾馆走俏并非偶然，“边防”两字足够诱人。人在陌生的地方，总觉得部队和公安有安全感。宾馆位置不错，门口贡嘎路是热闹中心，当然也是相对的，与内地无法比。拉萨来小城，小城去口岸，都得走这条路。宾馆、菜场、特产店、饮食店、杂货店几乎都集中在这条路上，人气也以这里为最。下晚的街上，有下班的嘈杂。我沿路闲逛，发现门面都是两层，招牌不同，但都不阔绰。有藏餐馆、内地小吃店，还有尼泊尔、印度银器店，像五湖四海大杂烩。我们的晚餐选了一家饺子店，老板却说着一口赵本山家乡的话，很难想象最东北的人来了最西南。有家店门口醒目地贴着班车信息——“拉萨—普兰”。我吃了一惊，1000多公里呀，没想到小小边城，与拉萨有着直接联系。当然最多的还是宾馆，虽然规模不大，但生意都好。晚饭后，街上行人从穿着就能看出不是普兰人，他们来自哪里，又去向哪里，于我是永远的疑问，而他们在这个飘着玫瑰云的晚上也都与我一样，把一切都交给了小城。

作者在普兰边境的科迦寺

边贸市场外来人最多。小城边贸规模不大，但历史久，据说五百年前，就有印度、尼泊尔边民来经商，他们把布料、工艺品、红糖等土产运来，换成青稞、酥油等日用品回国。他们来普兰为生活，而不是发财，所以不论带什么来，都以物换物带回去。我在老城外的山崖上，看到了一溜残存的洞窟，如敦煌千佛洞，听说是尼泊尔人住处。当年，尼泊尔先人来普兰谋生就是住在洞窟里。时至今日，普兰有了专门边贸市场，他们不再需要困守洞窟，日子也好了很多，他们6月来，11月又回，年年如此，丰富着自己，也繁荣着普兰。

普兰边贸市场里的尼泊尔、印度杂货

那天日暮，我去了边贸市场，足球场大小的院落，两边是平房门面，主人是印度人或尼泊尔人。店里的生活品和工艺品琳琅满目，质量却不是太好。店主们讲英语或藏语，都不会汉语，内地人到此毕竟不多，他们犯不着学高难度的汉语。同伴们挑来挑去，没挑到需要的东西，我只给儿子买了件印度衬衫，还好卖衬衫的老板已做了几十年，是“老普兰”，能说简单的汉语单词，对我的手势加单词稍能领会，否则不成。这样的老普兰这里有很多，从外貌大约能分辨，一条山脉两边人的长相却不同，这就是水土。

但很多人来普兰并不为边贸，而是冲着科迦寺和口岸。科迦寺并不为很多人所知，但它在佛教界与托林寺齐名，据传也是同日所建。银质文殊像是镇寺之宝，有很生动的传说。听说2000年维修寺庙时，夹墙里还发现过苯教伏藏，小轰动过。可那时我还不了解科迦寺，只是想去口岸，后又因管得严作罢，返城时顺便进了科迦寺，没朝拜文殊，也没探究伏藏。当时嗡嗡的诵经声、浓浓的佛国味并没显出特别，我不想为此掏三十元门票，终于只拍了几张照片。当我了解科迦寺历史后，已远离了阿里，一切已无法补救，至今想来，仍追悔莫及。有些东西不可以想当然，也有些事不可以用钱衡量，这道理由此又刻骨了一些。

"普兰"的藏语意思很特别，叫"一根毛"。有人说是因山谷狭长像一根毛，又有人说与蒙古人征讨此地太容易有关。无论怎么说，普兰似乎都有不起眼之意。而我发现，普兰并非微不足道，它是一县连三国的边城，虽然袖珍又遥远，却并不荒芜，绕城而过的孔雀河，两岸绿色葱茏，在凉爽的8月，青稞和油菜长势喜人。准确说，普兰是阿里最好的粮仓，这也是吐蕃灭亡后，子孙要远逃阿里建立古格小王朝的原因，普兰成了古格发源地，也是佛教后弘期的圣地。但今天的普兰佛教味并不十分浓厚，好像从佛国回到了人间，放牧、耕种、商贸才是生活根本，小城有了内地的吃住行游，也有了内地的热闹，有边贸的季节，普兰很繁荣，没有边贸的季节，普兰在等着下一个繁荣，周而复始，年年都不寂寞。

在扎日神山下

越野车清早从隆子县城出发，先过荒山，后经峡谷，再后来穿原始森林，翻山越岭一整天，才到扎日。放眼四望，雪山参差，直刺苍穹，围成了小小的山坳。小镇是山坳里唯一的人烟，被群山包裹得严严实实，只有东边的山谷莽莽苍苍地伸向印度。这些山统称扎日神山，此时都笼罩在暮色中，透着淡淡的神秘。倘若没有神山，偏远袖珍的小镇绝无人气，与扎日乡相邻的玉麦乡似乎就是旁证。那个乡只有雪山和边境，与神山沾不上边，荒芜得几乎被人遗忘，几年前只有一户人家，丈夫、妻子和孩子，夫妻分别任书记和乡长，他们每天的要事就是升国旗护国旗，宣誓着1000多平方公里的主权。扎日也是边境，全因有神山，且是西藏顶级神山，才被人惦记，命运也就不同。

但即便有神山守护，扎日的荒远也出乎想象。不多的房舍散落在山窝，民房、机关和学校混杂，在傍晚，从山腰的镇口俯视，一块块蓝色的铁皮屋顶

藏民心中的圣地扎日

被绿树反衬，格外醒目，很难分清房子的用场。小镇人口很少，哪怕是镇中心，也少见行人。我们的越野车停在小旅馆后院，孤零零的像孤儿。小旅馆在镇口一侧，位置首屈一指，听说档次也最高，但看外墙和场地，我对它没敢指望。在西藏，即使在县城也很难有像样的宾馆，何况遥远的扎日。果然条件不好，最失望的是灯，又少又暗，不大的房间异常清冷和空旷，电视更糟，都是雪花点，看不出是黑白还是彩电，显然房间很少有人住。我稍稍安顿后，除了发呆，无所事事。在5月的雪山下，我其实很希望亮堂而温暖，而空寂的小旅馆告诉我一切只能是幻想。

此前我多次听说扎日，仿佛天上的神话。在藏民心中，扎日神山很了不得。马年转冈仁波齐，羊年转纳木错，猴年转扎日，十二年一轮回，千百年不变。每逢猴年，藏民不远万里来扎日朝圣，死于路途的也不乏其人。更多的人则因路远，只能想象它的神圣和美好，而想象与传说往往相互纠缠，亦真亦幻，越发诱惑着没能朝圣的人。我来扎日的路上，在山南、隆子，都听人说到扎日。我同道而来的藏族女同事央珍的母亲年过八十，自知无法来扎日，好容易赶上同事跟我来扎日，特意托她装一瓶神山下的雪水带回去，以了却一辈子没来过的心愿。有关部门预测，来年扎日将陡增数十万信徒，小镇将会挤爆。幸好我们赶在转山前来了小镇，否则在拥挤的转山客里，我们连吃喝都无法解决。

下个月就是今年转山季，而来年又是猴年大转山，即将到来的热闹是铁定的，但小镇似乎很淡定，仿佛热闹与它无关，也仿佛本该如此热闹。小镇依旧以它惯常的寂寥和清静，迎接着好奇的外来客。晚饭前的空当，我转遍小镇，没发现有多少风吹草动，与我想象的热火朝天反差很大。只有一两户藏民在搭房子，不紧不慢的，像是没有工期。乡完小校长次仁说那是建私人小旅馆，为明年转山预备。后来，我还看到并不宽敞的乡完小，也腾出了一排平房，听说是改成临时宾馆，指望赚一笔经费。市场经济意识或多或少也渗透到了这里，只是还没有掀起汹涌的大潮。大部分小镇人并没有因为猴年将至而蠢蠢欲动，他们照样放牧、耕作、做家务，照样过着纯朴、平静而安分的日子。

晚饭后的小镇越发寂寞，黑得也很夸张，四周雪山已经完全望不见顶，仿佛压在头上。小旅馆附近的几点灯火是少有的光亮，那是藏茶馆和杂货店在营业，它们是小镇的“王府井”，但生意不好，点灯更像是为了给人温暖和希望，而不是为生意。扎日全乡人口只有两百多，小镇是乡政府所在地，集中了全乡精华，但并没多少人。我出门时九点不到，就见不到行人了，路过几家小店都没见顾客。我想这应该是常态，从店主们安闲的表情，能看出他们年复一年就是这样清冷地守着茶馆和杂货店的。小旅馆对门那家小店规模稍大，灯光昏黄。我老家的村口小店通常就是这样的光线，每每让人打哈欠，仿佛随时灯就会熄灭。在扎日这样的小镇,有电就是天大的意外,停电是家常饭,人们似乎更习惯没有电灯的日子,那时黑暗吞没小镇,人们把生与死都交给了神山。老板娘搂着婴儿喂奶,不像在做买卖。见我进门,她甚至有些意外,大约这个季节少有人光顾吧,何况我是内地人。老板娘说现在是淡季,没生意,夏天转山,生意才好,也只有个把月。说话时,她的丈夫也加进来,见我拿着相机,猜我是旅游的,跟我攀谈。我告诉他我是来调研的,他更来劲,还说不久前,自治区的一个厅长也来过小店,他说这些时颇自豪。

在扎日,神山是最大的话题,生活中的一切都离不开神山,通常来的外人,要么是旅人,要么是信众,基本都为转山,忽然来了一位厅长,不为转山,只为调研,店主着实喜出望外。厅长究竟是什么级别,店主或许不知,也或许不关心,但我从他的表情能看出他的兴奋,大约"调研"两个字他能猜出大概,不是为发展,就是为生活,反正是好事。当然,在巴掌大的小镇,任何外来人都是新闻,何况来的是与他们生活有关的厅长,这绝对是小镇人百谈不厌的话题。我想店主在告诉我之前,没准已经多次跟人提过这事,那些让他自豪和兴奋的时刻一定是热闹的,而小镇正需要这样的热闹,它能带给小镇人精神上的温暖。

小店不大,货品不少,都与乡下人息息相关,有些是地道土产。老板娘说,有自采自卖的神香,包装成"扎日神香",没想到很好卖。我想也不奇怪,小镇没什么可买,再说扎日两个字是很有分量的,人们来这里不就是为神山吗,转山或者看一眼神山,都是为了心愿。我也是为心愿而来,我对这个传说众多的神山充满好奇,曾梦想不畏生死,转一次山。到了扎日,才发现,了却这个心愿十分不易,需要在5000米以上的雪山里,徒步翻越几天,即便是5月,山路上的积雪也深及膝盖,困难没法想象。梦想的破灭让我对"扎日神香”的小包装很看重，它毕竟也代表了扎日呀，带上它也不枉我来此一趟。我还注意到了几只堆在柜台前的小篾筐，老板娘说那是小镇聋哑老妇人的手工。老人无依无靠，又不会说话，编了小篾筐无法自己卖，老板娘便替她卖。老板娘平淡地介绍，不像在做好事，却让我心动，我于是买了一袋神香、一只小篾筐。老板夫妇对这桩小买卖已感到满意，愈加有聊兴，又说到生活。老板说扎日没耕地，不产青稞，蔬菜也不长，只能放牧，而牧场远在边境的错嘎湖，要翻三座5000米雪山，一年能放牧的只有7月和8月，其余时间大雪封山。好在山里产竹子，不能放牧，女人们就编篾筐，补贴家用。困难还不止这些，扎日不通公路，进出一趟要几天，东西卖不出去，每年都盼着转山的季节，那是小镇上短暂而又充满希望的季节。

他们仿佛怕我失望，便说县里准备修路，明后年就能通，我听了脱口连说“是好事”，夫妇俩却没见多么兴奋，仿佛与他们关系不大。我又问收入如何，老板说不行，再问小店几点关门，老板娘说没准，似乎对这些同样不在乎，我不知道再问什么。他们说这些时，昏黄的光线无力地照在他们身上和脸上，让我又联想起了老家村口让人打哈欠的光线。他们和老家的村民一样，都平淡地过着每一天，没有奢望和幻想。他们见惯了生活中的喜与忧，日子不过如此，于是对一切已习惯，也很淡然。

我没问老板夫妇是哪个民族，从外表我没法判断，当然，藏族、门巴或珞巴，都不影响我的印象。他们与我的区别是他们比我简单得多，他们活在神山下，与外界几乎隔绝。他们心中有神山，即使在世界飞速发展的今天，他们也不太关心外面的世界，哪怕是山外人蜂拥而至的转山季，哪怕他们也年年习惯性地转山，他们觉得也只是生活，是修行，而生活和修行本来就是天长日久的、平淡的，需要一辈子，甚至几辈子，无须大惊小怪。

别样吉木错

即使雪花飞舞，在摇晃的车内，也能一览吉木错全貌。雾蒙蒙的湖面，水色浑浊，没有浪花，与通常印象中的高原湖区别很大。据说，它是曲松最大的湖，但不出名，也少引人注意，地图上也难以找见，我问在曲松工作多年的边巴，他颇费脑筋，也没说出“吉木错”在藏语中的意思。而他几乎称得上老吉木错了，他曾在湖边色吾村驻过村，当过村里的头，那时他每天与湖为伴，他熟悉湖的秉性，就如同熟悉邱多江草原上的亚堆扎拉雪山。

在曲松，说到吉木错，不能不说亚堆扎拉雪山，曲松少风景，亚堆扎拉雪山、邱多江草原、吉木错几乎囊括了全部，也是曲松三大地标。从山南往南，过亚堆扎拉山口，就进了曲松，而再往南，过了邱多江草原，就又出了曲松，只有吉木错是曲松真正的腹地，曲松人一辈辈守着它，放牧牛羊，从生到死，很少想过离开它。没想到在方圆这么小的地盘上，雪山、草原、湖齐齐出现在同一时空，曲松人早已习惯了这些地标，在他们心目中，它们是故乡，是祖辈、父辈，也是他们自己的根，而根是不能变的。他们很少怀疑这样的地标安排有什么不好，他们宁可相信这是天意。

边巴说，很久以前，邱多江草原没有湖，那时差役繁重，色吾村的牧人常被官府抓差。有一年，官府用牦牛驮着牧人去服役，经过亚堆扎拉山顶时，发现一处湖泊，牧人和牦牛趁官府不留神，跳湖逃亡。好久后，牧人和牦牛居然回到了邱多江草原。据说那是山神显灵，湖底出现了通道。此后，草原上便有了水草丰美的吉木错湖。谚语“宁做邱多江草原的牲畜，不做邱多江草原

邱多江草原上的羊群

从吉木错湖边远眺雅拉香波雪山

的牧人”便由此诞生，意思是牧人要当差，还不如牲口自在。传说自不可信，但吉木错湖边历来适合农牧，广袤的邱多江草原，不适合人居，却适合高原的羊和牦牛。至今，吉木错湖边只有一个藏族村庄，它就是色吾村，它是曲松县海拔最高的村庄，环境相当恶劣，但它顽强地扎根在吉木错边，仿佛与湖天生一对，厮守在邱多江草原上。人对环境往往只能屈从，而无法选择，所谓人定胜天，更多是心理安慰。

由于天气不佳，我在湖边没遇见牧人，只看到了临时放牧点。乱石堆砌的矮墙里，卧伏着简易石棚，俨然荒原的遗存。距放牧点不远，牧群在飞舞的雪花中低头觅食，不见动静，像静止的雕塑。我从没见过这样的放牧，担心会不会遭雪灾或狼灾。边巴却说海拔不算高，4500左右，在邱多江草原上，只有这里适合冬牧。至于狼，已不大常见，不必多虑，牧人怕的倒是鼠害和猫灾。

没有了狼，土拨鼠很猖狂，它们啃食草根，破坏草场。他指着湖边说，那些土疙瘩就是土拨鼠的窝，牧人并无有效的办法。我想到了电视里见过的草原鼠害，那时我只当新闻，没想到如此严重。而对于猫灾，我闻所未闻。我见惯了内地人将猫当宠物，人猫和谐，没想到成了野物就这么可怕。这里山猫确实多，比狼和狐狸还恐怖，它们咬羊喝血，使羊毙命。边巴驻村那年，有一次山猫冲进羊圈咬死数只羊，羊群大受惊吓，相互踩踏，一夜死了九十七只。政府无奈给牧民发了补助，牧人们受了损失，但都知道山猫也是保护动物，也就有

通往藏南的亚堆扎拉山口

口难言,这样的猫灾据说每年都困扰着牧人。在人和自然问题上,对立和统一处处都在,如何化对立为统一,是人类永远的课题,即使在地广人稀的高原,也是一直回避不了的。

我很奇怪山猫能咬死比它大得多的羊,更让我想得远的是,对于山猫这样的灾害,要是在内地,也许不难解决,聪明的人类可以用毒药、电网、枪支各种手段,足以将猫鼠们彻底灭绝,果真如此,那将是完全不同的结果。无数事实证明,人类惩罚自然界的结果是人类必将受到自然界的惩罚。藏民也许不懂如此深奥的道理,他们只是世代活在湖边,顺应自然界的逻辑,他们对于能在湖边放牧已很满足,从没有更多的奢望,他们认为一切存在都是天理,不可违背。

边巴还说了另一件事,使我如听天书。吉木错湖盛产一种无名鱼,肉味极其鲜美,有人无意间贩到内地,没想卖出了天价。于是就有人偷捕,谋取暴利。色吾村人听说这事后,如临大敌,他们一边抗议捕鱼,一边跪地求神,祈求湖神息怒。他们坚信,只要一捕鱼,色吾村就会飞沙走石下冰雹,青稞小麦颗粒无收。边巴说他不信湖神,但他确实见过这样的奇怪现象,没法理解。后来他只好顺应民意,组织专人保湖护鱼,这也是他驻村时为村民做的实事之一,没有多少道理可言,但他不能不做,也许顺应百姓就是一切的理由。

边巴说这些时,我和他就在湖边,看着雪中吉木错,谜团重重。吉木错远不能与纳木错、羊卓雍错相比,至少在信徒心中,它算不上神湖,可在色吾村人看来,它胜过神湖,湖给了牛羊和鱼,给了生活,他们在湖的风霜雨雪中,生老病死,对湖敬畏和膜拜。他们对人、湖、猫、鼠、草原之间的逻辑从不怀疑,而从看到的,听到的,也分明感觉到了湖的特别,它是一片普通的湖,却又不普通,它丰富着色吾村的物质和精神,是藏民的另类家园。

石头上的家园

先有岛还是先有村，无人能说。曲当乡乡完小校长说，他在色朵村所在的岛上教过书，算是老岛民，但他不清楚岛和村的历史，不知道湖中为何有这么一个色朵村。村子过去很闭塞，也很穷，他来村子时依旧没改变。那时岛与外界联系难，夏天靠牛皮筏子渡湖出岛，天气不好便不容易，他们宁愿过冬天，湖面结了厚厚的冰，他们就可以踏冰渡湖。不是生活必须，村民绝不出岛，外界更无人进岛，那时的岛是一处世外的家园，他在岛上的唯一使命，就是守着色朵村的几名学生，教他们简单的藏文，让他们成为识字的人。

那时湖水比现在多，湖面更广，鸟岛在大岛边，四面环水，是真正的孤岛，也是鸟的乐园。黑颈鹤、斑头雁、黄鸭、大雁，能叫出名字的就有多种，叫不出名字的更多。那些鸟就像色朵村的村民，以岛为家，繁衍生息。鸟们不介意人的存在，冬来春去，悠然自得，村民也习惯了以鸟为友，从不奇怪，他们半农半牧，过着自己的日子，即使衣食不保，他们也很少留意鸟，更不会打鸟的歪主意，任凭鸟们下蛋孵鸟。听说那时岛上难以下脚，到处是鸟蛋。就这样好多年过去，色朵村还是色朵村，小岛还是小岛，隔着浅浅的湖水，大岛小岛相望，人们贫穷而安详，仿佛这就是天经地义的生活。

变化始于近年，亘古圣湖破天荒地建了发电站，抽水发电，不久水位下降，渐渐地小岛变成了半岛，与色朵村的大岛接壤，不再有水相隔。当然，以鸟为友的村民并不因这样的变化而上岛惊鸟，在他们心里，鸟的家不可侵犯，就如他们的家，也不希望别人侵犯。可是不久，就有外人上岛看鸟了，平静毫无悬念地被打破。外人从不考虑这样的打破是否应该，而村民压根无力对抗外面的世界，他们和鸟一样，弱小到听命于世间任何细微的变化，而无法说不。校长说电动渡船也是近年才有的，突突声中，进出岛方便了，但机器声使鸟受到了空前的惊吓，高原的鸟们不知所措，有的惶惶不可终日，有的慌乱地拍打几下翅膀，便逃之夭夭。他的话并不夸张，我乘电动船时，马达声十分刺耳，连说话都费力。当船越来越近岛时，随之而起的是惊飞的鸟群，它们如临大敌，歇斯底里地嘎嘎惊叫，扑棱棱地盘旋起落，是警告、咒骂还是哭号，无人知晓。看到这一幕，我这个搞教育的，有“榨出皮袍下面藏着的小来”的惭愧。校长没看出我心思，他想的是如何让我们上岛，尽地主之谊，他说如今上岛难，要村支书同意，村支书是有名的“难讲话”，要是不走运，任你怎么说也枉然。

校长不太有把握，耐心地解释。其实不用解释，我也明白。一座岛的出名就如一个人出名一样，不见得是好事。鸟岛出名后，常有人来观光和考察，姑且不说目的，顺手摸鸟蛋，甚至偷鸟蛋、捕鸟的，也不乏其人。据说只要被人动过的鸟蛋，哪怕没拿走，母鸟也能闻出气味，不再孵化，鸟蛋就要报废，一

羊卓雍错湖中的鸟岛

个小生命就此终结。但外来客们不管这些，往往只图好奇，不计后果。屡次如此，鸟们越来越机警，于是很多鸟离开了鸟岛，不知去向，而更多的鸟虽然还以岛为家，对人也有了戒心。过去鸟见人不走，如今鸟见人就飞。我在岛上停留时间很短，遮天蔽日的鸟群惊恐万状，一直嘎嘎在头顶惊飞，其声其势，好似恨不得将我撕碎。我留影时，很担心它们拉下鸟粪。而鸟蛋遍地都是，一窝窝、一枚枚，敞露在鸟巢里、石缝间，却不见母鸟，显然是我们惊走了它们，鸟们只好撂下了寒风中的鸟蛋。我没敢动鸟蛋，只是小心翼翼地穿行在鸟群和乱石中，拍了一些照片，即便如此，我仍感觉做了不光彩的事。而这样的后果，我是事先就预料到的，但我没能控制住好奇。我想，鸟们正是这样被一拨拨如我这样的人打扰的，鸟们不愿意，我相信人也不希望，可照样在发生。

几年前，政府终于注意到水位问题，为了圣湖，发电站叫停了，水位保住了，这于鸟是意外的好事，但对外人上岛，村民们依旧无能为力，他们说不出大道理，也无法阻止渡船一次次拉着好奇客上岛，唯一能做的是以一己之力，保护鸟朋友。不知谁领的头，以村委会名义规定，不准人上岛，还设了铁丝围栏，试图护鸟。我们就是先被铁丝网拦在咫尺之外，后来校长找了村主任，村

这条渡船偶尔会打破鸟岛的宁静

主任又找了书记，说了很多好话，才被允许绕过铁丝网短暂上岛的。我们的意愿满足了，但我看到村主任并不情愿，这是在情理之中的，我们又是一群不速之客，他的心里不好受。在等着上岛的空隙，我仔细地打量了铁丝网，里侧鸟儿起起落落，外侧静悄悄的。铁丝网边的一摞衣被特别引起我的注意。那与其说是衣被，不如说更像垃圾，在寒风中分外醒目。校长说村民们挡不住外来客上岛，索性轮流排班，睡在铁丝网外，风雨无阻，衣被就是值班用的。我听了感慨又愕然。村民们没有豪言壮语，只默默地做着他们觉得该做的事，我无法想象，在漆黑的冬夜，他们裹在冰冷的衣被里如何在荒岛上熬夜，那时的鸟声于他们是什么呢?而这一切都是在无声中自发地发生，没有谁要求他们这么做，那么他们这么做究竟又是为了什么呢?我一时找不到答案，校长也说不出答案，他说村民善良，爱鸟是天性。对呀，这不就是答案吗，只要天性在，就会和谐，这胜过任何深奥的道理和煽情感慨。

离开前，校长的一句话让我似乎看到新希望，他说林业局可能要在这里驻村，驻村干什么，怎么干，他都没有说。我也没问，但我猜度是好事，林子和鸟都是林业局管的，他们懂得哪些该做，哪些不该做。

其实羊卓雍错的鸟岛不止一个，唯色朵村鸟岛最著名，我想原因可能不在鸟，更在人，色朵村的村民用心在护着鸟。当然我也担心，西藏旅游的大潮无疑越来越冲击着圣湖，冲击着这处世外桃源，那么鸟岛究竟能维持多久呢?在返航的电动船上，我和校长在讨论这个话题，我又一次想到了林业局，而我也在淡淡地纠结，我可能真的不该来。假如，我们每个人都能做到不来，这片湖水会更蓝，天会更蓝，色朵村会更宁静，鸟们会更可爱。

天上有个纳木错

我去西藏前，对纳木错印象全在地图，不知道那小块蓝色为何叫“错”，更不懂它在高原的分量。援藏后多次去纳木错，才知道那小块蓝色十分了得，它在藏北，在人间，更在天上，在藏民心中，它是洗涤灵魂的天湖，圣湖。

纳木错海拔高，湖面超过4700米，对西藏陌生的人，听到如此海拔，不免畏惧，去过纳木错的，没有不慨叹“高反”的。我的内地同事正直壮年，去了纳木错后，说打死也不再去了，他在念青唐古拉山口头疼欲裂，生怕出大事，还好熬到了湖边，怎奈经这一折腾，再没心情，回来后说到纳木错，除了头疼刻骨，再无多少印象。我第一次去，“高反”也相当严重，精力和心思基本都在对付“高反”上，后两次去头晕均在意料中，第四次去才好转，但仍心慌气短。

但纳木错名声大，西藏三大圣湖里，它的纯净、壮美、圣洁排名第一。无数人冒着“高反”危险，从拉萨驱车颠簸一整天，专程赶往纳木错，只为一睹它

纳木错湖边的狼毒花,牛羊吃了会毙命

的风采。我在西藏听到过各种历尽艰难去纳木错的故事,而我在纳木错湖边见到的故事更多,有的近乎悲壮,我见过各种观湖的人,背氧气袋的,拄拐杖的,打吊瓶的,被人架胳膊的,只有面对一湖蓝色时,他们才面带夙愿已偿的满足。当然也有胆小怕事,临危逃脱的。我有一个援藏朋友,一直向往纳木错,好容易一大群人结伴租车去了纳木错,到了湖边,我却怎么也找不到她,

纳木错湖边的玛尼堆

事后我才搞清，几口气上不来，她后悔了，临阵变卦，没下车就返程了，多年梦想付诸东流。在严重的“高反”面前，不是每个人都能为了美而不要命的，哪怕美到极致。实际上纳木错就是美到极致，我至今没有听人说过纳木错不美，当然我也没有见到有谁能说出纳木错究竟怎么美。

美到极致往往难以形容，纳木错就是这样的湖。说起纳木错的美，用惊叹最合适。惊叹什么？无疑是色彩。离天近，矿物多，天蓝水更蓝，蓝得夸张。有人说蓝得像天女眸子，也有说是情人眼泪，总之都很可人，让人一听就能生出无限遐想。藏族人能歌，什么都可以唱出来，唱纳木错的都冲它的蓝，卓玛央宗的《天上有个纳木错》、央金兰泽的《幸福的歌》都能把人带到蓝色的想象里，而无论如何想象，身临其境时仍会惊艳。我见过三亚的海、地中海、波罗的海，那些被无数人赞叹过的蓝，离纳木错的蓝仍相去甚远。藏民说得形象——“公安蓝”!无数人正是冲“公安蓝”而来，为“公安蓝”折服。人们一翻过那根拉山，就会情不自禁地惊叹。我是翻一次，惊叹一次，不能自已。纳木错湖边总有很多游客，或拍照，或傻坐，只为那种令人陶醉的蓝。实际上，游人来纳木错多半是在扎西半岛，那里并没有多少景点，人们或坐或站或散步，不忍离去，都是被这蓝所震撼。有人从早晨到黄昏，不吃不喝，像石雕久坐湖边，就为饱览一湖蓝。我每次去，也都会在湖边尽量多待一会，拣石子，观鸟，但多数时候什么也没做，只与那一湖的蓝静静地相伴。透彻心扉的蓝，衬着湖对岸念青唐古拉雪山的白，让人能顷刻宁静下来，仿佛置身于世外。

纳木错以一湖的蓝征服了世人，让人只见其蓝，不见其他，甚至忘了自

纳木错湖与念青唐古拉山

己，忘了苦痛。其实，蓝是纳木错动人的一面，它还有不为人知的另一面。身在高原的纳木错，天生与平原上的淡水湖性格不同，它就如藏族女性，既温柔安静，也率性奔放，不凑巧时，也很骇人，这并非高海拔能给出的合理解释，有些始终是谜。二十年前，有西方人潜湖探险，大受惊吓，一病不起。说湖底有怪，大若沉船。而瑞典人斯文·赫定曾下天大决心，三次探险纳木错，差点送命。有一次，他从藏北而来，一路六十五天没遇见活人，随从和牲口死了十之八九，才抵达纳木错，其惨状今天已难想象。那位一病不起的探险家和斯文·赫定是冲水而来吗?无人能言，但我想，纳木错给他们的印象，与我们迷醉的蓝肯定不是一回事。纳木错周边的藏民说在湖里见过龙，湖龙说因此流传。怪也好，龙也罢，我都没见过，远道而来的旅人也大多没时间一探究竟。人们在纳木错湖边能看到的只有鱼、黄鸭和沙鸥，它们都是蓝的点缀，只有雪山是蓝的背景。这些元素天然就很壮美，谁还计较它的另一面呢?当然，广阔无边，波光粼粼，蓝得太甚，又很死寂，才令人发怵，以讹传讹，也未可知。

而藏民的膜拜不在水，更在神。藏民说纳木错是帝释天之女，念青唐古拉则是灵应草原神，湖与山乃万年夫妻，相守于藏北。这一对夫妻，虽然是神，也有人间的喜怒哀乐、悲欢离合，在西藏坊间，就流传有这一山一湖成婚拜堂、争风吃醋等的传说。藏民说这些时，觉的神也如人，都一样可爱。而这些传说附在山水草木间，就成了今天纳木错周边的圣迹。纳木错有十八半岛、十八峰和四座庙，还有远古岩画、千年修行洞，它们伴着经幡、转经筒、玛尼堆，就总有说不尽的故事，也成了看点。扎西半岛为最，常年人气旺。我四次去，都逗留在半岛。后来忽然发现，我乐了半天，原来是坐井观天，从那里看湖，哪怕我瞪裂双眼，也只能见冰山一角。可怜天南海北客，没几人知晓，以为自己看到的就是纳木错的全貌。

藏族是很能静思冥想的民族，不大赶时髦，在商业化很浓、旅游业爆棚的今天，纳木错周边依旧没有轰轰烈烈地开发，藏民人在湖边，心却在蓝之外，他们看湖，与其说用眼，不如说用心，他们视山水草木、鸟兽虫鱼为神灵，只有敬畏。虔诚无以复加后，他们便转湖，九百年前起，每逢藏历木羊年，他们扶老携幼，风餐露宿，顺时针转湖。500多里环湖路，徒步一周需十天，磕长头一周要一个半月。但他们一不怕苦，二不怕死，不达目的不罢休，而目的又不在湖，在看不见、摸不着的天堂。他们走在湖的边缘，就如走在去往天堂的路上，那湖水就是蓝天，那浪花就是白云，在天和云之间，是虔诚的灵魂。

错嘎湖，天边外

关于错嘎湖的信息极少，地图上没有，网上也没有，错嘎湖好像躲在了世外。但它是实实在在的圣湖，与扎日神山一起，为藏民膜拜。一千多年前，藏民们就开始转扎日神山，转错嘎湖，有无数善男信女走过那条极其险峻的转山转湖路，生在路上，死在路上。

即便性能良好的越野车，从山南到隆子也要三小时，从隆子到扎日要一天，而从扎日到错嘎湖要多久，大多数人都有疑问。前两段高山峡谷，好歹有路，可筛糠似的行车，后一段雪山耸峙，徒见云天，不要说乘车，走路也极难，需在乱石丛林里，扒开荒草杂树，上下攀爬，翻越不可通行的山崖。山是雪山，有三座，海拔高过5000米，第一座森林蔽日，人行其中，不见踪迹，后两座一座沙山，一座石山，均常年积雪，深过膝盖，鸟兽绝迹。就算是隆子县当地人，去扎日也很难，去错嘎湖近乎天方夜谭。我在隆子县，一路打听去错嘎湖的情况，从县城到扎日，知晓者只遇见两人，一个是扎日乡小学的藏族校长次仁，另一个是机甲寺的僧人，其余的人都与我一样，对错嘎湖只听过传说，大部分人连扎日乡也没去过。

但错嘎湖无比诱人，它有扎日神山的护佑，在藏传佛教中地位非凡。相传神山里有松赞干布、莲花生留下的圣迹，被奉为佛教二十四座神山之首，是佛教理想中的胜乐金刚宫，一千多年前，藏传佛教竹巴噶举派创始人益西多吉开创的朝圣扎日之路，成了信徒们亦步亦趋，千年不变的朝圣线路，而这条朝圣路的核心就是神山中的错嘎湖，错嘎湖因此成了信徒们心中的香巴拉，佛国天堂。藏民为了洗清罪孽，转世时不受苦，扶老携幼，背着干粮和行囊，风餐露宿，去错嘎湖转湖，他们要在雪山上手脚并用地攀爬好几天，哪怕饥饿疾病，半道倒下，也不会退缩。

听说错嘎湖很小，任何距离看它，都只是一小片蓝色，没有纳木错、玛旁雍错的气势，但这不影响它在信徒心中的魅力。信徒们九死一生来到错嘎湖，五体投地磕长头念经，许下心愿，还不满足，要把金银财宝献给圣湖，有人说当今世界有三分之二的财宝在错嘎湖里，这话可能夸张，但是湖里珍宝无数是事实，甚至有藏天珠。要知道一粒真正的藏天珠身价上千万元，如此贵重的珍宝是信徒们一生甚至是几代人的财富。藏民们毫不吝惜地把它们都献给了圣湖，觉得是莫大的功德。他们绝不会捞湖里珍宝，也不容别人亵渎。

我最初听说错嘎湖，像是在听一个遥远而美丽的神话。教育局长激动加向往的介绍狠狠地抓住了我的心，在我从来没听说过的地方，冒出了扎日神山和错嘎圣湖，与冈仁波齐和纳木错齐名。于是我直接向局长提出了想去错嘎湖的想法。但局长接下来又让我有些失望，他说我没法去错嘎湖，最多只能去扎日。局长似乎解释了没法去的原因，但我好像都没能听进脑子，与生

从扎日去错嘎湖,这样高不见顶的雪山要翻三座

俱来的好奇心和探究欲令我的冲动不可遏止。不过局长说我还算幸运,因为是在今年,要是明年猴年,扎日是转山大年,人山人海,食宿都很难,连扎日也没法去,更别说错嘎湖。今年是羊年,热点在藏北的纳木错,不在藏东南的扎日。只是季节不对,雪山还在封路,上山很难,错嘎湖肯定去不了。我兴奋难抑,决定去扎日。

第二天,越野车颠簸一天,穿过艰险的山路和晦暗的原始森林,下晚终于到扎日。那是一个袖珍乡镇,四面雪山云遮雾绕,雪山统称为扎日神山,扎日仿佛山坳里的珍珠。此情此景,想象的美好与现实的艰难,令我徒增慨叹,这么高这么多的雪山,看一眼头都大,何谈翻越?我发觉局长了解也很有限,他只说到因为季节我没法去错嘎湖,却不知道更大的困难不是季节,而是道路和山,困难无法想象。晚饭后,在扎日小镇闲逛,我不死心地打听着错嘎湖,好容易遇见几个当地人,众口一词,无非都说"远"和"难"。据说当地牧民去错嘎湖放牧，得边翻山边探路，来回一次要半年，且每次摸索出的路都不同，下一次找不到上一次的路，因为根本没有路。听说我想去错嘎湖，小镇人很惊讶，从他们的眼神和口气，我确信从没有过汉族人有过如此冒险的冲动。由于我的执着，扎日乡完小的次仁校长明知会无功而返，还是答应陪我翻山试试。

次仁的决定让我惊喜，我们当晚便按照他的提醒轻装简从做了准备，除了矿泉水和雨伞，什么也没敢带，唯恐增加负担。大家统一意志，互相鼓劲，大有不到错嘎湖不回头的决心。次仁是错嘎通，在扎日工作已九年，神山圣湖转过七八次。扎日神山的大转、中转、小转三种他都转过，小转就有70多公里山路，大转有数百公里，要花几个月。次仁大转时花过三个月，他还背着不满三岁的孩子转过，什么样的艰难险阻都遇到过，但他从没在这个季节翻过山，他也不知道有谁这个季节翻过山。我问他能不能到达错嘎湖，他一脸茫然，没有回答。我想他心里一定是说不的，只是嘴上没说，大约是怕扫我的兴。后来的实践证明我异想天开，凭我这身子骨，错嘎湖永远只能留在梦里。那天，次仁和我一行五人，9点前出发，一路穿山林，摸索着上山，到大中午也只爬了第一座山的一半，除了次仁，大家都气喘吁吁，大汗淋漓，高原反应激烈。我那时已经开始耳鸣，每挪动一步都已经困难，完全靠毅力向上一点点攀爬。我判断是没法爬上山顶了，只想尽量爬得高一些，检验一下耐力的极限。其他人也都不好受，连说话都很费力了。那时，仰望山顶，云遮雾绕，依旧不知何处。恰好上方的路有砂石下滑，我们生怕发生滑坡，有些忐忑，次仁也说有危险，大家便找到了返程理由。下山时，我虽然还想着错嘎湖，却不得不甘拜下风，毅力并不能战胜一切，哪怕我已在西藏两年多，“高反”也还是一道难关，不承认也不行。只有次仁还是那么坚毅和虔诚。

无功而返后，我心里仍惦着错嘎湖。其实不仅是我，走在扎日山下，没有人不想着错嘎湖的，仿佛这里的一切都只为扎日和错嘎湖而存在。第四天早晨我们一行离开扎日后，一路上不时还在议论，错嘎湖仍在脑中纠结。而不知是心诚还是有缘，在离错嘎湖越来越远的半道上，居然十分意外地两次“相逢”错嘎湖。先是在千年机甲寺遇见了藏族寺管员，他曾去过错嘎湖，讲了许多奇闻轶事，他还拿出错嘎湖照片让我翻拍了好几张，这是我第一次目睹传说中的错嘎湖形象，在手机的屏幕上，它像一颗蓝色的宝珠，落在碧绿的山野里，亦真亦幻。我们一行都很好奇和激动，谁也没见过传说中的错嘎湖，谁也不知道此生有没有机会走近错嘎湖。后来更稀奇的是，因了一处泉水，我们几乎与错嘎湖实实在在地相遇了一次。那是在快要抵达三安甲林乡的路上，一处溪流旁冒出一股泉水，旁边挂着许多经幡，藏族同事说那就是错嘎湖的泉眼，是错嘎湖水穿过重重扎日神山，从这里冒出来的。我下意识地在水里洗了手，发觉与高原上所有的溪流一样，凉凉的，没有异常。我将信将疑，此处与错嘎湖相距百里，重山阻隔，湖、泉如何穿山过岭，在此相连呢?藏族同事没法解释。但不论怎么说，错嘎湖都非同一般，它在凡间，却又在天外，更在传说中。朝拜错嘎湖，对于多数人来说，只能用心，很难用身体和脚步。心的抵达意味着什么呢?这么想，就觉得细小的泉眼有了不寻常的意义。

在羊卓雍错湖边

去西藏都想看圣湖，看过圣湖，却只记得一片蓝，其他都成空白，甚至连湖名都忘了。藏语对内地人来说比汉语难，比如湖，内地从不用四个字，西藏却很正常，像“羊卓雍错”“错木昂拉仁波”，竟然都是湖名，这就苦了内地人，冒着“高反”糊里糊涂地看了湖，一转身就说不好名字了，有简称的还好，比如羊卓雍错，就简称“羊湖”，好像还比较贴切，内地人最能记得。

避开简称，“羊卓雍错”很有说法。“羊”为上等，“卓”为牧区，“雍”为碧玉，“错”为湖，连起来像杂色拼盘，很令人费解。实际上羊卓雍错是堰塞湖，因冰川冲刷而成，支离破碎，极不规则，与内地五大淡水湖的形态差异很大，听说从天空俯瞰，它像一只张牙舞爪的蝎子，躺在高原上。不知这说法因何而来，给羊卓雍错蒙上了与美丽相悖的面孔。而我宁愿相信它是美丽的，从岗巴拉山口俯瞰羊卓雍错是绝好的选择，那里早已成了著名的观景台，我多次经过岗巴拉山口，从没看出羊卓雍错像蝎子，但我也很难找到合适的词来比喻它，说一串蓝珍珠也像，说一面蓝宝镜也像，说一缕蓝飘带也像，总之都与蓝分不开。大多数游客都与我一样，在这里被圣湖的美瞬间震撼，从来想不起它像一只蝎子。

藏民不管这些，他们对事物的来龙去脉不愿太较真，说不清的事与其绞尽脑汁，不如以传说解释，所以传说特别多，我常常听得如堕五里雾中。羊卓雍错同样被神化，藏民说羊卓雍错是龙女化身，就是这简单的拟人化，把冰冷的圣湖说活了，仿佛有生有死，有爱恨情仇。藏民要的就是这种灵性和神性，所谓圣湖大约如此。在众多的圣湖中，羊卓雍错与玛旁雍错、纳木错被公认为西藏三大圣湖。羊卓雍错成了圣湖后，藏民们心向往之，他们转湖朝圣，把来生托付于圣湖，把此生也交给圣湖，湖边的玛尼石、经幡，营造着神圣的氛

西藏三大圣湖之一——羊卓雍错

从羊卓雍错湖边远眺西藏四大神山之一的乃钦康桑峰

围，也告诉路人这是一片关乎生死、不容亵渎的圣湖。

我琢磨过羊卓雍错的简称，觉得叫“羊湖”虽方便，却易表面化，既不像藏语，也不像汉语，缺了神乎其神的味道。西藏的湖只有羊卓雍错有简称，且如此直白，似乎一说“羊湖”就一切明了，而纳木错不叫“纳湖”，玛旁雍错也不叫“玛湖”，即使叫了，也无人能懂，于是光从名字看，后两者比前者深邃，有捉摸不透的神秘。羊卓雍错叫了“羊湖”后，立即大接地气，很多人望文生义，以为因羊得名，殊不知与羊毫无关系。当然，高原上的事物叫了羊大抵如此，由不得你不想到羊，羊是高原标志性动物，夸张地说它关乎藏民衣食住行，生老病死。羊湖边的确水草肥美，适合放牧牛羊。我的藏族同事说若干年前，湖边还有野牦牛，如今野牦牛不见了，不难见到的是牧民的牛羊。我对羊群情有独钟，遇羊群总是惊喜，在内蒙古多次见过羊群，觉得不过瘾，不是羊群不美，是背景单一，一律是天苍苍野茫茫的草原。而"羊湖"的羊群、牧人、碧水、蓝天、雪山搭配要丰富许多，别有一番风味。拉萨、山南至日喀则往返都必过"羊湖"，车子顺湖边公路，要蜿蜒绕行一个多小时，羊群往往在不经意间赫然出现，流动在雪山下，圣湖边，美得近乎虚幻，每当此时，游客们都会惊呼不已。

一般来说，圣湖都有故事，可"羊湖"的故事从来难说清。湖面大小、湖岸长度、小岛数量，貌似不难统计，可到今天一直难确认。这与藏民的关注点有关，他们更关心视野外的东西，比如传说禁忌，比如来世今生，多与佛教有关，"羊湖"算得上是与佛教联系紧密的湖，不必说转湖祈福，湖畔还有一座闻名高原的寺庙——桑丁寺。桑丁寺是羊卓雍错的传奇，它规模不大，但历史长，是唯一由女活佛转世传承的寺庙。女活佛多吉帕姆，据传是印度金刚亥母肉身再现。金刚亥母猪头人身，法力很大，能赐福信徒，还能变形。公元1716年准噶尔蒙古军袭扰桑丁寺时，多吉帕姆曾施法术，将160名僧人全都变成了猪，蒙古军惊愕之余，被多吉帕姆神通征服，其首领最终甘愿为桑丁寺施主。如今的十二世多吉帕姆俗名德庆曲珍，是高原上响当当的人物，在人大和政协有不少头衔，已年逾古稀。她寻常都在拉萨家中修行，但仍主持桑丁寺佛事。每年桑丁寺大法会，她才与信徒们见面，那也是信徒们每年唯一能见到她的一次，她在藏民心中威望极高。

我没去过桑丁寺，也没见过多吉帕姆，我与桑丁寺和“羊湖”最亲密的接触，是绕了“羊湖”一圈。那是2015年初夏，藏族司机开车，我们沿转湖路线，顺时针绕湖，感觉是在另一个世界游走。虽然只用了一天多时间，虽然没能走进神秘的桑丁寺，但我感受到的“羊湖”令我终生难忘，它的广袤、寒荒，不亲历无法想象。我对一所特别的学校记忆尤深，它在海拔近5000米的湖边，一年只有两个月有绿色，全校1个教师和6名学生，教师是外乡来代课的藏族年轻女子，不懂汉语，我连问候她也没可能，只能猜测她的一切，我始终没明白是什么力量让她能坚守在寒冷而无人的高原上。

下午我们仍在湖边绕行，很难得地上了万鸟齐飞的鸟岛，那是闻名高原的鸟世界，到底有多少鸟无人能说清。我惊讶的是鸟岛在村庄旁，藏民若想捕鸟或掏鸟蛋，易如反掌，可他们从来没这么做过，他们与鸟互不干扰，还自发想办法护鸟，我们颇费周折说通了村主任才勉强上了岛，但我能感受到村主任的无奈和不甘。

藏民崇尚简单，从来不会将事物复杂化，湖就是湖，山就是山，他们对圣湖有的只是崇拜，表现在行动上，就是逢羊湖属相的年份就转湖，那是一支男女老少、无人组织却井然有序的队伍，带着亘古不变的虔诚，用脚步和长头丈量着羊卓雍错的逶迤山路。“羊湖”转起来比纳木错更难，它海拔高，湖岸曲折漫长，数百里崎岖路，困难无法想象。但藏民相信那是上天的路，在那条路上，生也是死，死也是生，再苦也是甜。我没有随藏民转过“羊湖”，但我能想象那是怎样令人震撼的队伍，也只有在那样的队伍里，才能明白“羊湖”的本质:它岂止是一片简单的湖，它早已连着藏民的生生死死，是灵魂的家园。

盐湖静悄悄

这不是茶卡盐湖，也没有茶卡盐湖的风景和名气，但它是阿里高原上真正的盐湖，比茶卡更接地气，更接生活，我对它的向往远胜过茶卡盐湖，但我绝没想到它是这个样子，倒不是它让我失望，相反它带给我的只有兴奋，我只是觉得与我的想象相差太远。

我是在夏夜，从阿里穿行了一整天的无人区，疲惫地赶到盐湖的。一路的荒芜景象让我的眼和脑已经疲惫，对外界刺激几近麻木，就是这样，赶到盐湖，它的高远和荒凉仍出乎想象。黑暗中天地不分，居然也没见星星。我几乎感知不到在这样的地方还有居民，更无法将它与乡政府所在地联系上。当司机说到了时，越野车打着大灯转了几圈，也未见灯和人。黑暗中摸到了一家几乎被忽略的小客栈，是乡招待所，我们顿时松了一口气。招待所在内地早已落伍，像这样的招待所连内地的工棚也不如，哪里还有人注意呢?可那夜已经很温暖，司机说要是没有它，我们只能在车上熬一宿，在阿里无人区，那样的一宿没有人敢想象。

穿过平房的小门，才约略看出招待所全貌。两排平房半包着一块空地，空地名副其实，黑洞洞的天，黑洞洞的地，好像什么也没有，只有一间简陋的厕所远远地蹲在黑暗中的一角，让我不用进去就能想象其中的环境。但不能没有它，我们放下行李，都无一例外地摸黑去了一趟。后来我夜间睡不着，老是想再去一趟，想着那么远那么黑，只好憋到天明。而同伴们第二天一大早，第一要务也都是去厕所，可见都被黑暗害苦了，熬了一夜。

招待所简陋得夸张，一排的几间藏式平房里，摆着卡垫和烤火炉，没有桌椅和门，男女混住，无电无水无厕也无服务员。与我同行的除了家人，都是女性，但在这样的地方，谁也没对男女混住犯嘀咕，没头没脑地找了三个房间。我们习惯性地有困难找服务员，喧哗了好一阵，才找到一个藏族孕妇，她自称老板，可腆着肚子，连住宿费似乎都没力气收，问她什么都白费。我们只好免去洗漱，摸黑和衣而卧。好玩手机的女同伴们终于都没再用手机，怕断电无处充电。而我那夜始终在假寐，恍惚中不知身在何处。

第二天所有人都起得早，要么是没睡着，要么是对荒凉小镇好奇，想赶早看看它的模样。没想到白天依旧很荒凉。此时，草原还未日出，我爬上招待所平房的黄土房顶，房子充其量也就一人多高。举目四望，都是矮矮的平房，黄土房顶，一片土黄。可以想见，这里要么下雪，要么刮风，但绝对少雨，黄土屋顶才可以安然地经历春夏秋冬。我不费力就能把小镇看个底朝天，它太没风景了，也太袖珍了，比不上内地寻常的村庄。我不知道小镇有多少人口，路上听司机说这里是阿里最小的乡，在本该鸡鸣狗叫的早晨，它十分安静又十分空旷，像睡着了。这里只有两条路，交叉成丁字形，压根称不上街，没有行人和车辆，也没有任何树木和野草，只有流浪狗溜达，那些狗好像也很难找到同伴，孤独地溜来溜去。路旁的藏式民房与黄土路分不清颜色，要不是零星的汉藏文标识，很难想象它是乡政府所在地。也正是汉文标识，让我想到它与外界有了更多的接触，有人识汉字了，或者说偶尔有外地人来了。

我沿土路绕了一个来回，藏餐馆、藏茶馆、派出所、信用社、民居，都很粗糙。稍光鲜的只有一座寺庙，它算是小镇最亮丽的建筑了，也是我从狮泉河到盐湖一整天唯一见到的寺庙。在这片荒凉之地，对灵魂的慰藉可能比肉体的滋养更重要，也更受藏民欢迎，但一路上荒无人烟，也就不需要寺庙。藏茶馆是唯一有人的地方，只有一家开了门，也只有我们几个人，茶馆里照旧只有甜茶、酥油茶和藏面，我们将就着打发了一顿饭。蔬菜店有两三家，经营着小镇人能够活下来的必需品，都只有不到二十平方的规模，我猜想是藏民们常光顾的地方，但这个早晨并没有任何顾客。

我好奇地进了一家蔬菜店，生意很清淡。老板是重庆来的，有着长期在高原打拼的肤色和气质，他明知我不会买，还是乐意与我聊。他说最难的是进货，要么翻昆仑山去新疆，要么翻念青唐古拉山去拉萨，来回都得一周。我打量店堂，空荡荡的没有货柜，只有西红柿、黄瓜、白菜三样蔬菜，随意地堆在墙角，陈腐得像古董。我问了价格，黄瓜六元一斤，我没觉得奇怪，如此荒远，黄瓜进来比我还难，就是再贵一倍，我看也应该。听说老板已干九年，亲眼看着盐湖发展。我感叹不易，也想借此向他打探盐湖的过去，孰料他无话可说，他心只在生意。我不知道老板为何选了这么荒远的地方做生意，他一定不是冲着风光和故事来的，他或许从未想过盐湖还有什么过去和未来，经商的他不需要这些。

但盐湖确有故事。它曾经不是乡，只是纯粹的咸水湖，产盐。那时交通

藏北草原的夏天

不便，海盐进不了高原，藏民只能吃湖盐。像这样的盐湖藏北有两百多处，它们是高原人的命根子。为了盐，藏民们不惜生命，历史上，吐蕃还为此与南诏打过仗。他们守护盐湖，就像捍卫母亲。那时每年春天，牧民都要组成牦牛队翻山越岭去盐湖采盐，每年秋天，又要用驮回的盐去藏南交换青稞和酥油。有数百年，草原上始终有逶迤的驮队。驮盐是件寂寞又艰苦的差事，也是男人们不能推卸的差事。驮队规矩甚严，用男不用女，甚至驮盐人不准见女人，否则有厄运。而驮盐人一上路，又总要无休止地眉飞色舞说女人，因为驮盐一趟要风餐露宿数十天甚至数月，那时的盐湖荒无人烟，孤寂让他们不能不想女人。于是驮队便组建临时家庭，在一群驮盐汉子中选名义爸爸、妈妈，那样就多了温暖，多了“母性”。而每次采盐和驮盐都像战士出征，要搞仪式，汉子和家人都知道藏北之行意味着什么。最隆重的是祭湖，就像热闹的节日，那时，荒无人烟的湖边帐篷连营，篝火连片，酒、歌、舞成了彻夜的风景。

驮盐何时消失，盐湖何时建乡，我不清楚，但我知道盐没了，驮盐必然消失。趁上午的空闲，我们走出小镇，特意去了湖边，远山青灰，湖面瓦蓝，湖中没有鱼和鸟，湖边也没有人和荒草树木，俨然死寂之地。几缕白色的盐渍像

高原上的马帮

盐湖乡的早晨

浪花断断续续地围在岸边，像年轮，那是产盐的物证，无数采盐人从远方来，采了盐再到远方去，在这里上演过艰辛而鲜活的故事，如今都沉寂了，了无声息。正是曾经的喧闹，才有了人迹，有了定居，有了今天的人气，藏北高原才多了一个乡。盐湖乡像遗迹，更是奇迹，它见证着无人区的变化。但在湖盐消失的今天，这个因盐而生的乡不知道靠什么生存和发展，我猜想只能靠牛羊吧，但我从夜晚到白天没看到一只牛羊，远望山野，似乎牧场也不优良，这让我很担心盐湖的潜力。

告别前的一幕却忽然让我看到了一点希望。在出小镇不远的湖岸边，一辆挖掘机在缓慢施工，没有轰鸣，没有人声，静悄悄的，仿佛什么也不在发生，我沿着挖掘机施工的方向远望，一条公路的雏形已伸向远方，这在盐湖绝对是亘古未有的景致。一个中年男人独坐湖边，应该是施工人员，正轮到歇脚。我攀谈得知他是吉林筑路工,来此已半年。我有点小惊讶,这么荒远也有东北人,祖国太大了,可不论多大都是一家。我忽又不死心,问还有没有人采盐,他说湖里没盐了,几乎都是淡水。这答案没有太出我的意料,在西藏采湖盐早已成为历史了,藏民吃的也是与内地差不多的海盐,我只是对盐湖的未来好奇。

我于是又把话题转回施工,问他还要干多久,他没直接回答,望着远方的山,蛮有把握地说明年就能通了。他说这话时,并没明显来精神,在盐湖边干活久了的他,早已习惯了悄无声息,习惯了没有热闹,甚至习惯了无人交流,而我隐约有些兴奋,我知道我不大可能有机会再来,那么公路通了后,盐湖会是什么样子呢?我只能想象。

说不尽的格桑花

转山

转山，顾名思义：绕着山转。转山在西藏很普遍，男女老少，能走路就会转山，甚至不会走路也能转山，我见过挪步艰难的残疾人转山的，更有五体投地一步一长头转山的，仿佛不是用腿脚，而是用心和灵魂在转。但无论怎么转，都只转神山。而即便神山，也不会都转。我所在的泽当小镇上有两座神山，东边贡布日，西边西扎，都名冠雪域。藏民只转贡布日，从不转西扎。姐妹似的两座山，一座常年热闹，一座四季冷清，境况有天壤之别。

就此我问过藏民，没有答案，只有传说。西扎是莲花生修行地，山顶还留有他修行的山洞，成了难以企及的圣地。贡布日据传是藏族发源地，山腰还有猴子变人的山洞，这很了不得，就如北京的周口店。两个遥不可及的传说都根植于藏民心中，成了精神遗产，似乎很难分清谁重谁轻。但藏民的选择更讲现实，他们觉得贡布日山上有祖先，肉体就是祖先给的，而西扎虽有大德

冈仁波齐神山5700米的山口即便是盛夏也时常有雨雪

高僧，然而只能给予精神，轻重还是有别的。我的这一猜想，也许不能解释藏民对两座山态度的反差，但我由此发现对转山对象的选择，藏民不是随心所欲，而是遵循着不为内地人所知的逻辑，间或夹杂着关于人和神、物质和精神的纯朴哲学。

我去贡布日山脚看过转山，也没明白原委。那是深秋的清晨，太阳还没出，山顶金光乍现，山脚就已人流熙熙，藏民们摇着转经筒，手捻佛珠，三三两两，沿山脚小路，朝着一个方向行色匆匆、井然有序地行走。有的全家出动，有的朋友相伴，有的踽踽独行；有的边走边念经，有的边走边膜拜。每个人都有事可做，又都做得很虔诚，他们对我这样的过路人目不斜视。山脚的山泉据说是圣水，也就成了转山的中心。穿过拉满经幡的柳树丛，就到了山泉边，山泉隐在岩石下，出口处砌着水泥平台，点着一排酥油灯，供着一溜圣水碗，一侧安着引水的龙头，这场景很像做法事的道场，却没有僧人。藏民们都聚在水龙头旁，等着接水，有的直接喝，有的洗胳膊洗脸，有的甚至洗头。更多人背着水桶取水，背回家供佛。有几个老人将冰凉的泉水用舀子直接倒在头发上，让我感到丝丝发凉，可他们都很淡然和满足。

后来我发现转山不仅选山，也看年份，还讲时刻，转山途中的仪轨更多。西藏神山有十多座，其名声和法力也分等次，什么时候该转哪些山，藏民都有数。就前后藏区来说，马年转冈仁波齐，猴年转扎日已有数百年传统。谁转了这两座山，就如同去天堂佛国走了一趟似的，走路都雄赳赳气昂昂的。也因此，无数藏民把转两座神山当成最大的夙愿，当然无数藏民一辈子也了却

冈仁波齐神山的转山道

黎明前的冈仁波齐神山

不了这个夙愿。每逢转山大年，两座神山就成了高原上的焦点，信徒们拖家带口，从四面八方涌向神山，连印度、不丹、尼泊尔的信徒也不远万里来转山。那时神山脚下人满为患，住宿、吃饭都是难题。更多的信徒已经习惯了自带帐篷、干粮，风餐露宿，昼夜兼程。在转山这件事上，一切物质享受都已退居其次，唯有朝拜神山成了至高无上的追求。

我受藏民影响，一直对冈仁波齐很向往。2015年夏天，到底陪家人、朋友去了一次，虽然不是转山大年，我们的行程也比较匆忙，但同行的人仍然觉得受了一次身体和灵魂的洗礼。路途之艰辛，人心之虔诚，氛围之特别，至今刻骨铭心。冈仁波齐雄踞在阿里荒原，山高地远，仿佛在天外，因为转山，才聚集了高原上少有的人气。山脚下的塔钦原本荒无人烟，默默无闻，也因转山，成了大本营。转山客们万里迢迢来塔钦，只为做转山前的最后准备。路上走的，旅馆住的都是转山人，他们彼此陌生，却三言两语就能熟识。信念不同的人一到这里，目标就变得高度一致，连心思也划一了。我们也是在塔钦歇脚，从塔钦出发，再回到塔钦的。在袖珍的塔钦，我们感受着其他转山人，也感受着冈仁波齐。我们每拨人都是晚上来早晨去，甚至没记住旅馆名字就匆匆而去。而一告别塔钦，人人都会毫无例外地走上崎岖不平、海拔5000米的转山路。那是一条异常艰难的山道，行进的队伍，老少妇孺，逶迤不见首尾。我们一行都年轻力壮，却连矿泉水也不敢带，尽管都轻装简从，仍气喘吁吁，走走停停，不堪忍受，几近坚持不了，而每个人又都是泥菩萨过河自身难保，顾不了他人。最终我们用光了携带的所有氧气，吸光了葡萄糖针剂，服用了多种抗高原反应药片，拼尽了吃奶气力，还是没能走到终点，最后5公里只好求助于急救车。

藏民不同，老人孩童，或独行或结伴，摇着转经筒，边走边念经，如履平地，有人还能在5700米海拔的山口唱歌。有两个年轻男女磕长头转山，用了一两个月时间，以身体丈量山路。当他们从我身边一步一长头，五体投地向前挪时，我肃然起敬。后来我又在电影《冈仁波齐》中，再次目睹了冈仁波齐转山，那些藏民与这对男女一样，都是普通人，有的遭过横祸，有的当过屠夫，每个人都有不一样的故事，那是他们解不开的心结，这便是转山的动力。为了那些心结，他们踏上转山路，生死难料，在所不辞。

藏传佛教流派多，唯转山不分家，也从未因时代而改变。从宗教角度看，其他宗教都无转山现象，唯藏传佛教独有，这也许值得思考。但不论怎么说，转山已成藏民生活的常态，正是这样的常态，让藏民坚定着信念，怀揣不变的天堂梦。唯有面对神山，藏民们才能敞开心扉，赎罪、祈福，自我解脱。而在转山中，我能看到的是信念的力量，只要信念坚定，就能战胜人自身。

神山无言

住在泽当时，窗外有两座山，一东一西在雅砻河两岸，像孪生兄弟。刚来西藏那阵，我对一切都陌生，生活也寂寞，常常推开窗户，对着山发呆。早晨，西山顶太阳还没露脸，东山顶已一片金光，透窗远望，小镇格外清新。傍晚，东山顶阴影拉长时，西山头还剩最后的夕阳，红彤彤的，像染了色，雅砻河和泽当小镇笼罩在暮色中，越发静谧而神秘。

那时，我完全不知道山里有什么，偶尔在傍晚与援友沿雅砻河散步，看着两边巍峨而壮美的两座山，中间夹着雅砻河和泽当镇，总觉得风景好，却没想过两座山意味着什么。其实我的住处就在河边，只是从四楼的窗户看不到河水，而轻易能看见两座山，一座东，一座西。于是两座山的四季光景从来瞒不住我，比如下雪了，草绿了，云来了，我都能一览无余。可两座山一眼看去，并无多少风景，多数时候都是光秃秃的山上顶着棉团似的云朵，缓缓地变幻，只

贡布日神山下的转经筒和刻满经文的玛尼石

有早晨和傍晚，山顶的光线常常让我惊艳。我在窗前用相机多次遥拍过两座山，要么为云，要么为光，要么为山头上一夜覆盖的白雪。这在风景万千的高原上当然很寻常，我甚至连后期整理的心情也没有，拍过也就随意装在了优盘里。而无论我拍与不拍，两座山都只是无声无息地立在那里，四季如此，仿佛它们执拗地一定要陪伴我度过每一天。

有一个周末，我终于忍不住，沿小街向东闲逛，穿过泽当镇，一路逛到东山脚下。那里是城郊居民区，藏族村寨密集地挤在一块，参差的民居中，有商店、茶馆、饭店，还有派出所。与内地不同的是，此处虽是城郊接合部，却并不凌乱和嘈杂。水泥路伸进村寨，把村寨分割得井然有序。那正是上午忙碌的时分，若是在内地一定车水马龙，这里却车少人稀，不时遇见的是圈养的奶牛和散步的羊，它们点缀在村寨，渲染的是田园牧歌的悠闲，仿佛时刻提醒我，这里是高原，是西藏。村寨伸向小镇中心的部分，有街市的繁华，不远处就有菜市，卖着牦牛肉、奶渣、蔬菜和转经筒，进城的藏民穿梭在小镇，忙中带着悠闲，那场景熟悉又陌生，像江南的小城，却没有大呼小叫，也没有山货卖，当然也没人买山货。这一切与村寨后的东山似乎完全搭不上，山是山，镇是镇，人是人，牛羊是牛羊，我想要是没有山，也会是这样吧。而这一切又与东山同处雅砻河东岸，安然而和谐，仿佛天然如此。

贡布日神山上闭关的喇嘛，他要在悬崖的山洞里闭关两年，期间每天独自面壁诵经

从此，我对东山的认识定格了，它只是一座山，没有特别的物产和风景，甚至没有绿色，藏民的生活似乎与它不沾边，并非靠山吃山，又似乎与它有天荒地老的缘分，谁也离不开谁。

我对西山却是另一种印象。它正对着我的厨房窗户，我在厨房向西眺望，视线自然躲不开它，高耸的山峰、起伏的沟坎、裸露的岩石，我都一目了然，光线好的时候，我常常看着天上的云朵和山上的阴影一点点移动，像虚幻的慢镜头。我不止一次仔细打量过那些褶皱，那些云朵，觉得很适合入画，可我终究没画。我也从没特意去过西山，在“高反”如影随形的高原上，我的任何兴致都大打折扣，也不大可能为冲动而冒险。于是西山只是窗外一道静静的风景，它的朝阳、黄昏，阴晴、雨雪，我从初期的好奇，渐渐也就见怪不怪了。

我与西山近距离接触，通常只是乘车路过山脚，匆匆地赶路，那时我充其量是一晃而过的过客。西山在泽当的西北角，像哨兵守着小镇西北出口，它是去拉萨和日喀则的必经之路。老是从那经过，我对它便有了粗略印象，那里与东山脚下不同，不是城郊集中的居民区，没有像样的村寨，也就没有东山脚下的烟火气，但那里有汽车站、快递公司、汽车修配门面、检查站什么的，与外面的世界似乎联系得更紧密些，约略有一丝欣欣向荣。我单位的一个驾驶员就在那里开了家汽车修理部，经营与内地颇为相似。但这一切在我看来，与西山也没多大关系，他们并没有沾西山的光，西山也没有因为这一切而有什么变化。西山更像一处沉默的路标，背离它，就意味着要去远方，看见它，就意味着回到了泽当，如此而已。

对两座山印象的改变至少是在半年后，那时，我已习惯了援藏生活，也熟悉了泽当小镇和雅砻河，我对周边的环境包括两座山渐渐就有了由表入里的感觉。我才发现两座山并非如我一眼看到的那么单调，只是我没有深入，才没能发现它的精彩。当我后来发现两座山下都有寺庙，且颇为著名时，我对两座山便另眼相看了，而又有一天，我听说它们都是神山时，我更是吃惊和好奇。入藏前就无数次听说过神山，神秘又遥远，仿佛不在尘世，没想到近在眼前。再看两座山时，我心里不禁冒出一连串的问号，神山是什么?山上有什么?我问了一些人，还查了资料，确信它们是地道的神山，而且都很有名。这让我立刻对两座山肃然起敬。

东山叫贡布日神山，是西藏有名的神山之一，与藏族起源密切相关，藏族传说的猴子变人就发生于此。那时，高原上还没有人，贡布日神山上只有罗刹女和猕猴，罗刹女便与猕猴结合，生下了七只小猴子，小猴子又生小猴子，一代代繁衍，猴群越变越大，这便是后来的藏民族。“泽当”的意思就是猴子玩耍的空地，而传说的猴子变人的洞窟就在贡布日神山的悬崖上。藏民深信这样的传说，他们告诉我贡布日神山悬崖上的一片阴影就是猴子洞，我仰望高高在上、若隐若现的阴影，看不出洞的模样，也想象不出猴子如何变人，却想到了山顶洞人，周口店遗址是被考古证明了的人类遗迹，贡布日神山的猴子

贡布日神山下转山的藏民，天长日久，山腰上转出了一条羊肠小道

莲花生大师修行过的西扎神山静静地护佑着山南小城

洞却只有传说。而更让我百思不得其解的是藏民族到底从何而来，在我援藏期间，一直未听到可靠的说法。

我后来专门花了一天时间，与两位援友攀了一次贡布日神山，费了九牛二虎之力，弄得遍身酸痛，还迷了路，终究未找到猴子洞，只意外遇见了悬崖上闭关修炼的喇嘛。喇嘛不会汉语，打着手势，我才明白他要面对悬崖，闭关两年，至于我们问他猴子洞，他只有茫然，这使得贡布日神山更多了些神秘的色彩。而藏民很少对这些较真，他们很少有人上过贡布日神山，对猴子洞只是听说，却从不怀疑，他们对猴子洞的虔诚远胜我们对周口店的虔诚。在敬畏大自然的藏民心里，能够造人的山十分了得，真假反而不重要。

西山叫扎西次日山，乍听像藏族人名，可它也是神山，名声不亚于贡布日。传说山上有天竺高僧莲花生大师的遗迹。莲花生是了不得的人物，他毕生在雪域弘扬佛法，贡献非凡，信徒们只要听说他，就会肃然起敬。他曾在扎西次日山上修行过，如今山上留有他弘法的山洞，成为珍贵的圣迹。后来一个云卷云舒的傍晚，我遥望扎西次日山，山顶隐约有寺庙，路径不知在何处，令我浮想联翩。据说那就是莲花生修行过的地方。

当我确切知晓两座山的传说后，感叹的是它们的非凡身世。两座看似普通的山却并不普通，每座山几乎都能写一部大书，而两部大书之间，隐约昭示着某种割不断的联系，从一座山到另一座山，即走完了一段完整的人生，也就是说，无论外界如何，泽当这个小镇自身就是一个轮回的空间，而这样的轮回是任何人都避不开的。对于两座山的传说，我不知道是传说本身的巧合，还是藏民有意的演绎，但这传说很符合藏民族心理逻辑和生存哲学，信奉佛教的藏族是智慧民族，也是精神追求大于物质追求的民族，很能自我说服，当遇事解释不了时，就归于传说，正是这些传说给了他们精神支撑，让他们能够恬淡、安然地，一代代地生活在环境荒寒的高原上。这么一梳理，我觉得泽当小镇的藏民真的很幸运，他们的生与死与天地山川配合得这么默契。

西藏看佛塔

西藏佛塔多，形制杂，寓意深，着实可写成砖头厚的大书，佛教的博大精深从佛塔即可窥见一斑，不懂佛教，断难懂佛塔，懂了佛教也未必能懂佛塔。我在西藏看过众多佛塔，也随大流转过塔，始终如雾里看花，不知塔的奥妙。有些塔完全忘却，有些只有外表印象。但万千佛塔立于高原，千姿百态，的确是一大奇观。

桑耶寺为西藏第一寺，其塔也名声在外。外围有一百〇八座小塔，嵌在墙头，形状各异，像一个个小石狮，守着寺庙，营造着特别的氛围。游人至此，未进寺，先见塔，顿感肃穆。著名的是寺内四座大塔，红、白、绿、黑矗立四方，象征着佛教里的四部洲。白塔常见，另三色塔为桑耶寺独有。四塔皆有说法，我去桑耶寺，能直观看出点兴味的也只有四座大塔，而所有游客来桑耶寺，也都要听导游重点讲解四座塔，给人的错觉仿佛桑耶寺分量一半在四座塔，殊不知桑耶寺的含金量在于其厚重的历史，它是吐蕃王朝的遗物，据传建塔与金城公主颇有关联。就是这样的

阿里高原上的古格王国佛塔遗存

名塔，我也没搞懂所以然，只记得四种颜色，每种色彩的佛教典故我当时听了就分不清，事后全然忘却，而这些典故正构成了桑耶寺独特的资历。

西藏的佛塔都有说法，有的年岁长，有的出过大人物，就如桑耶寺，一砖一瓦都与莲花生、寂护沾得上，其塔想不出名都难。这就像古董，既要古，又要流传有序，才有价值，否则令人怀疑。敏珠林寺的大白塔是我在西藏见过最高的佛塔，我去时，佛塔刚修缮好，感觉还能闻到油漆味，但这是在敏珠林寺，仅仅这个寺名就能让信徒们敬仰得五体投地。敏珠林寺是佛教宁玛派的名寺，有专门的佛学院，有名满雪域的藏香制作，即便新塔也不亚于别处的千年古塔。与我同行的达珍、旦增卓嘎、边巴应该是见惯了佛塔的，可面对这座气势宏伟的佛塔还是动心，在她们的建议下，我认真地站在大佛塔前留了影。这是我唯一一次与一座佛塔庄重地合影，我后来离开西藏，每想起敏珠林寺，就想起大佛塔。

在扎什伦布寺转塔的藏民

有的塔历史不长，但故事性强，也耐人寻味。日喀则的白居寺有一座十万佛塔，号称塔中之塔，内藏十万佛像，很能让人感到它的气势。我见到塔时，感觉它不像塔，更像多层宫殿，当年西藏抗英时，多层宫殿里发生过悲壮的故事，英国侵略者枪杀了保家卫国、慈悲为怀的喇嘛，还盗走了部分佛教文物。可惜我在西藏时，对十万佛塔没有认真研究过，当我与内地朋友好容易走近佛塔时，我只在塔门前，伸头向里瞅了几眼，里面是令我眼花缭乱的佛像世界，我确信看不懂，也就没再走近一步。没承想这一小段以秒论的瞬间，竟成了我后来对白居寺最清晰的记忆，当我后来了解了白居寺的历史后，很后悔当时的无知，要是当时跨进去几步，我也许就走进了另一个世界，而我偏偏止步于门外，这也成了我永远的遗憾。而像塔尔寺的八座大白塔，扎什伦布寺的三座大白塔，塔本身没有故事，因寺庙出名也会出名。两座寺都是格鲁派名寺，源远流长，人们仰视寺庙，也就仰视佛塔了，我在两寺参观时，都遇见过转寺的信众。

那年我去札达小城，城外不时能见到散落的小土塔，规格小，外表普通，据说是古格旧物，考古人的宝贝，可惜都很残破，也少有人能说出它们的故事，今天要想读懂它们，并不容易。我见过不少小佛塔，但一座也没印象，而我知道，这些小佛塔曾经撑起了古格王朝强大的佛国。如此小佛塔今天在西藏也不少见，醒目地立在藏村，成了亮丽的景观。它们与札达城外的那些土塔，年岁上有很大差别，血脉却是一贯的，即便过了千年，外形上也还差不多，很多讲究依旧未变，时间在这些固化的信仰面前仿佛是凝固不变的。我请教专业人士后，发现塔在西藏很受重视，建塔有专门程序，宗教局批准方可建，一个村子建了塔，藏民灵魂就有了归宿，煨桑转塔，就近祈愿，至于外形规格，不影响塔在他们心中的地位。不过寻常小塔在我这样的外行人眼里，特点终究不明显，好奇地看几眼后，大都如过眼烟云，印象不深。只有在藏民眼里，

保存有历代达赖喇嘛灵塔的布达拉宫

每一座塔都是肃穆的圣物，其中凝聚着无数的机缘、祈愿和信仰。

我记得牢的是灵塔，与死人有关的东西是能让人刻骨的。我曾以为九华山肉身宝殿为佛界真身唯一，没想到在西藏，喇嘛真身比比皆是。西藏有五种葬制，塔葬等级最高，大德高僧才可享受，大德高僧的遗体、舍利、骨灰藏在塔内，就成了灵塔。古格高僧益西沃的灵塔有千年历史，如今残留在阿里高原，夕阳残月，任人膜拜。而宗喀巴灵塔，乃甘丹寺镇寺之宝，信众们拜塔如拜佛，常年不绝。我一直很想去甘丹寺，都是因为宗喀巴，可惜直到我离开西藏也没去成，只能寄希望于以后了。最有名的还是布达拉宫和扎什伦布寺，前者有八座达赖灵塔，后者有四座班禅灵塔，达赖是金塔，班禅为银塔，我以为这是定制，后来听藏文专家说，这只是特例。无论金塔银塔，都价值连城，塔身的蜜蜡、玛瑙、绿松石，甚或天价天珠，在幽暗的塔殿内，金碧辉煌，令人敬畏。在我去西藏前，布达拉宫只是一个概念，从来没想过去布达拉宫看什么，后来才知道布达拉宫的重头戏都在灵塔上，一间间幽暗的宫殿、一条条狭窄的过道，转得人晕头转向，游人转来转去，是记不住那些陈年故事的，好奇心多在灵塔上，它的金碧辉煌和珍宝无数不能不令人赞叹，灵塔主人的功过有时反倒退居其次了。其中以五世达赖灵塔为最，历史久，规模大，规格高，是布达拉宫的镇宫之宝。这位出生在西藏山南的达赖，因改建布达拉宫，创建政教合一制度，功绩卓著，威望极高。当然他在世时，西藏政教双方、西藏与蒙古势力的争斗也未平息过，他圆寂后，第司·桑吉嘉措举全藏之力，为他建灵塔。这个后来死于蒙古拉藏汗手下的第司·桑吉嘉措不惜动用了500名石匠、256名木匠、260名画工，以及6000多名金、铜、铁各类工匠和艺人为五世达赖喇嘛建塔，仅黄金就用去一万多斤，珍珠三千多颗。站在灵塔前，无人能想象五世达赖喇嘛的模样，心情却可以用震撼和感慨杂陈形容，塔因人闻名，人借塔流芳，这是一个典型的例证。

灵塔是塔中另类，这不奇怪。溯本求源，佛塔起源印度，原本即坟冢，后因佛陀，才成圣物。佛陀圆寂后，其舍利被安放在八座佛塔中，灰烬和遗址另建两塔，这十座佛塔即最早的佛塔，没想成了后来建塔的定制。佛教入藏后，造塔、转塔，千年不衰，形制不变，八宝塔、《度量经》是唯一标准，据说是佛陀所定，只能遵守，不可发挥。千百年来，信众们正是在《度量经》里，八宝塔下，虔诚地拜塔转经，用心和灵魂与佛祖对话。有塔的地方就有佛祖，就有灵魂，就有精神，这也可能是塔的精髓和灵魂，这正是我无法从外表看到的。

洁白的哈达

到过西藏的人,都对哈达不陌生。迎来送往、逢年过节、婚丧嫁娶要用,山水草木、动物牲口也要用。有人处有,无人处也有。我在西藏,没发现不能用哈达的地方,也没发现不能用哈达的时候,说藏民离不开哈达,说西藏是哈达的世界,都不夸张。

接送客献哈达最常见。车站机场,献哈达是一景。我到西藏的第一张留影就是在贡嘎机场,那是援藏队进藏第一天,山南地委行署迎接我们,我们刚下飞机,行李还没放下,就先挂上了哈达。哪些领导献的记不清了,几个藏族姑娘手捧哈达站成一排,给我印象特别深,此前只在电视上见过穿藏袍的藏族姑娘,也看过内地人表演的藏族舞,都不真切,忽然近在咫尺了,禁不住有些激动。后来,我见得多的依旧是贡嘎机场献哈达的情形。初进西藏的人,倘若当地有藏族朋友,是一定会被献哈达的,现已发展到汉族人间也献哈达,

藏族朋友席间向客人献歌献哈达

信徒们手捧哈达,等在托林寺里,为来寺里讲经的活佛返回拉萨送行

只要在西藏。后来我成了半个主人,内地来客,我到机场迎接,总是与藏族朋友一道献哈达给别人了。

献哈达是见面仪式,意思像握手,却又不代替握手,哈达挂上脖子后,还要握手寒暄寒暄,“扎西德勒”是必说的,这是主客相互的祝福。哈达献过后,陌生感就消失了,俨然老朋友了。从见面到献哈达,再到有说有笑,只在瞬间完成。因为时间短,为了顺当,献哈达的得早早将哈达一条条分开理好,以便一见面,就能立刻顺利地献上。遇有来客多,还要预先分好工,谁捧哈达,谁

驻村工作队下乡前,每人围了十多条哈达,都是同事献的

给谁献都不能乱,先后次序也不能乱。约定俗成是长辈给晚辈献,地位高的人给地位低的人献,年龄大的给年轻的人献,绝不能反过来,否则就坏了长幼秩序,而因了献的和被献的人身份不同,献哈达和接哈达的姿势也有别,有的要被献的弯腰,有的要献的人双手举起,我一直没明白其中的区别,每次也就糊里糊涂将哈达用双手围在客人脖子上了事,从没人说我不正确,大约是碍于面子吧。

不单在机场车站,会议室、家里、酒桌上都会献哈达。我感觉就像内地见面打招呼一样普遍又自然。我初进藏时,一天就遇到过几次献哈达,在机场领导们献一次,宾馆里园长们献一次,教育局领导班子又献一次,每次都是有几个主人就献几条。哈达时时要献,藏民都有随时献哈达的习惯,重要的出行，都带着哈达备用。我的藏族同事们到内地联系工作，总是带着哈达，他们做这些时，人人都很自觉主动，配合也很默契，如何准备的我一次都不知道。到内地后，一旦要献，他们能立刻取出备好的哈达，这时我又好奇又有点小感动。

哈达也不限于主和客，同事间也常献。我们单位每遇出差，特别是下乡检查和调研，行前都要献哈达，那是相当正式的仪式，总是在上午进行，场所在传达室门口的空地上。单位一般会提前几天在小黑板上用粉笔写通知，某月某日某人下乡，意思是告诉所有人，届时要献哈达，当然这样的通知没有任何强制性，但藏族同事都很踊跃，每次几乎都是人人参加。到了那天，单位门口早早就围了很多同事，三五一簇，愉快地打着招呼，议论着什么，仿佛有大事来临，其实只是等着献哈达。我一开始不懂，想参加又没哈达，后来才知道单位为此准备了很多哈达，四季备用。这样一来，一人出差，多人献；多人出差，一个单位都来献。因为人多，时常要排队，先领导后下属依次献，被献的人脖子会围上许多哈达，把脸围得红扑扑的。所有人都献过后，不忘站成一排合影。我驻村出发时，享受过那样的礼遇，从局领导到一般工作人员，都有来献的，数十条哈达围在我的脖子上，感觉像要上战场。我听说，不仅是单位，凡有人远行，都要献哈达，就如内地的“一路顺风”，只不过藏民不多说，祝福尽在哈达中。而当有人外出归来时，从不献哈达，大约回家了，也就都放心了。

藏民率性豁达，情感热烈，却又不像内地人爱说话，唯哈达最能表达性情和心情，在藏民心中，哈达的分量胜过千言万语，甚至胜过金钱。于是，聚会庆祝、婚丧嫁娶、颁奖表彰、开业庆典，都有哈达身影。藏民办喜事，贺礼不及内地复杂，哈达却不能少。而丧事中哈达更常见，西藏五种葬制都离不开哈达。

哈达的特殊意义让藏民对哈达极为爱惜和尊重,即使在荒郊野外,也不能随意踩踏、亵渎。哈达更多时候反映的是宗教情结。寺庙佛堂,哈达必备。即便普通住宅的佛堂,同样有哈达装点。而宗教仪式上,藏民向来爱用哈达祈愿,他们相信哈达是无声的纽带,能把自己的心与佛相连。有两次我印象极深,一次是在阿里的托林寺,欢送活佛离寺,当活佛的越野车出门时,喇嘛和信众将一条条哈达抛向越野车,顷刻间车顶盖满了哈达,据说那是对活佛最好的祝愿。另一次是拉萨雪顿节展佛,当哲蚌寺的佛祖唐卡展开时,数十万信众向佛祖抛献哈达,祈求保佑。很有意思的是,即便疯狂地抛献哈达,藏民也不喧哗,只小声念经,磕头跪拜,似乎所有的祈愿都在哈达里,用不着说出来。藏民的宗教情结并不限于寺庙,他们认为万物有灵,山水草木、牲口动物都值得祈福,于是,过山口,遇圣湖,都要献哈达。无须仪式,堆一堆玛尼石,念念有词,系上哈达即可。我刚开始,接受的哈达都收在家里,越来越多也麻烦,后来发现藏族同事不是这样,而是现收现用,在单位收的哈达,半路上就献给了山口、圣湖。我才明白哈达是可以转送的,只要心诚。

哈达用得多,便有了专门市场,小小山南就有多家批发店。哈达成捆批发,颜色、质地不同,寓意不同,价格有别,最贵的是五彩哈达,献给最尊贵的客人。而用得多的是白色哈达。很纳闷的是西藏不能自产哈达,要从成都空运。我问过店老板,空运来的哈达不便宜,但藏民不吝惜。即便再穷,每家也都备有哈达,随用随取。我们单位偶尔可能缺打印纸,哈达却从来不会缺。我在西藏耳濡目染,也对哈达有了感情,虽然没买过哈达,但接受的哈达从不丢弃。有一条我尤其珍爱,那是大昭寺活佛加持过的哈达,盖着大昭寺印玺,是西藏教育厅献给我的。那哈达是难得的圣物,留在我身边,多了怀念,也多了吉祥的回味。

流动的佛堂

据说唐卡起源于朝佛，藏民信教，迁徙不定，佛像不易携带，为方便，将佛像绘于绢缎布匹，裱成卷轴，以便随时随地朝拜，这种卷轴画即为唐卡。若从字面讲，“唐卡”藏文原意是诏令，引申后即指流动的卷轴画，所以唐卡又称“流动的佛堂”。

而此说也有麻烦，第一幅唐卡便是悬案。藏民说是松赞干布在得神示后，用鼻血绘了白拉姆像，由文成公主装帧，这便是第一幅唐卡。这幅白拉姆是否有人见过，不得而知，传说更像神话，与朝佛说不太合拍。但松赞干布时唐卡已面世，是事实。我在山南，见过文成公主亲手绘的金线唐卡，悬于昌珠寺殿堂，是镇寺之宝，价值连城，看得出文成公主对唐卡情有独钟。当然堂堂赞普妻子能绘出这么精美的唐卡，可想文成公主的日子是相当寂寞的，唯如此，才能用心专一。从那时算起，唐卡至少有一千三百年历史，只不过上千年来，唐卡始终与佛教相连，是神秘的宗教器物，并未像今天这样流落到艺术品市场。

在藏民心中，凡涉及佛的都很神圣，来不得虚假和马虎，唐卡虽不是佛本身，但有佛的形象，无异于佛化身，一直也就很神圣。藏民不论贫富，居家都挂两样物件，一是共和国领导人画像，另一就是佛像唐卡。前者是为感恩，后者是为祈福。我在隆子县帮扶贫困户时，走访过一个单身母亲，她带着两个孩子，家徒四壁，一日三餐和孩子上学都靠政府，我在她家同样见到了共和国领导人画像和很有年头的唐卡，围着哈达，郑重地摆放在一面墙正中。这是光线不好、很狭窄的里间，也是她家最好的房间，我从打理的迹象看，女主人最用心的应是这间房，而最值钱的恐怕就数唐卡，至于唐卡从哪里来，我不得而知。

对唐卡的虔诚还反映在绘制上，唐卡的绘制总是一丝不苟。很长时间，画唐卡是寺庙专利，僧人即画师。在西藏，大寺庙都有唐卡画师，他们往往也是大德高僧，融静修和作画于一身，绘画即静修，画技高，佛学深，深受信徒爱戴。曲英嘉措即是一例，他曾是扎什伦布寺、布达拉宫唐卡画师，为四世班禅、七世达赖画唐卡，修炼有成，因此千古流芳。我在两座寺庙都见过他的画作，与法器珍宝一样，都是圣物。唐卡的严肃性还体现在内容上，宗教人物、本生故事、历史传说，必有出处，且严格符合《度量经》标准。画师要是不懂佛经，唐卡价值必然打折。据说尼泊尔唐卡不受欢迎，就因画师信印度教，不信佛教，对佛经陌生，作品似是而非。

我对唐卡很外行，可偏偏又很好奇，对画师和颜料常常有兴趣。

画唐卡是很刻板的功夫活，再有本事的画师也不能胡来，什么佛什么衣着什么表情什么动作什么法器都有成规，尺寸比例须符合《度量经》，这与现在提倡的创新很不吻合。我曾翻过《度量经》，有理工类教科书的复杂感，我

作者去偏远的藏民家扶贫结对时,该藏民家的唐卡

是断然记不住的,也没耐心细究,但画唐卡就必须记住这些。画唐卡讲究心静、手稳、眼准,最难在心,有人说画唐卡得先练心,心有佛,才能画佛。虔诚的画师要先念佛,气定神闲才动笔。一幅唐卡从起笔到完工,少则几天,多则数月或数年。我在八廓街陪朋友买过小幅白度母,一张奖状大小,画师说画了个把月。我从他作画慢得像蚂蚁爬,估摸说的是事实。那幅唐卡最终以六百元成交,估算下来,每天也就值二十元,可想画师不易。在今天的西藏,能坚持学画唐卡不易,学成后坚守更不易。

我听说八廓街像他这样画唐卡的人不少,多为艺校毕业。尽管科班出身,每人每天画十多个小时,个把月才能画一张。之所以进度慢,难在工序。起稿、填色、勾线、开眼,都非易事。画唐卡讲究童子功,幼年学艺,中年出师,而半路出家，急于求成者，绝对行不通。唐卡艺人所以稀少，就因难学，而从古至今，画唐卡又总是师徒传授。这使得门户有别，流派众多，闻名的勉唐派、噶玛噶举派、热贡派，各派都有独门绝技，秘不外传。尤以颜料为甚，虽然都用矿物和植物，然选料、加工、用色，各家有别。关键是火候掌握，需很花时间和心血。八廓街就有用老方法制唐卡颜料的，我在电视上看过，从选石、碎石、磨石、搅拌到晾干，要一个多月，与其说是颜料，不如说是匠人心血，一点一滴都凝聚着汗水。在丙烯颜料泛滥的今天，只有真正的唐卡人在坚守，他们追求的是唐卡精髓，也是唐卡的魂。

唐卡材质越来越宽泛，有布有纸，有画有绣，还有沙画唐卡。青海塔尔寺堆绣唐卡是纯手工绣成的，绣法今人已无法获知，那几幅老唐卡成了镇寺之宝，也是塔尔寺三绝之一。我在山南昌珠寺还见过用珍珠在氆氇上串起来的唐卡，用了一万多颗珍珠。这幅珍贵的唐卡有八百多年历史，如今与文成公

每年雪顿节开幕，都有十多万人去哲蚌寺购票一睹巨幅唐卡风采

雪顿节开幕式当日，哲蚌寺巨幅唐卡在山腰展出

主手绘唐卡并列悬挂在昌珠寺佛堂，不让抚摸和拍照，只准远看。2016年去昌珠寺时，我见到了这幅唐卡画师的后人次旦，同样是画师，他带着徒弟在围廊画壁画唐卡，每幅有十多平方米，像大幅连环画，他自豪地告诉我珍珠唐卡就是他祖上画的，他今天仍继承祖业，以画唐卡为生，颇有名气，布达拉宫他画过，昌珠寺修复也由他画。修复工程看样子已进行了很久，我问他还要画多久，他说还要两年。他就一直站在高凳上，抬头举臂，聚精会神地作画，其中甘苦像我这样的外行人是很难体会的。

我一直不能接受批量印刷的唐卡，然而它在高原上不可避免地出现了。拉萨、山南的特产店里都有，形象准确，色彩鲜艳，价格便宜，是专针对游客生产的。对初到西藏的游客来说，很难分清唐卡手工画的还是机器印的，往往糊里糊涂就被忽悠了。当然游客在意的是来了西藏，也许并不需要弄懂深奥的唐卡。而藏民从来不看好那些，更无人挂在家里，藏民要是挂那样的唐卡，是很丢面子的。都是唐卡，外表相似，本质有天壤之别，用心的才有生命，无心的只是商品，只有走近有生命的唐卡，情感才能共鸣，灵魂才能净化，这才是藏民追求的。

开在佛国的花

说酥油花有多美，我没觉得，我向来不喜欢假花，没有鲜活的灵气，也无可人的香气，我倒觉得酥油花是开得难，所以珍贵。它不像真花，阳光雨露，一到季节，一夜间就能开。酥油花从生到死，皆由人为，没有人的用心用情，就没有酥油花。

酥油花说到底由牛而生，从牛到奶，从奶到油，从油到花，似十月怀胎，可以说是经历了一个历练的过程，直至成花，完成涅槃。挤奶不难，妇孺皆可。捣酥油不易，需足够的耐心，还需要体力加技巧。我在牧场尝试过，工具像拖把，在木桶里要用力捣千次，直到奶水出渣，酥油析出，其单调的过程心浮气躁的人不能承受。不过最难的还是制花，构思、设计、制作、布展，环环紧扣，心手并用，非心思专、悟性好、技艺精者不能胜任。

我多次见过酥油花，目睹制作仅一次，记不起在哪所寺庙，场景已全然忘却。进寺庙，我这个外行向来看热闹，佛看不懂，人挤不动，很少专心于细节。再说酥油花色彩过于夸张，是我不太喜欢的大红大绿，又没有自然的花香，摆在佛像边，蔫蔫的没有生气，我就觉得不过是雕虫小技，至多是民俗罢了。去塔尔寺游览，听说酥油花是一绝，声名远播，我很诧异。那是2016年夏天，不是酥油花的季节，塔尔寺游人多，酥油花藏品似的收在玻璃柜，供人参观。导游领着一拨拨游人，无一不是先推介酥油花。玻璃柜是在光线不好的殿堂里，众人围着导游，听她比画着讲解。于是有人拍照，有人啧啧称奇，惊讶的、感慨的、附和的都有。我才想到塔尔寺招牌不是宗喀巴，也不是文物，而是酥油花。一年一度，塔尔寺从10月中旬就开始为酥油花忙碌，只为正月十五开一宿。正月十五是固定花期，那晚，湟中县万人空巷，塔尔寺人满为患。而十五一过，全部销毁，仿佛草木一秋，过后荡然无存。

我没赶上十五的热闹，后来专门看了书。不看不知道，一看了不得。塔尔寺酥油花来头很大，起源说法不一，都与佛有关。有说是释迦牟尼生前梦

塔尔寺的转经长廊

到百花齐放、姹紫嫣红的世外桃源，醒来方知昙花一现，他将梦境说与众僧后，众僧设法重现梦境，于是每到此日，各大寺院都贡献花灯，再现梦境，由此成为定制。另一说是文成公主进藏，带去了释迦牟尼十二岁等身像，藏民为了供奉等身像，在无花的冬日，想出了以酥油花供奉的好点子。还有说是与宗喀巴大师梦境有关。无论传说真假，酥油花在宗喀巴时代就已经有了，至少有五百年历史。到明朝万历年间塔尔寺酥油花灯会已成规模，至清朝走向了鼎盛。那时文人骚客多有赞美酥油花的，地方史志也有确切记载。

如今有了正月十五酥油花节，更了不得。塔尔寺每年几乎举全寺之力，制作酥油花，组织布展。寺里专设了两个花院，上百僧人专司制花，这在一般寺庙是没法想象的。艺僧们师徒相传，毕生为花。他们术业有专攻，凭着灵巧的双手，能把小小一团酥油变成大千世界，人物动物、建筑山水、花鸟虫鱼，无所不会，无不传神。不知何时起，制作酥油花在塔尔寺僧人成了高雅职业者，扎骨架、制胎、敷塑、描金塑形、上盘、开光，每道工序都有分工，就像流水线作业，最后还要洒圣水，奏佛乐，燃酥油灯，诵经，一丝不苟。到了节日当晚，塔尔寺灯火辉煌，鼓乐齐鸣，万众欢腾。而艳丽的酥油花，从牛奶到成花，遥遥数月，只在一个晚上终结，如昙花一现。僧人们销毁酥油花，毫不吝惜，销毁后的酥油花只剩展台、骨架和一摊酥油，留待来年再用。据说所以销毁是意味着世事无常，复归自然。我想也只有僧人能拿得起放得下，他们追求的不是花，而是制花过程，酸甜苦辣，点点滴滴，都是修炼。

但销毁酥油花怎么说还是令人惋惜的，有人甚至觉得残酷和无情。考虑到俗人感受，塔尔寺20世纪90年代专建了花馆，利用空调保持低温，以便藏花一年，供游人慢慢细看，直到来年新花上市时再销毁旧花，这一创新多少弥补了一些人的缺憾。后来，酥油花节名声更大，不仅是寺庙节日，也是当地文化品牌了，政府很重视，还将酥油花推向省外展出，1991年1月在北京民族文化宫展出，后来还在河南少林寺、深圳国际展览中心展出过。每一次，塔尔寺都要专门选派艺僧，进驻当地，制花布展。

我没遇见过那几次展览，不知道影响有多大，我倒也没觉得太遗憾。我觉得酥油花离开了塔尔寺，就不是原汁原味了，它缺了塔尔寺，缺了僧人，缺了集半年于一功的辛劳，一些本质的东西失去了，只留下光鲜的外表，价值是要打折的。我更在意的是制花的过程，那是复杂艰辛、枯燥乏味的过程，比不得花儿开放的艳丽和光彩，却最能打动人心，引人回味。艺僧们呕心沥血，把花当作生命呵护，俨然也为酥油花赋予了生命。当艳丽的花摆在佛前，万人称赞时，那些艺僧们退居后台，默默无闻，不为人道，而他们想的不是功而是佛。

酥油花制作极其复杂。从原料开始就很考究，塑面的酥油须纯白新鲜，没有污染才好上色。旧年酥油花销毁的陈酥油颜色混杂，只能做胎料，打底子。上色须用天然矿物颜料，有近二十种，都是很鲜艳的纯色。制花靠手工，先一枝一叶捏成部件，再集中组装成花，复杂可比唐卡。更特殊的是制胎、敷塑，要在零度以下成形。这一来，艺僧们得在冷房作业，还要不时以冰块降温手指，哪怕手指冻得僵直。所以有人说酥油花是指尖上的艺术，也是残酷的艺术。长时间低温干活，艺僧们指关节冻伤屡见不鲜，有人因此终身残疾，但他们从不言苦，仿佛他们天定就是做花的。他们起早贪黑，分工协作，专心揉捏每一团酥油，不放过任何细节。制花前，他们还要洗手、焚香、念经，排除邪念，唯恐亵渎佛祖。我没接触过艺僧，只是耳闻他们的虔诚。即便在塔尔寺，我也只是看客。记不清在哪所寺庙，我曾有机会体验制花的，可我只是心动，没有动手，我后来有过后悔，当时哪怕做一个花瓣也好，可惜没有。我只能自我安慰，我是俗人，与僧人在两个世界。

藏獒不是神话

前几年藏獒很热，成了犬中娇子，一犬难求。我也赶了藏獒热，看了杨志军的小说《藏獒》，啧啧赞叹后，不知真假。后来去西藏，偶尔想起藏獒，以为西藏处处有藏獒，殊不知在西藏，藏獒也少，纯种的更是稀缺，我的藏族同事多数与我一样，对藏獒知之甚少，也没见人谈论藏獒。

小说当然可以虚构，但藏獒与普通犬类毕竟不同，我后来买过介绍藏獒的专著，发觉藏獒可说的很多。从外形看，藏獒比普通犬类威猛，体壮头大，眼小腿短，吠声沉闷凶狠，用不怒自威形容最合适。有人说，藏獒是世界上唯一不畏猛兽的犬类，不仅如此，它还远比一般犬类聪明，硕大的脑袋就说明它脑容量不小，它能识别和记忆上千只牛羊。更令人敬佩的是藏獒忠诚不事二主，侠肝义胆。杨志军在《藏獒》里，只是用故事形式将藏獒品质再现给了读者，并非完全杜撰。

藏獒作为物种何时出现，尚比较模糊，有人说是八百万年至一千三百万年前就有藏獒，至六千多年前被驯化，时间跨度之大足见人类对藏獒身世了解欠缺，这越发导致了藏獒的神秘。相对公认的是藏獒由喜马拉雅高原古犬演化而来，是当今世界唯一没有被时间和环境改变的古老犬种，是世界上所有猛犬的祖先，那么古犬由何而来，则又说不清。藏獒的特殊身世，使它拥有许多独特名称，如活化石、天狗、神犬、神兽，仿佛怎么形容都不为过。

藏民对藏獒并不陌生，西藏苯教时就已经有记载，吐蕃王朝时曾有藏獒复仇的说法。只是藏獒长期生活在高原，难为外人所知，内地极罕见，要不是藏獒热，我也没听说过藏獒。实际上藏獒热也不是新鲜事，一千年前就有过。马可·波罗就说过藏獒，他在四川藏区初见藏獒时，感慨“奔驰如虎，吼声如狮”，称它是“来自西藏的大狗”，惊讶地弄了一只带回欧洲，从此西方人知道中国有这样一种优秀勇猛的大狗，那时候西方人可能还没听说过西藏。另两个马上民族对藏獒的熟悉不亚于藏族，一个是党项族，一个是蒙古族。西夏人曾以藏獒为“猛犬军团”，与宋朝对决，让宋朝兵士很头疼。蒙古西征时，用三万只藏獒组建过藏獒军团，横扫欧洲，并遗留了两万多藏獒在当地，它们成了今天多种西方名犬的祖先。成吉思汗曾得意地说“身经百战，雄当万夫，巨獒之助我，乃天之战神助我也”。藏獒的优秀本性和品质被这两个民族挖掘到了极致，以致其他牲畜和兽类无法望其项背，藏獒因此成了传奇。但辉煌并未延续，无论游牧民族还是平原汉族，都发现热兵器时代并非藏獒天下，战争胜负最终取决于人类智慧。于是，藏獒又被人遗忘在雪域，就如牛羊马匹，生生死死，遵循着动物界的自然规律。

热也好，冷也好，藏民从没远离过藏獒，对它也从来淡然，藏语叫藏獒为“多齐”,我问藏民有什么特别含义,答曰没有,可见只是很普通的名称,就如叫狗叫猫。吐蕃时期,高原上战争打得昏天黑地,藏民也没用藏獒厮杀,倘若他们也像蒙古和西夏,组建藏獒军团,那么高原局面是否会不一样呢?然而藏民觉得藏獒是兽,应该遵循兽的逻辑,人的爱恨情仇不应转嫁给藏獒。在藏族传说里,藏獒祖先或虎,或熊,或狮,是另类猛兽,在雪

错那县牧区藏民家用铁链拴着的藏獒,用来看家护院

域高原上,与牲畜、野兽相伴,弱肉强食,却又是人类的朋友。藏民看重的是这个朋友能抵御猛兽,保护人类,并未打过藏獒别的主意。高原上很久前就有“一獒抵三狼”的说法,牧民们发现藏獒比牧羊犬更优秀,看家护院和放牧首选藏獒,有藏獒在,狼、狐、豹望而却步,牧人便可安心。我听说过不少藏獒护主护牧的故事,它们在漆黑的夜晚,守护牧场和主人,野兽一旦出没,它们就用特有的吠声向主人报警,不畏生死地与野兽搏

斗，有时为了一口毙敌，用力过猛，咬掉自己上唇也无知觉。至于一獒斗数狼，则是常事。藏獒舍生忘死的背后是对主人的绝对忠诚与善解人意，这种品质对藏民至关重要，藏民们也煞费苦心地培养其忠贞不二的品质。他们掌握了一门绝技，就是趁獒仔眼未睁时，强行拨开其眼，让它看主人，再让它合上。就这一瞬间獒仔便记得了主人，包括外形和气息，此后一生它只认这个主，其他任何人都被它视为敌人，若需再认新人，藏獒至少需要一两个月时间。藏獒认人的执着与顽固，在犬类中绝无仅有，也给驯养带来麻烦。倘若不了解其习性，必酿大祸。

藏獒的变化是人造成的，商品经济不知何时也冲击到了藏獒。渐渐地，藏獒分成了四类，一类是防兽护牧的，常年守卫牧场，与风霜雨雪相伴，那是真正的藏獒，吠声能让人心惊胆战。另一类是村野牧民家看家护院的，拴着铁链，活在方寸之间，保留着原始野性，但很少遇见陌生人，有些有力无处使的可怜。第三类是景区供人拍照的，习惯了为主人赚钱，徒有威风的外表，一声不吭，仿佛对人世间的一切已经麻木。最可怜的一类藏獒成了宠物，拴在庭院里供人观赏，像木偶。我当然最喜欢第一类藏獒，可惜在西藏期间无缘一见，据说已经很稀罕了。我见第二类也只有几次，在觉拉乡调研那次印象较深，那天我路过牧民的后院，主人不在家，我听到院里有沉闷的犬吠，猜想是藏獒，好奇地从墙头观望，还没等我看仔细，那只“铁包金”藏獒拖着铁链腾身跳起，朝我一头撞来，铁链哗哗响，那獒眼露凶光，呼呼气息直喷我脸。它一定是凭嗅觉或听觉早已发现我了，而我不知。这突然的一幕让我大吃一惊，我庆幸它没挣断铁链，但我想给它足够的时间，它是有可能挣断的，那我将在它的口下顷刻不成人形。后来我听说，藏獒需依性情驯养，凶猛者拴养，铁链须粗过竹筷，那多为纯种藏獒，是雪狮后代；温和者才可散养，多为杂交

岗巴拉山上，藏民用藏獒揽客拍照

藏獒，但也潜藏着不可知的危险。

藏獒品种决定藏獒品质，这一点藏民熟知。三十年前，藏獒在高原上普遍存在，纯种繁殖不难。商业气染指后，藏獒身价飙升，许多人开始打藏獒主意，杂交藏獒充斥市场，纯种藏獒愈加稀有。行业内人士说，目前全世界纯种藏獒不到三百只，西藏不到五十只，只在那曲、山南的高山牧区才偶尔见到。但这也只是理论上的说法，我在山南，去过边境线上6000米的高山牧场，那里与世隔绝，牧民还保留着原始的放牧生活，按理是可能有藏獒的，而我只见到了牧羊犬，没见到藏獒，更不要说纯种。有一次，我从山南市乘车去措美县，将到县城时，忽见一块“藏獒原产地”的指路牌，眼前一亮，旋即又淡然。

我的同批援藏干部中，有几人在措美干过，对那里了如指掌，他们常谈措美，还说过狗多为患，却从没提过藏獒，似乎不合常理，我想更大的可能是原产地也少有纯种藏獒了。有一段时间，有人就看准了纯种藏獒商机，办养殖场，打着纯种旗号，山南至拉萨的高速路边就有，我多次路过，每每想实地探访，看看藏獒真假，可最终也没成行，我怀疑纯种概率很小。

当然话说回来，于多数人来说是否纯种，并无大碍，人们不是要用它放牧护院，而是用于观赏而已。拥有天价藏獒似乎主人就有了高身价，就如戴名表，开名车，藏獒成了身价符号，财富的代名词。我刚开始听说数十万一只的藏獒，惊讶不已，后来听说了纯种"赤古"幼獒每只上千万元，越发目瞪口呆。极端的例子是马俊仁曾有一只纯种藏獒，有人出价四千万，他也没出手，我想在他心中藏獒已是无价之宝了。藏獒的天价导致几家欢乐几家愁，一些人巴不得藏獒天价，以此牟利，而深受其苦的是藏民，纯种老朋友正在远去，残留的藏獒功能也在异化，他们面对此情此景，咋舌又无奈，他们才是与藏獒最亲近的人，最了解藏獒，最有资格说藏獒，他们不想把藏獒神话，只想寻常地对待它，在它降生后，取名，喂养;在它成年后，同住牧场，共同御敌;在它老死时，埋尸，覆盖哈达;他们早已习惯了与藏獒互为朋友，休戚与共，同在高原上，蓝天下，此外无他。

藏民与鱼

去西藏前，从没想过西藏的鱼，以为雪域高原，牛羊天下。甚至为不习惯吃牛羊肉发愁，当然也留恋向来爱吃的鱼。朋友为我饯行，也劝我少吃牛羊肉，多吃鱼，仿佛一到高原就不沾鱼。在一边倒的猜想和舆论中，我几乎认定我的援藏生活要与鱼暂别。

我到山南后，很快发现西藏不缺鱼，只是藏民不大吃。老年藏民不沾鱼，年轻人对鱼不排斥，也谈不上爱吃。究其原因，有人说鱼是龙的化身，是吉祥物。也有人说是佛教戒律，佛教不杀生，万不得已时，也要少杀生。高原上产粮少，以肉为食更符合实际。鱼是小生灵，倘若果腹，需要杀很多，权衡多与少，藏民宁可选择庞大的牦牛用来果腹，以牺牲最少的生命，换取人的生存。而对于鱼和鸡鸭这类身躯小的动物，他们是不忍捕杀的。还有内地人猜测与西藏的某一种藏制有关，关于这一说我专门请教过西藏的同事，他的答案是否定的，他同时给了我更加新鲜的解释，他说是对生灵的一种尊重，藏族讲究的是万物自生自灭，人不该无端地打扰。他的这一说法很朴素又很形而上，我相信是根植于藏民心底的。唯有根植于心底，才能成为千百年来不变的风俗和传统。

西藏鱼多，我在西藏多处河、湖都见过。住地附近即雅鲁藏布江，单位的汉族收发员爱垂钓，我问他那么阔的江面能否钓到鱼，一问吓一跳，他说鱼多又傻，一天能钓几十斤，难怪他周末常在江边打发时光。至于纳木错，我每次去都能看到鱼群，又多又大又傻，这几年游客多了，有藏民专门在湖边卖鱼食，供游客逗鱼。一群群的鱼便像景区观鱼池里的红鲤鱼似的，在岸边游来游去。而藏民说羊卓雍错的鱼更多，要是捞上来，够全球人美餐，当然他们自己并不想吃。我看过羊卓雍错鱼的故事，像天方夜谭。说湖边部队待客，战士不用网也能捕鱼。站在水里，看见鱼群，扫帚一用力就能扫上好几斤。有人说高原上的鱼动作笨，是水冷缺氧之故，就如人，到了高原就迟缓，能生存就算幸运。这一说不知道有无根据，但是鱼多，与藏民向来不捕不吃一定是分不开的。

藏民从不在圣湖钓鱼、捕鱼，他们相信湖神，鱼不能捕，船不能行，水不能动，连在湖里洗东西、扔东西也是亵渎。我去羊卓雍错时，藏族同事认真地提醒我，不可冒犯湖神。同事说湖边藏民对湖的保护意识特别强，任何人都不能在湖里洗东西，倘若不听，弄不好会闹出纠纷。在藏民虔诚的守护下，羊卓雍错至今只有一两条不得已才有的上岛的渡船，方圆数百里湖面，静若处子。后来我还去过别的圣湖，禁忌都相同，从未发现有人捕鱼。那些圣湖都无人打扰，是鱼的天下，仿佛在世外。只有湖边的牛羊、牧人、经幡、玛尼堆，显示它还在人间。

水美鱼肥的雅鲁藏布江

令我惊讶的是也有例外。曲水县竟有一个专门的渔村——峻巴渔村，它就在拉萨河与雅鲁藏布江交汇处，因为很另类，所以全西藏出名。峻巴的藏语是“抓捕”，引申即捕鱼。全村60多户人家，世代捕鱼。他们把捕到的鱼卖到拉萨，再买回生活必需品，这成了固定生活模式。不仅捕鱼，他们还设鱼宴，织渔网，制渔船。鱼宴花样繁多，渔网织法与我故乡类似。不同的是渔船，高原少树木，他们只能用牛皮船。峻巴村家家有船，有的不止一条。因为靠船生存，峻巴人对船感情深，不知何年诞生了独有的船舞——牛皮船舞。

村民们用头和背顶着近百斤的牛皮船，边歌边舞，成了渔村一绝。重大节日，牛皮船舞演到拉萨，是观赏性极强的好戏。近年来，又诞生了捕鱼节，敬酒祭神，既喜庆也吸引了外来客。

峻巴村捕鱼吃鱼自有说法，他们坚信是佛祖旨意。峻巴村传说，鱼本会飞，有鳍为证。古时天上鱼太多，遮天蔽日，影响到万物，于是佛祖降旨，要峻巴村人捕鱼，拯救世界。传说无从考证，峻巴人借此为捕鱼找到了心灵上的平衡点，不用担心违背戒律而麻烦。峻巴捕鱼的历史已经很久，如今它因捕鱼已成了曲水县的首富。但峻巴村仍然只是特例，并不能改变峻巴以外藏民心中对鱼的角色定位，广袤高原上，人与鱼的关系稳定地延续着，并不因时代不同而不同。西藏到今天还有不少偏僻的村庄不富裕，那些村庄边也许就有湖和河，也许鱼满为患，他们从没想过要效仿峻巴村捕鱼致富，还是该放牧的放牧，该种青稞的种青稞。对于广大的藏民来说，追求心灵的安定比享用美味佳肴更重要。

即使是在城市，花哨的现代生活成为时尚，不少风俗都在改变，饮食的花样越来越多，仍然动摇不了藏民不吃鱼的坚守。我在拉萨、山南、林芝的街头，看到过全国各地的特色餐馆，包括徽菜馆，还能做臭鳜鱼，但鱼始终成不了揽客的招牌菜，没听说哪家餐馆因为鱼而红火的。我与藏族朋友多次在饭店用过餐，倘若我不说，他们是不会点鱼的，我也在藏族同事家里做过客，哪怕是藏历年，也从没看到鱼的影子。藏民的淡定、从容、坚守，从不食鱼类这一习俗上，就可见一斑。

虫草传奇

虫草成了绕不开的话题，是我援藏以后。山南的泽当小镇虫草市场一直兴旺，唯一的商业街长不过几百米，虫草店有数十家之多，有的专卖虫草，有的兼卖特产，店老板多为甘肃、青海来的回民，品牌都打着“那曲”。那曲在藏北，是高寒荒原，与可可西里无人区连成一片，那曲的羌塘本身也是无人区。但那曲是宝地，很多动植物是名贵药材，著名的红景天就主要产于那里，到了秋天，红景天成熟，叶红四野，与天相接，所以得名。也许是天时地利吧，那里的虫草个大、色正、药效好，名满雪域。那曲很多牧民不再放牧，专挖虫草，他们不外运，不开店，也不吃，只等外地商贩上门收，商贩们来的时候，便是藏北草原一年中最热闹的季节，那时候，天蓝云白，野花开了，人们的脸像花一样灿烂。

但去那曲并不容易，路途遥远。那里平均海拔4000米以上，要是从山南

去扎日神山的路上,跟藏民学挖虫草

去,驱车得要两天,要翻过念青唐古拉山5000多米的那根拉山口,内地很多人去不了纳木错,就是害怕那座山口。我很怀疑那些虫草的来路,因为林芝、山南都产虫草,名声虽不及那曲的响亮,品质不见得就差,比内地的还是要好,何苦舍近求远,去那曲贩运呢?但老板们都信誓旦旦地说虫草来自那曲。我认识一个在山南卖虫草的回族马老板,他说每年都要去那曲进虫草,每当那时,他的店就由初出茅庐的侄子看管,我在虫草上市的季节的确遇见他侄子看店的,说是马老板去那曲了。对于很会经商的回族老板来说,保守的商业秘密也包含着如何进货,品质和价格一直是能否赚钱的关键,老板的侄子想来还未入门,老板宁愿自己风餐露宿去进货,让侄子看门,也不会让侄子去做没把握的生意。

虫草买卖听起来像小说,买卖双方要有好眼力,要会讨价还价,还要斗智斗勇，会打太极。即使是老手，也难免失手。很特别的是虫草初出土，买卖不论重而论根，裹着泥巴的新鲜虫草，个头和色泽都还不能完全看清，双方瞅着虫草，就像赌石一样毛估带猜，小的十元一根，大的七八十元一根，特大的要卖到两百元一根。要是没看准，一根虫草就要亏掉几十元，一次生意就可能血本无归。因为要数数，买卖麻烦而耗时间，过程很不轻松，有时激烈得像吵架。我在山南有过两三次买虫草的体验，是在马老板店里，都是艰难的谈判。他将我引向店堂后，掀开藏式布帘，沿着狭窄的木梯拐上二楼，二楼是狭小的仓库兼会客休息室，也是大宗买卖的场所。他都是先不急，给我沏上一杯藏红花水让我坐，笑容满面地跟我攀谈，好像不是买卖虫草，而是朋友寒暄，等到他看出我急了，才取出塑料袋，一边摊开虫草，一边瞅着嗅着说"虫草又大又好""生意难做"一类的话，似乎要将我还价的心彻底打回肚里。马老板不让我挑拣，说他的虫草个个又大又好，没有断的和小的，意思是我只能由他一把抓，我很不放心他抓的虫草，努力地想挑几根好的，但最终总是在他精明的周旋中不能如愿。当我心疼地掏出钞票，走出店堂时，心里就觉得又吃了一次大亏。即便如此，我仍自我安慰马老板是"熟人"，比起其他陌生店主来，他这一刀还是要温柔些。

虫草产地买卖的复杂远胜我与马老板的较量，我没见过那曲虫草买卖，对其紧张和刺激却早有耳闻。那时候就像赶集，平时寂寞的草原上，挤满了越野车、卡车、摩托车、马，不几日就成了集市，场面喧嚣又热闹。人们为了虫草，不远千里万里，来到那曲，临时搭建帐篷和简易房，坐地交易。商贩们有固定而明确的分工，有人专做小买卖，需要到处寻找收购，有人做较大买卖，有相对固定的卖家，只有腰缠万贯的大买主，才不需要自己走动，卖家会找上门来。从挖到买再到卖，环环相扣，外行人看不懂，也难以插进来。这样的热闹要持续两个月，是那曲的黄金季节，犹如藏北草原的赛马节，只不过赛马节在8月，而虫草集市在5~6月。林芝、山南与那曲远隔千里，虫草买卖如出一辙。林芝的虫草买卖红火到不仅有集市，还有了专门的节日，虫草节的日子，赛牦牛、演藏戏、跳锅庄，还要评虫草王，重奖主人，那时这片“西藏的江南”上演的是与江南完全不同的热闹。

虫草将人的神经刺激得如此兴奋，是藏民始料未及的。藏民不信虫草是补物，它们要么是虫要么是草。我驻村的隆子县准巴乡也产虫草，陪我驻村的藏族老师说在那里教书时，学生常带虫草到校，一拎一大串，充学费或伙食费，五毛钱一串。那时候，有些藏民没蔬菜，就以虫草当蔬菜，清炒虫草，一炒一大盆，仿佛炒土豆丝。而如今都知道虫草能换钱，人人都挖，虫草越来越少，再也见不到清炒虫草了。也就是这几年，挖虫草成了职业，每当5~6月，在那曲、林芝、山南的虫草产地，藏民丢下农活，专挖虫草，有的结伴而行，有的拖家带口。我在隆子县的深山里亲历过挖虫草，一顶顶临时帐篷搭在山坡上、山脚下，却不见藏民身影，听说都上山挖虫草了，只有晚上才回帐篷，有的山高路远，几天才回帐篷一次。果然我后来在另一处山坡遇见了挖虫草的藏民，他们握着小铁铲，几乎匍匐在地上，认真地找寻着虫草的蛛丝马迹。我们很好奇地学着他们挖了好一会，七八个人半小时也没找到一根。这也在意料中，就是有经验的牧民，一天也只能挖几根，虫草在无节制的滥挖中，已近绝迹，而虫草至今仍无法人工种植，人们只能费尽心血寻找野生虫草。挖虫草更像是“想说爱你不容易”的赌博，要有体力，还要有视力，更要碰运气，非人人能为。虫草孢子小，藏在草丛如针尖，很难发现，这就决定了孩子有天然优势，而大人挖虫草要匍匐寻找，实在不易。也因如此，虫草季节，产地的学校专门放假，让孩子回家挖虫草。

我在山南的店里见过上等虫草，粗、长、大，八百根就够一斤，能卖到二十万元，而细、短、小和折断的虫草也能卖到五六万元一斤，“软黄金”想必由此而来。挖虫草虽然艰辛，想想如此天价还是值得。加查县出现过为了挖虫草让孩子辍学的疯狂例子，教育部门找家长劝说无效，试图罚款，没想到家长宁可罚款十万元，也愿意辍学，在天价虫草前，上学和知识十分软弱无力。而虫草一旦上市，价格更成脱缰的野马，任意涨落，无人能预测和控制。在追名逐利中，一些不法商贩投机钻营，荒唐事也应运而生，污染了虫草，污染了高原，也污染了人性。首当其冲是造假，比如在虫草中插木棍、铁丝，增加重量，又比如将虫草煮熟，先喝掉汤汁，再晾干出售，还有用貌似虫草的虫子假冒虫草，听说那虫子与虫草同科，仅眼睛有红黑区分，但价格和药效有天壤之别，虫子十元一根，虫草一两百元一根。最极端的是曾有向虫草里灌注东西增加重量的，我就听说过有人吃了灌注过的虫草而中毒的。这些像天方夜谭，外人闻所未闻，却都真实地存在。它们给虫草业带来了乱象，当然这些也都在整治，在我援藏将结束时，虫草业已有了改变，当我三年后再回山南，居然没找到原先熟识的马老板和他的侄子，那家店铺彻底换了门脸和主人，我想肯定是虫草利润下降了。但不论怎么说，虫草还在，虫草业还在，这一雪域高原独有的物产和行业，还会紧连着人们的生活，紧连着社会，那么它注定还会上演新的传奇。

狗在高原

在西藏肯定会注意到狗，并非西藏的狗长相特别，除了藏獒，西藏的狗也是“粽子脸、梅花脚”，也啃骨头，但狗在藏民心中的地位与内地差别大，这就影响了狗的活法。我在西藏见过很多狗，也听过狗的故事，查过狗的资料，还与藏民说过狗，思考过狗的问题，可我从来说不清狗于藏民意味着什么，也很难用精确的词汇描绘西藏的狗。

山南人不多，狗多，家狗、野狗、流浪狗，看门狗、猎狗、牧羊狗，大到藏獒，小到哈巴狗，大凡能想到的类别，好像都有。初进藏时，看到狗在街心大路上酣睡，遇见车子也不让，很好奇，后来发现此景太寻常，大约是狗摸透了人的心理，知道人们不会动它一根毫毛，所以不管在哪里，哪怕人车再多，狗想睡就睡，想逛就逛。藏民早已习惯了人狗共处，把狗当成了朋友，他们从不打扰狗，有时遇见流浪狗，还给狗丢食物。

措美小城海拔4000多米，生存条件恶劣，常住人口不到千人，流浪狗有数百条，真可谓处处见狗，时时见狗。尤其到了深夜，狗吠声此起彼伏，震撼人心。我们同一批的几位援藏干部常驻措美，对狗感受尤深，他们与我一样，因“高反”常年失眠，怎奈又常受狗吠之苦，却并无良策，大家都知道藏区禁忌，再吵也不敢贸然打狗。不但是援藏干部，本地藏民也有被狗多困扰的，只

萨迦县城的街道上早晨都是狗

是他们爱护狗，从不极端地对待狗。他们发明了一种很滑稽的方式对待泛滥的狗，就是“赶狗”。我在山南的同事董安学说他在浪卡子县任职时，就曾遇到过浪卡子县与措美县之间互相“赶狗”的事，一个县狗太多时，就悄悄将狗赶往另一个县。反过来，另一个县狗太多时，又会偷偷赶过来。两个县就像打拉锯战，偷偷地将狗赶来赶去，都知道是对方干的，却从没为此翻过脸，反倒觉得有点幽默，更没伤害过狗。

流浪狗最多的还是拉萨，四面八方的流浪狗都聚集到了拉萨。政府不得

已设了专门喂养机构，我在西藏时，听说常住流浪狗收容站的有两千多条。即便如此，街头仍不乏流浪狗，我去布达拉宫、大昭寺，总能见到流浪狗，一条条静静地横躺在朝圣的人流中，成了旅人脚下的特色风景。那时旅人的心都在佛陀身上，没人注意到那些狗，只有藏民遇见这些狗时，偶尔会投食一把。投食过程中，狗一声不吭，藏民也一声不吭，仿佛有一种与生俱来的默契。

狗的兴旺并非偶然，藏民不杀生，又有狗崇拜，狗的地位自然不一般。藏民视狗为友，平等待狗，既不会将狗当敌人，也不拿狗当宠物。我在西藏，没见过女人抱着狗当宝贝的。我就这个问题问过旺久局长，他说藏族家家养狗，但不当宠物，只为看家护院。传说藏族的食物都是狗给的，人们哪能不感恩呢？究竟什么传说，旺久只说像“狸猫换太子”，没说细节。先前我在书里看到过“狗与青稞的故事”，想必就是旺久指的传说。因了传说，藏民感恩于狗。藏民觉得狗是忠诚和勇敢的，他们以狗看家护院，狩猎放牧，觉得牢靠。我在高原牧场，多次见过牧羊犬护牧，那些狗不像流浪狗那么无聊地活着，它们为主人护牧，忠实地肩负着自己的使命，它们都很凶悍，容不得陌生人和野狼靠近。有一次我们在那曲草原上迷了路，好容易遇见一户牧民，我想下车问路，不料司机不准，他严肃地对我说“不怕丢命就下”。其实他并没夸张，那时几只凶狠的牧羊犬，正冲我们狂吠，仿佛要撞开车窗，我只好打消念头。我驻村时，上过海拔近6000米的与世隔绝的高山牧场，那里只有一个牧民，常年陪伴他的只有数百只牦牛和一只牧羊犬，那些牦牛虽然与他心有灵犀，但常年无声，只有那只牧羊犬偶尔会狂吠，声音传遍牧场，那是他能听到的唯一的温暖的声音。

在藏民意识里，狗是很了不得的，连狗血都能镇妖驱邪，自古将士出征要杀狗，庄稼收获要杀狗。藏民杀狗是用来祭祀，绝非为了食用，藏民看重的是精神，而非物质。喜欢肉食的藏民，从不食狗肉，也容不得别人吃。我在西藏未见过餐馆敢卖狗肉。不仅不杀狗，有些藏区在狗死后，还要举行特殊的葬礼，要裹哈达，洒酥油，认真又虔诚地埋葬它，以图吉利。在安多、林芝藏区，藏民还喜欢在家里或门口埋死狗，祈求平安。更特别的是工布藏区，藏历年请狗赴宴是不能少的仪式，主人用木盆端上糌粑、人参果、奶渣、牛羊猪肉等上好食品，礼貌地说三遍“舒服的狗，快乐的狗，请你进餐吧”，狗才进餐，等狗享用完，人才过年。据说狗吃什么有寓意，吃粮意味丰收，吃肉意味有灾，所以请狗赴宴，并不轻松，有时甚至纠结，狗的一举一动，牵动着人们的心绪。

藏民对狗的态度使狗多了传奇色彩，我听到过不少离奇的狗故事。在安多，光青稞来源，就有几种狗故事，而藏獒故事全西藏更多。有趣的是，如此了不起的狗，身世却模糊。藏民说狗与兽同源，不同于牛羊。此说源于吐蕃时期苯教创始人董巴希饶，他在《哲美色杰》一书中，把狗分六类，分别是熊、虎、狼、豹、草狐、鹘鹰的近亲。比如藏獒是熊侄，它秉承了熊的威猛、忠诚，成为高原狗上品。而另一种鹘哈狗，藏民说是鹘鹰侄，鹘鹰悬崖筑巢，一窝能生七子，第七子往往是鹘哈狗。因为在绝壁，只有极少数不畏生死者可以攀岩得到它，十分珍稀。鹘哈狗袖珍可爱，聪慧无比，能识别食物中的毒物，为贵族最爱，如今少数寺庙的大活佛才拥有鹘哈狗，它是身份地位象征。我见过藏獒，没见过鹘哈狗。我看藏獒不像熊而像狮，更难想象鹘哈狗的父母能飞上天，这使我始终怀疑董巴希饶，而倾向于驯化说。

狗在高原的特殊角色，使我很难厘清藏民对它的情感，我更多的感觉是，万古高原，既是人的天下，也是狗的乐园，这是造物主既定的法则，人只有遵守，才不会迷失。

活在牛背上

牦牛身段不美，看上去也笨，况且肉不好吃，所以我对牦牛并无太好的印象。但藏民不这么认为，他们吃肉、喝奶、驮运、治病、穿衣都靠牦牛，牦牛于他们，可以说全身是宝，藏语称牦牛“诺儿”，即财富、宝贝之意。藏民可以没有耕地，但不能没有牦牛，拉萨宇拓路步行街的醒目标志，就是两只铜铸牦牛，旅人们走过街头，不自觉地就会摸摸牦牛，与牦牛合影，天长日久，牦牛被摸得光亮亮的。当然，即便没有这两只牦牛，街边店铺里充斥的牦牛小商品，也能让路人时时感受到牦牛在西藏的分量。

牦牛对藏民的贡献首先是奶汁，牛奶可做酸奶，还能做酥油。酥油是酥油茶的主料，青稞炒熟磨成粉就是糌粑，这两样是藏民万世不变的主食。藏民也离不开牦牛肉，从饮食看，在藏家，除了糌粑、酥油茶、青稞酒，牦牛肉大约就能排上第四了，再贫穷的藏家也有牦牛肉待客，每当逢年过节，水煮牦牛肉是大菜，也是主食，风干牦牛肉则相当于小吃，这几样摆上茶几，配上甜茶、酥油茶，就是丰盛的节日大餐了。

我最初接触牦牛肉是多年前，在九寨沟看表演时初尝的牦牛肉干，肉粗味老，印象极差，返程路上，还被推销买了牦牛肉松，当时觉得味道不错，回家后发觉不对劲，再没动过，最终不知何时当垃圾扔了。援藏后才发现牦牛肉深受藏民喜爱，牦牛肉干在藏民心里是美味零食。在食品匮乏的高原，可能

藏北高原上的牦牛群

藏民十分喜爱的风干牦牛肉

不易买到巧克力，却很容易买到牦牛肉干，它好看好带又不易变质。我藏族同事的女儿在合肥上学，同事常给女儿寄的就是牦牛肉干。当然，藏民更爱的还是风干牦牛肉，是用生牛肉自然风干的，硬度大，有嚼劲，也是逢年过节必备食品。我在高原第一次尝风干牦牛肉，是那年驻村，老书记带着村委们来看我，礼物就是风干牦牛肉、青稞酒、哈达。或许考虑我来自内地，怕我吃不惯，他还带了辣子当佐料，可我仍觉得味同嚼蜡。时间长了，才知道风干肉做法和吃法都有讲究，季节和气温很重要，低温季节的风干肉，肉酥易嚼。后来我到藏民家串门，再尝风干肉，有意挑肉酥的，不过还是没嚼出门道。相比之下，新鲜牦牛肉稍合口味，藏历新年时，土豆炖牦牛肉是常见菜，牦牛肉切成馒头大小与整土豆一起水煮，有条件的加上野山葱，油盐是用不着的，煮好就用大盆端上茶几，就着辣椒酱、辣椒粉一类的佐料，就可喝茶吃肉和聊天了。我在藏家品尝过几次，貌似大菜，我还是感到不及吃水牛肉和黄牛肉习惯，兴趣不大，但也不像风干牦牛肉那么难吃。

但牦牛肉在高原上一直行销，藏民的习惯是入冬即宰杀牦牛，为藏历新年和来年准备肉食，那时大量牦牛肉便上市了。我在的泽当小镇市场不繁华，但常年都有牦牛肉，冬天更多，而价格不菲，要五十多元一斤。乃东路北段，街边每天都卖牦牛肉，肉案上醒目地摆着牦牛头和牦牛尾巴，像揽客的广告。牦牛头不当肉卖，但在藏民心中地位特殊。入冬后，烤牦牛头喝酒，是高原上特有的景致。我好几次见过这样的情景，三两藏民围在街边，拿着藏刀，烧着木炭烤着黑乎乎的牦牛头，有时边喝啤酒边烤。路人对此早已习惯，从不围观，而我始终不明白为何要在街边那样招摇地吃。但牦牛头更大的价值不在肉，而在骨。在高原上，玛尼堆上往往就有牦牛头骨，还刻着六字真言，山口上、圣湖边就有那样的玛尼堆。我拍过纳木错湖边的牦牛头骨，画面感很强。我去县里常路过的雅拉香波山口，也有那样的玛尼堆和牦牛头骨，每次司机都要朝拜，哪怕不下车，也要摇开车窗，念念有词。我问司机念什么，他说吉祥，我最终还是没明白何谓吉祥，藏民的话经常让感到云里雾里，也不好细究。牦牛头骨与藏民最近的距离是在藏民家里，有的室内门框上有头骨，有的是在大门门楣上，都披着哈达，据说那样也是吉祥，能祈福镇宅，即使宅子坍塌了，牦牛头骨还在，白森森的像化石。

藏民认为牦牛是灵性生物。在长期的人牛相处中，他们读懂了牦牛，牦牛也读懂了他们。牦牛耐寒耐饥，喜欢生活在海拔4000米以上的地区，善于高山行走，哪怕悬崖绝壁，只要一蹄着地，就不会摔倒，难怪是“高原之舟”。更让藏民称赞的是，牦牛有严格的群落秩序，栖息、驮运，都有身份、地位之分。头牛是牛王，负责领路和警戒，有很强的方向感和防卫意识，尾牛是弱者或新入群者，随队而已。牛群决不可随意改变秩序，倘若乱插队，会触众怒，轻者遍体鳞伤，重者丧命。牧人想宰杀牦牛，只能悄悄捂死或蒙毙，且只能选尾牛，不可为所欲为。否则牦牛们嗅到同伴的血腥味，会全群哀鸣，刨蹄愤怒。因为牦牛的灵性，藏民历来好用牦牛驮运，据说茶马古道多数就是牦牛踏出来的，只是牦牛不及马匹为内地人熟悉，功劳才被马占了，这对牦牛很不公平。我没见过驮运的牦牛队，但在高山牧场见过识过牦牛的灵性，它们在奶水胀满时，居然知道自动归来，让牧民挤奶，挤完后，又自动消失，每天如

纳木错湖边的牦牛粪堆

此，仿佛约定。牧民对牦牛也了如指掌，他们通过牛蹄印能判断出牦牛的数量，离去时间、去向，甚至能判断是谁家的牛。他们与它们仿佛心有灵犀，一个眼神，一个动作，互相都能心领神会。

牦牛中也有另类，那是野生牦牛，完全不具有与人相处的习性，更别说与人心有灵犀了。那曲地区至今存活着野生牦牛，有黑色的，还有金丝的，都是珍稀动物。它们体格魁梧，性情凶猛，它们是高原的王，对人的攻击性极强，即使是落单的野牦牛，也敢顶撞人类的车队，而且常常迎着疾驶的车辆顶撞，轻易就能掀翻一辆越野车。黑色的公野牦牛远看就像一顶黑帐篷，稳固而庞大，跑动起来，八面生风，这样的野牦牛要是遇上家养的牦牛，往往就出意外，家养的母牦牛往往经不住公野牦牛的诱惑，不顾生死，随它而去，牧民很无奈。公牦牛也懂勾引，母牦牛也喜欢硬汉子，这一点与人类倒是颇相似。

高原上究竟有多少牦牛，难以说清。藏民敬重牦牛是事实，据传从15世纪起，就有四月十七敬牦牛、诵诗歌的仪轨，如今定日县绒布寺每年照常举行。近几年，拉萨还出现了牦牛博物馆，专门为一种动物建博物馆，这在西藏并不多见，仿佛是要告诉人们，牦牛在西藏的分量和地位。广袤的高原上，牦牛是风景，是人类生活必需品，更是人类的朋友。无论岁月如何更替，活在牦牛背上的民族，肉身和精神都离不开牦牛，永远割不断牦牛情怀。

即使有了藏香猪

猪在西藏很委屈，活着是牲口，死了是菜肴，并无其他意义。即便做了菜肴，猪肉也只是普通小菜，很少上得台面，可以说从生到死，从皮到肉，猪都不及牛羊受宠。

山南的餐馆多为内地人开的，在内地以猪肉为原料的做菜习惯在山南不得不变。当地从不以猪肉为招牌菜，店家都知道猪肉非藏民最爱。藏民待客，牛羊肉为大，猪肉只偶尔点缀，不会唱主角。我多次在山南的内地餐馆用过餐，对猪肉几无印象。这情形在藏餐馆更甚，传统名菜都是牛羊肉，牛羊们从头到脚，从外皮到内脏，甚至连血都是菜。有的色香味挺诱人，有的名字牛气，要三口一杯敬酒才能动筷，恰如内地的“鱼头鱼尾酒”。那样的大菜价格昂贵，贵客才有机会享用。而那样的体面，猪肉沾不上边，我从没见过猪肉气宇轩昂地亮相于餐桌的。至于藏民家，猪肉则更难受青睐，我在藏民家只见过一两回猪肉菜肴，是稀有的藏香猪，那是高原猪种中，唯一受藏民青睐的，但我仍感觉它的出场不如牛羊肉风光。

有一年藏历年，我突发奇想，去山南菜场转转，体会愈加深刻。偌大的菜场，猪肉摊不少，摊主多是四川、重庆、河南来的，没有一个藏民，也不见一个买主是藏民。难得一两个藏民进菜场，往往匆匆而过，直奔牛羊肉摊，对猪肉视而不见。卖猪肉的摊主们守着冰冷的案板，无所事事，已成习惯。我打听价格，猪肉不及牦牛肉一半，但藏民宁可买五十元一斤的牦牛肉，不肯买猪肉。我听藏族同事说，过年买牦牛肉是风俗，一个藏历年，藏民每家至少要买一整头牦牛，多的要买几头。猪肉却只买少许，甚至可忽略。藏民买那么多牦牛肉，少量是过年时即煮即食，多数是制作风干肉，犹如内地的腊肉，长时间存放，随吃随取。

风干肉多用牦牛肉，少用羊肉，从不用猪肉，我就这个问题请教过藏民，他们答非所问，看样子千年传统已让他们懒得考虑这个问题。我想原因可能有三:一是肉质。牦牛肉皮粗肉厚，有嚼劲，很能满足藏民口味，而猪肉寡淡、松软，嚼头严重不足。二是性情。藏民和牦牛都生在高原，牦牛的野性与藏民的粗犷恰好相称。三是感情。世代生存在高原，藏民已与牛羊相互依存，密不可分了，生活中的任何环节都少不了牛羊的影子。嚼着风干牦牛肉，喝着青稞酒和甜茶，唱着藏歌跳着藏舞，是极其和谐而完美的高原生存画面，很有天、人、畜合一的味道，倘若换成温顺平和的平原猪与牧人，则很难想象是什么感觉。

在西藏，凡是与前世今生相连的都很神圣，藏民都十分重视祈愿拜佛，对放生和祭祀从不马虎。我在山野和寺庙，见过系着红丝带的放生牛羊，甚至鸡鸭，没见过放生猪。即便祭祀，也不见猪。玛尼堆、门楣，摆的总是牦牛头骨、羊头骨,不会摆猪头骨。更常见的是神山圣湖旁,牛羊头骨是圣物,也是拍照的绝佳风景。藏民相信万物有灵,有灵性的牛羊被他们赋予了特殊的含义,似乎是神灵化身,能连接前世今生,而相比牛羊,猪就缺了灵性,简直冥顽不灵。

林芝是藏香猪的原产地,村野里随处可见散养的藏香猪

猪的落魄还不止这些,藏民养牛羊很普遍,极少养猪。我在藏民家,从未见过猪圈。我的藏族同事们对养猪一窍不通,也无兴趣。我只听说林芝、阿坝、香格里拉有养藏香猪的,因了稀少,闻名全西藏。那些地方都离内地近,生活习惯近于内地,与西藏其他地方相比,对猪的认识差别较大。藏香猪是高原特有猪种,原本野生,很多年前,就已经变成家养了。藏香猪养法特别,是在3000米以上的山林里放牧散养,与内地圈养有别。如此养猪,我更觉得

是把猪当成牛羊，我的是放牧牛羊的感觉。藏香猪的诱人在于“香”字，传说文成公主进藏时，路过林芝，藏民怕她吃不惯牛羊肉，特以当地的猪肉招待她，她尝过后，大赞肉香，于是藏香猪的美名便传开了。这个传说有无附会的成分已很难说，我没考证过文成公主的具体进藏路线，没有发言权。但“香”字用得太妙了，能给人先入为主的想象。我初听藏香猪时，就曾被这个字诱惑过，吃过后，才发觉“香”有所夸张，不过因“香”字，我莫名地对其另眼相看。以我观之，藏香猪的特点在于“小”，这种猪长不大，至多几十斤，这容易让人觉得肉嫩，其实我发觉肉并不嫩，但与藏民吃惯了的牦牛肉相比，还是要细些。不管怎么说，与普通猪相比，藏香猪算得上“香”和“小”，于是猪肉就不

林芝街头的藏香猪广告

好买，价格也贵，普通人家只有过年才买，而真正的藏香猪产于林芝，所以每当过年，翻山越岭买藏香猪肉是要颇费脑筋的，有条件的，驱车去林芝，无条件的，找人捎带。买到了藏香猪肉，主人似乎就有了过年的底气，就像一台大戏，有了牛羊主角，还有了藏香猪配角，使一向单调的藏年年餐多了一道传统菜——萝卜炖猪。

但藏香猪终究是配角，即使在林芝，也只是猪有了市场，藏民用藏香猪赚钱了，并不意味着地位提升。我在林芝发现有趣的一幕，在人口少的乡下，猪比人还多，山林里、公路旁、院落外，很少见人，不见鸡鸭，不时就有三两头猪在悠闲地觅食，对过往车辆视而不见。那猪身材袖珍得像内地小猪仔，长长的鬃毛、尖尖的嘴巴和精瘦的身形像野猪，它们都是有主的藏香猪。在林芝街头，餐馆常常宣传着藏香猪和松茸，这是两样招牌菜，说前者好吃，说后者滋补。感觉要是不尝一尝，就如在西藏没喝青稞酒一样遗憾。那次我在林芝开会得以如愿。那是当地有名的藏餐馆，做法比山南的精致，是肉丁小炒什么，乍看像辣子鸡，色浓味重，视觉不错，但也称不上好吃。我在林芝也就私尝了那一次，三四天的会议餐，连藏民向来不大染指的鱼都有，可就是再也没见到藏香猪，也没人说起过，可见在正式场合藏香猪还是难露脸的。

在西藏，藏香猪很多时候更像是传说，少数地方见其身影，藏历年里昙花一现，寻常日子，藏民是难得想起藏香猪的。在藏民心里，猪还是猪，永远变不成神圣的牦牛，也比不上羊，这是猪的不幸，其中道理无人能说明白，应该更在味觉之外吧。

离太阳最近的舞者

对鹰的恶感缘于童年。我还不知道老鹰抓小鸡游戏时，就实地见识过老鹰抓鸡。那年夏天，本族四婶家的公鸡被鹰叼得头破血流，当消息传遍全村时，那只罪大恶极的鹰已被四婶剪去双翅，捆得严严实实，扔在家门口，俨然示众的罪犯。但那只鹰仍凶相逼人，仿佛宁死不屈。村民们有人说鹰该死，有人说将它沉河底，终究我忘了那只鹰最后被四婶如何发落，只记得那只鹰的凶残可怖，不知道它要是攻击人，会不会一爪致盲，甚或一爪致命。

那次经历，定格了鹰在我心中的形象。后来好多年，再没见过鹰，也极少听到鹰故事，鹰与我完全在两个不相干的世界。还是二十年前去皖北出差，又一次邂逅鹰，但那完全是另一种场面，再没有鹰抓鸡的血腥。那是一幅鹰的画，作者是徐州国画院的欧阳龙，听说他画鹰著名，有人送了我一幅。水墨写意的鹰展翅凌空，不知道是在翱翔，还是在捕猎。据说笔墨和构图都不错，但我还是谈不上喜欢。也许对鹰有成见，也许觉得意境太硬，总而言之，那幅画被我束之高阁，以致后来被我彻底遗忘。直到近年，意外听人说到欧阳龙，才猛然想起曾有那幅鹰，当我翻箱倒柜找出陈年旧画时，感觉已大不一样，血淋淋的记忆已经淡忘，恶感更多被好奇取代，随之萌发的是关于鹰的种种问号。

到西藏后，忽然觉得鹰并不遥远，我虽然很少见到它们，但总觉得它们就在高原上，与牦牛、山羊、狼、藏獒一样，都是鲜活的生灵，但我依旧不清楚鹰于藏民意味着什么。我从书中了解，鹰远比我想象的要丰富，它的家族庞大繁复，起码有鹰、雕、鹫、隼之分，我只是不了解，才统称为鹰。回忆儿时那只鹰，应该是鹫，至于是高山兀鹫、胡鹫，还是秃鹫，我无法判断。而欧阳龙的那只鹰更是笔墨意象，与现实无法对应。我后来发现，鹰是复杂又矛盾的生灵，其生命不仅有生物学意义，更蕴含丰富的文化内涵，与藏民的物质与精神息息相关。鹰主食腐尸，从不攻击活人，正好符合佛教不杀生规矩，故而被藏民称为神鹰。藏民说鹰是被佛陀接受皈依的鸟，是度母化身。在藏民的生死观里，很多时候是有鹰的影子的。

《南方周末》曾以整版篇幅报道过西藏的一种特殊风俗，那是我第一次了解这种风俗，其中鹰是当仁不让的主角。我才知道，在藏民心里，鹰不可怕，它们是天使。我援藏后，在西藏山野里，接触过这种风俗，那是由鹰参与的庄严仪式，藏民们说那些鹰都有神性，他们读不懂那些鹰，又很敬畏那些鹰。后来，我在不同场合，不止一次端详过那些神奇的鹰，我判断它们是秃鹫，在本能地干着它们可以干的事。它们成群地聚集在地面，也成群地盘旋在天空，营造了肃穆而神圣的氛围，使活人不敢轻易靠近。地面上的那些鹰其实离我只有几步之遥，我几乎能嗅到它们身上特有的腥味。它们都耷拉着翅膀、阴森地盯着人，时而蹒跚地挪动几步，扑闪几下双翅，好像是在等待着什么。打

鹰在天空盘旋

量它们的尖喙利爪，我相信任何动物的腐尸，不用一袋烟工夫，就会被它们分食干净。而从它们在地面上行动的迟缓与笨拙，我又断定它们注定是天上的牲灵，不适合在肮脏的地面生存，只有在洁净的蓝天上，它们才是闪电，才是神。它们不轻易走近人类，只有在某些特殊时刻，才与人类产生最紧密的联系，它们或可将人类的灵魂送上天堂。

鹰的体质特征和它的强者地位，历来被藏民深刻认识和有效利用。据说鹰眼敏锐，能在千里之外看清一滴血，这对牧人很重要。牧人说，鹰群飞往的方向，同向的地面往往有相应的狼群，这是因为狼们也懂鹰眼千里，它们深信鹰群飞的方向一定有动物尸体，便也想去分得一杯羹。鹰和狼的智慧在这个层面上，不分高低，相互利用，实现了双赢。动物之间这种食物关联，不是人设定的，却是万古不变的。鹰偶尔也捕猎活物，但不伤人，鹰的捕猎能力反而常被牧人利用，蒙古高原仍有哈萨克人驯鹰捕猎，有的世代以此为生，只是在青藏高原不多，青藏高原更多的是神鹰故事。

我很长时间为鹰的神话纳闷，询问藏族朋友，他们说得越发神乎其神。我猜测或许与鹰的习性有关，鹰是十分傲慢的生灵，它们总在蓝天上翱翔，除非捕食才以百米冲刺的速度扑向猎物，天性使它们很少光顾平原，也很少与常人走近。据说鹰巢也只筑在悬崖上，石洞和缝隙是它们的家园，它们以动物皮毛、骨头搭巢，很少像其他鸟类以泥巴、树枝搭巢。人要想去鹰巢一探究竟，绝非易事。在西藏的浪卡子县，至今还传承着一门古老而独特的乐器——鹰笛，需要用鹰的翅骨为原料，将翅骨洞穿，打出音阶小孔。此乐器声

色拉寺后山上的鹰

音凄美悠长，穿透力极强，深受牧民喜爱，可原料难办，鹰笛也行将失传。藏民不杀生，只有寻找到鹰的尸体才能取到翅骨，而鹰的尸体极其罕见，据说鹰在感到将要死亡的时候，会朝着太阳方向高飞，直至化为灰烬，哪里能找到它的尸体呢?中央电视台获知鹰笛后，专门去浪卡子县采访过制笛老藏民。老藏民对鹰的敬畏和对鹰笛的钟爱，成了永远解不开的结，这片子也因此让人多了回味。

再说，鹰的飞翔能力极强，有的能连续飞行八九小时，而高山兀鹫能飞9000米以上，是离太阳最近的飞鸟，探险队就曾在珠峰顶上见过高空雄鹰，那些鹰留给他们的只有惊叹。鹰的尊者和王者做派，使人对它不得不仰视，而它有利爪尖喙，居然轻易不杀生，其中奥妙无人能解。再回想儿时那只鹰，越发纳闷，我不但不憎恨它，反而有莫名的同情了，是什么让如此高傲的生命沦落到平地，去偷袭一只鸡?我宁愿相信那纯粹是一次偶然。

但在高原上，人们对鹰的理解简单又直白，也许见怪不怪吧，他们视它们为神鸟，为天使，为强者，更视它们为朋友。藏民觉得鹰与他们的区别缘于天之造化，藏民是大地的主人，鹰是蓝天上的舞者，这是高原世界不变的真理。

茶味里的藏家

倘若无茶，藏家故事便少了很多。茶于藏族人是饮料，更是血和生命。广袤的高原几乎不产茶，却处处有茶。我在喜马拉雅山里驻村时，即使最偏远、最穷困的藏家，也从不缺茶，一碗茶、一壶酒，一盘牦牛肉，几张黑红的笑脸，使人不知不觉便忘了身在此山中。

藏民饮茶史，资料很模糊，有人说始于两千年前，也有人说始于文成公主进藏时，从来无确切答案。西藏有个传说，说是很早以前，国王生病，久治不愈，忽一天有小鸟衔来带嫩叶的树枝，国王好奇，将嫩叶放口里咀嚼，没想到精神抖擞，病顷刻见好。国王感念此树，下令臣民不惜代价寻找此物，人们费了九牛二虎之力，才在川康边界找到它，于是引种到西藏。此物即茶树。传说显然不可靠，况且据我所知，西藏近年才种茶。我只在错那县勒布沟见过门巴人种茶，规模很小，品质也不高，更像是为证明西藏能种茶而已，根本不

牧民从木桶里捞出刚捣好的酥油

能保证饮茶所需。但藏家饮茶确有不短的历史，传说也非完全荒诞，据说茶马古道就是穿过川康，人背马驮，翻山越岭，把云南、四川的茶叶送上高原的。

茶成了必需品后，藏民感兴趣的并非其药效，而是它能解渴，助消化，抗“高反”，对习惯了肉食的他们很有益。于是可以没有酒，但绝对不能没有茶，一日无茶，便食不甘味。有一次我看资料，我国城市茶叶消费量排名，拉萨第一，很吃了一惊。再去拉萨，我有意注意茶馆，发现的确茶馆多，都是地道的茶馆，不像内地不少茶馆是麻将馆、棋牌室。我想这么多茶馆能生存，一定有很多茶客，要是在拉萨开茶馆，不说发财，过日子是容易的。而藏族喝茶不仅在茶馆，山野、林地、草原、田间、路边，随处都可见喝茶的情景。过林卡喝茶最盛。过林卡是藏族风俗，就是朋友聚会野餐，场面热闹，吃食却简单，一般都是牦牛肉、酒和茶。酒是啤酒和青稞酒，茶是甜茶和酥油茶。过林卡的高潮是每年拉萨雪顿节，那几天无数藏民举家来到罗布林卡抢地盘，找一块树荫，铺上毛毡，喝茶聊天，看藏戏。有时搭上帐篷，连续几天都在罗布林卡，罗布林卡那时是帐篷的世界，到处飘散着酒和茶的香味。

酥油茶是藏茶的代表，以酥油、茶叶和水煮成，入口微咸有油味。此茶是藏民传统喝法，逢年过节，招待客人，比较正式的场合都要用酥油茶。酥油茶对茶叶不太讲究，对酥油却很在意。酥油由牦牛奶千锤百炼制成，是奶的精华，好的酥油色白微黄，要五十多元一斤。这种酥油不是随处可买，也不是人人都能享用到，只产在少数地方。牧草好，牛羊奶好，做出的酥油才好。从山南去隆子的路上，经过的邱多江草原有一处村庄，牧草优良，历来产优质酥油，以前是专供达赖喇嘛享用的，我每次路过都能看到成群的牛羊，就总想到酥油，可我从来没有尝过那里的酥油茶，不知道有什么特殊的味道。

我去西藏前，受一首老歌的影响，以为藏民主要喝酥油茶，到西藏才知道甜茶更普遍，更接地气，更受大众欢迎。早餐喝，白天解渴喝，待客也喝，过林卡、干农活、放牧、远行，都要带上水瓶，灌满甜茶。甜茶做法与酥油茶相仿，只是不加酥油，茶叶、牛奶和水一起煮，加砂糖，就成。我对甜茶更容易接受，喝的次数也多于酥油茶。我在西藏时常去机场，误了餐，便请藏族司机吃饭，他们常笑着说“还是喝点甜茶吧”，于是随便找一家路边茶馆或藏餐馆，点一水瓶甜茶，两人对饮。那些茶馆环境糟糕，司机从不介意，我也只能入乡随俗，我俩便像喝酒一样，边饮边叙，茶喝完了，司机也来精神了，再赶路。司机不知道我只是陪喝，骨子里并没兴趣。我在内地就不喝茶，又是甜茶，喝得我满嘴满肚子都是甜味，吃饭也没了胃口，况且甜茶也不解渴，只是能喝而已。

印象深的有两次起大早，一路天都没亮，也有茶馆开门。那些很普通的茶馆似乎从不关门，门口总是停了车辆，总见有人在悠然地喝茶，他们也许是路人，也许就是当地牧人。

喝的极少的是清茶，与内地喝法一样。藏民从不对清茶当回事，无论哪家茶馆，都不会主打清茶，藏民相聚，也不会点清茶。我记得也就喝过一两回，情形完全忘却。所以至今不清楚清茶适合什么场合。

无论喝哪种茶，喝法都不能算精致，茶具尤其能证明。一般来说盛茶不用壶，而用粗犷的热水瓶，喝茶则碗、杯均可。至于茶道，更没有文绉绉的废话。居家不用说，日日煮茶，人人喝茶是常态。出门在外，三两藏民碰面，找茶馆喝茶，也是常态。茶馆也都熟知习俗，大凡藏民进店，店家从不绕弯子，直接就上甜茶。主客之间，轻车熟路，恬淡自然。这几年，游客多了，茶馆才有变化，有的不单有茶，还有别的，显然是针对外来客的。我在八廓街进过两家茶馆，一家是名满雪域的玛吉阿米，甜茶、酥油茶、清茶都有，还有咖啡和简餐，我只喝了甜茶和啤酒，感觉不像茶馆，更像大排档。另一家是地道茶馆，藏在深巷，小得可怜，环境不好，我陪内地朋友两年进过两次，发现只卖甜茶和薯条，却始终客满。客人基本都是藏民，对我们内地来的友好中可能还有些好奇。后一次去，一群藏族阿佳也在喝茶，她们戴着漂亮的饰物，当我们很欣赏地议论一位阿佳的念珠挂件时，那位阿佳很爽快地取下送了我朋友。念珠挂件原本是阿佳随身圣物，从未离过脖子，一顿茶的机缘，就送了我朋友。

好长时间，我都记得那一串念珠，每想起时，就有感念。我不知道念珠价格，却懂得它的分量，它不是茶，却也似茶，因它，我们记住了阿佳，阿佳也记住了我们。就如茶在高原，一杯一盏中，每天都有故事，一杯一盏中，可见冷暖，可体味人性。

啤酒飘香的高原

常有人问我藏民酒量，自然指的是白酒。在多数人想象中，藏民一定喜欢喝白酒。我倒没这么想，但我一直以为他们最爱青稞酒，援藏后才惊讶地发现，啤酒才是他们最爱，有藏民的地方就有啤酒，且人人酒量惊人，不分男女。啤酒进高原的历史应该不会太长，没想到这么快就占领了高原，以绝对优势击败了所有饮品。

我在喜马拉雅山里驻村时，对啤酒印象尤深。那个小得可怜的村庄，寻常十分寂静，只有喝啤酒的时候，才会热闹。老村主任家成了热闹的中心，就因为他家开了小杂货店，主卖啤酒。村民们农活之余，最喜欢的就是去他家，不为串门，只为喝啤酒。喝啤酒成了这个上千年自给自足的小山村最惯常的开销，他们四季不下山，不知道山外还有比啤酒更好的吃食。有一次我去老村主任家，就见门外堆着齐人高的一大摞空啤酒瓶，仿佛在展览，据说那是常态，没有空瓶反而反常。进屋发现，几个村民正围坐在卡垫上喝啤酒，空瓶已摆了半个茶几，却不见一碟菜。他们热情地邀我一起喝，我初到高原，不敢沾酒，只能略略端杯，但丝毫没影响他们的兴致。两寸多高的玻璃杯，他们一口一杯，不停地冲我说藏语，我一句也没懂，但能看出他们很兴奋。酒酣，几名村妇也加入，气氛愈加热烈，大伙索性边喝边唱边跳锅庄，有人还跳了"江南style"。我好奇地用摄像机拍了好久，终因太累，坚持不住，提前退了场，出院门时，月亮已偏西。第二天，看到晚上喝酒的那几个藏民照旧早早在山腰放牧、收青稞，我忍不住问昨晚情况，很吃了一惊，十来个人喝了二十多箱啤酒，一个也没醉。

我以为山村里喝酒是因为寂寞，后来发现城里人也一样。单位附近的小巷口有一家不成规模的小店，有一年藏历年初一，一天就卖了一万多箱啤酒，要知道那巷子里居民不多，比不得内地一个正常小区，一天消耗这么多啤酒，我听老板说这话，很吃了一惊。我援藏单位的藏族同事个个都对啤酒情有独钟，有几个女同事看起来文弱，喝啤酒俨然男子汉。节假日不用说，肯定都喝。有时单位轮到她们值班，她们就在传达室喝，点一份外卖的冒菜，一顿饭工夫，十几瓶就下肚，还能正常值班。每次她们都很客气地邀我加入，我从没敢拿鸡蛋碰石头。我后来见到她们，忍不住就跟她们开玩笑说"哪天我们喝酒"，她们很高兴地回答"一言为定"，她们知道我是开玩笑。

内地人喝啤酒多在夏天，越是炎热喝得越多，光膀子喝酒吃大排档，是许多城市当今时髦的夜生活，在觥筹交错中解渴、交友、尽兴、打酒官司，往往心不在酒。藏族不同，喝啤酒只为喜欢，随时随地，二两人碰面也喝，过林卡更要喝，从不打酒官司，甚至不说话，一张茶几，一块毡子，几个藏民闷头喝，喝得时间特长，一顿要喝几小时，最长的是从头一天晚上喝到第二天晚上。冬天农闲，喝啤酒尤甚，温暖的阳光下，很容易见到三五藏民晒太阳、玩骰子、喝啤酒，大多不在室内，而在室外，在门口，在路旁，随意而自然。只有在宴会场合才稍有讲究，那又是另一番热闹。我吃过几次很正式的藏餐，来客要先献哈达，敬酒要先唱歌，喝到尽兴要跳舞，载歌载舞的场面能将热闹的氛围调动到极致。即使那样的宴会，也几乎是啤酒唱独角戏。因为人人喝，空酒瓶成了最多的废品，每家饭店每天都有很多啤酒瓶要处理，每家门外都整齐地码放着空瓶，它们和贴在墙上的牛粪饼成了藏民居独特的景观。

人人都偏爱啤酒，不知何时，啤酒就有了新角色——礼品，这是我从没想

藏族朋友向客人献歌敬啤酒

到的。迎来送往，不送礼金、烟酒、糕点、鲜花，而送啤酒，只要送了，主人一定喜欢。我第一次去藏家串门，赶上节日，拿不准带什么礼，向往届援藏干部请教，有人建议我送啤酒，还叮嘱我别的都不要带，只带啤酒。我半信半疑地扛了两箱，果然主人见我扛了啤酒喜笑颜开，没有客套和推辞，就高兴地接受了。我想他们一定认为带啤酒太对路了。而我发现，她家的墙角已堆了几箱啤酒，原来在我之前她家已来了客人，都是扛着啤酒来的。中午主人招待我们，除了牦牛肉干，就是几箱啤酒。那一顿，疯狂地喝完了所有啤酒，他们还能接着打麻将，陪我玩斗地主。像这样的场合，我后来屡屡经历，每次都是带

啤酒。在西藏，不论家中来客，还是寻常聚会，不看重饭菜，也几乎没有菜，而只看重啤酒，这早已约定俗成，顺应民心。假如内地人要想去藏家吃什么美味佳肴，那一定是失望而归，藏民的心思更在啤酒上。

由于啤酒畅销，在企业不多的西藏，也有啤酒厂，它就是中外合资的拉萨啤酒厂，年产十多万吨，如今已是高原上市公司的翘楚。藏民们虽然偶尔喝青岛、百威，但最爱的还是拉萨啤酒，物美价廉，那才是他们自己的酒。拉萨啤酒将触角伸到了高原的拐拐角角。在商品稀缺的高原，买啤酒从来都方便，村村有卖。我驻村的小山村二十一户人家，有两家啤酒小店，啤酒是翻过三十多道悬崖，再赶一个多小时山路，从县城拉过来的。以前用马驮，翻山越岭如登天，现在有了简易山路，驻村干部为村里争取到了小货车，就由小货车捎，仍然不容易，但小店从不缺货，哪怕夜半三更也能买到。有一回，我去边境很偏僻的觉拉乡调研，乡政府所在地只有两三家极简陋的杂货店，最醒目的商品都是啤酒，我问店主什么最好卖，他不假思索地说是啤酒，6元一瓶，一天能卖好多箱。那个乡那时还没通电，漆黑的夜晚无所事事，想来喝啤酒的人不在少数。我调研那晚，也喝了酒，是在乡完小校长家与几个藏族同行喝的，太阳能发电的灯泡光线昏暗，没有菜，他们照样喝得尽兴。

我问藏民为何最爱啤酒，他们说比喝青稞酒方便，但我觉得应该还有别的原因，只是没人能给出权威说法。据我观察，啤酒温和，长时间慢饮而不易醉，不像白酒，三两杯就能把人放倒，易误事，也不像青稞酒，后劲大，一醉难醒，在地广人稀的高原，啤酒是很能消愁解闷的，三两人共饮当然好，一人独饮也未尝不适合。我在高原上，偶尔会看到孤独的牧羊汉子坐在圣湖边，握着啤酒瓶喝闷酒，没有酒伴，没有人声，只有蓝天、湖水、雪山、羊群。我想，那时啤酒就是朋友，就是生活，正点点滴滴融进血液，融进人生。

西藏，水，水，水

由于缺水，我对错那的印象深刻：一次是在觉拉乡完小，无水冲厕，女教师们要轮流掏粪便，人人龇牙咧嘴。我去检查时，校园里弥漫的是厕所味，师生们已习惯，我怕影响形象，也只好假装习惯。另一次是在甲竹木乡，上百名小学生挤在一辆运水车旁，举着小碗，等老师发洗碗水，每人一小碗，根本不够洗。因了缺水，住校生不能每天洗漱，老师便多了特殊工作，帮学生洗头，每周集中洗一次，以免浪费水。教育局长旺久说，水得从5公里外的雪山用油罐车运来，成本高，也没条件消毒。对基层感情很深的旺久局长对这个学校了如指掌，缺水一直是他的心病，但他也爱莫能助，只能寄希望于政府的饮水工程。但这样的饮水工程难度有点大，钱从何来更是问题，至少在我援藏期间是办不到的。

其实此前我在隆子驻村时，也感受过缺水。那是高海拔山村，虽然山顶常年积雪，水同样紧缺。我住的村委会用水是靠自建的小水龙头，水量小，在

被称为“鬼湖”的拉昂错,没有生物可以存活

围墙外,八九个人轮流用,我早晨洗漱时才用,也没觉得不便。可是每次放出的水都是乳白色,我就好奇,一开始以为像城里的自来水,是压力的原因,想想压力也不大呀。后来一次路过村口的山脚,见一处小水凼一米见方,周边都是牲畜脚印和粪便,几只鸡正在水凼边喝水,藏族驻村老师告诉我这就是我们用的水,也是全村唯一的水源,全村51口人和牲畜活命都靠它。我凑近细看小水凼,与我老家的村里常见的那些难以下脚的小水凼没什么区别,浅

而浑浊的水有腥臊味,我这才恍然大悟,原来我洗漱用的“牛奶”就是从这引出的。听说冬天水凼结冰,水更少,需要敲冰取水。我没有在冬天驻过村,不知道村民取水是怎样的艰难。后来我了解,高海拔山村在西藏并不鲜见,用水普遍困难,不是政府不重视,而是山高路险,即使有钱有决心也很无奈,而藏民又不愿迁出来,他们宁可守着缺水的家园,这很让政府犯难。

时间长了,我感到西藏水问题一言难尽,说多水,不准确,说缺水,同样不准确,而用水难才是事实。难在几个方面:咸水湖多,淡水湖少;结冰期长,无冰期短;地形复杂,地广人稀。有一年我去拉昂错,司机郑重提醒我那里是鬼湖,石子不能捡,水不能碰,否则不吉利。实际上那是高盐度咸水湖,与死海差不多,虽不缺水,却鱼虾绝迹,连草木也难活,站在湖岸俯瞰,碧蓝的湖水,美到极致,寂静得使人心慌。即便是淡水湖,遇到严寒结冰也没招,浪卡子县的普玛江塘乡,海拔5300多米,冬天村民非破冰不能用水。我看过央视的一部专题片,普玛江塘的老人冬天一大早就要冒着零下一二十度的低温,去几里路外的湖边破冰取水。近年安了自来水,可水管年年爆,年年换,困难年年在。我在普玛江塘乡小学里见到的水管已经不知爆裂过多少回,至今没有什么好办法解决这个问题。

因为用水难,西藏冒出了新鲜活——背水。我去西藏前,不懂背水是什么活,我生在长江岸边,见惯了水灾,哪里见过背水呢?再说我们老家干活很少用“背”,而用“拎”或“挑”。去西藏后对背水很快见怪不怪,在驻地泽当见过很多。早起去附近的泽当寺,总能见到路上的背水人,一般都是妇女,三五成群,个个身背扁水桶,像背着婴儿似的,边走边聊天,成了风景,偶尔也有男人背的,独往独来,看起来有些另类。实际上泽当城里的人都已经用了自来水,不用去雅鲁藏布江里背水了,但她们依旧保留了背水习惯,背的水不是人

年楚河边洗羊毛的藏民

用，而是供佛。她们一大早就背上水桶，去贡布日神山转山，再从山脚的圣水处取水背回家，一天中最大的心愿好像也就是这件事。有些人腿脚不好，走路困难，但背圣水从不停止，每天如此，仿佛在坚守一个诺言。但在乡下，多数藏民背水还是为了吃喝拉撒，而不是供佛。古往今来，背水是很多乡下女人的必备技能，也是日常家务。即使有了自来水，在西藏一些荒远的地方，背水仍然是固定的家务，一代代地在继续。我甚至在珠穆朗玛峰大本营见过背水，在高寒的碎石荒滩上，那个旅人如织的傍晚，一位妇女背着沉重的水桶，沉默地走在海拔5200多米的山路上，像剪影。那是登山队走的登山道，我挪步都难，不知道她如何能背水，更不知道她从哪里来，背向哪里，举目四周，不见村庄，我想她背水的路应当很长。

背水成为女人的拿手活，我想并非偶然，女人不如男人有力气，但身子骨软，协调性好，仿佛天生会背水。我后来在多处集市都见过卖水桶的，都是女人光顾，她们选水桶，恰如选衣装，我想背水在这里女人的骨子里已经是天经地义的事了，没有人怀疑，也没有人埋怨。每年年初一，女人们就开始背水了，新年背第一桶水是大事，越早越好，很多女人天不亮就背回了，那时不亚于中了头彩，只有高兴，没有艰辛。有一次在敏珠林寺，我试过背水，一桶水二三十斤，背在身上，又硬又沉，还很不稳，要不是陪我一道的达珍帮忙，我无法将水桶背上肩，更不易走路。在达珍帮忙下，我背上了肩，却明显吃力，无法轻松地挪步，我才知道这活看起来容易做起来难，男子汉不见得如小姑

藏族妇女背水成了一道风景

娘。这么一折腾后，离开寺庙好久，我才忽然发现宝贝墨镜丢了，再回去找已无可能，只好权当供品，倒是对背水印象更深了。而达珍轻易就将一桶水背上肩，姿势也比我好看得多。达珍是扎囊人，雅鲁藏布江穿她家乡而过，她从小就背水，来山南幼儿园任教后，才停止了背水，但她的背水经历深刻，至今仍熟练。像达珍这样从乡村到城市的年轻人，生活在变，背水已成记忆，温馨

和艰辛并存，而她们的母辈也许还在乡村背水。这些年国家实施饮水工程，背水故事在减少，有一天也终将要结束。

但不论怎么说，背水是西藏特有的，是西藏农家的符号，当西藏成为热点后，没想背水也成了话题，或有趣，或新奇，而似乎没有艰辛，这当然是未曾经历过的人想当然的。我听过《背水姑娘》，容中尔甲唱的，把背水唱得美丽而浪漫，当我亲历过后，知道那更多是唱给内地人听的，容中尔甲也是藏族，他怎么可能不知道背水的其中滋味呢？我在西藏期间，还曾在山南虫草店欣赏

西藏三大圣湖之一的玛旁雍错是中国湖水透明度最高的淡水湖

到一张装饰画，正是姑娘背水。画中姑娘穿着很漂亮，露着令人过目难忘的笑容，但我从姿势仍能看出她的艰难。店老板说不清画的来历，更说不清姑娘是谁，但他看出我很喜欢那幅画，便慷慨地送了我。那画我带回了内地，摆在客厅，常有朋友问我，是否与那姑娘有什么故事，我都只说画很美。我从没说过背水的故事，我觉得三言两语说不清背水，但我每看画中姑娘背水，就不由得感慨，背水这样的体力活，我们有多少人能懂呢？

水的珍贵导致水崇拜，于是便有了圣水，这也是西藏特有的。我在西藏见过多处圣水，处处都有故事。玛旁雍错湖水就是圣水，藏民说用它洗脸能美容，洗身能去罪，连印度、尼泊尔、不丹信徒也来洗浴，逢冈仁波齐转山年时，玛旁雍错也是转湖和洗浴高峰。我去玛旁雍错是夏天，不是转山年，但湖水依旧，圣洁依旧。那丽日蓝天下，湖水清澈湛蓝，美得令人窒息，面对这样的湖水无人能不动容，仅凭这一点，除了称“圣水”不足以夸赞它，何况在缺水严重的阿里呢。而我驻地附近的贡布日神山下的圣水又是另一番情景，那一小股涓涓泉水隐于山脚，很不起眼，要是在内地完全不值得一提，而在西藏就大不一样，它成了藏民朝拜的圣物，在它的一侧摆着神像，供着法器，悬着一排转经筒，点着一溜酥油灯，拉着数不清的经幡，常年有藏民起早赶来，洗头冲胳膊，即使寒冬腊月，也不畏严寒。每天一大早，老人孩童、男男女女逶迤在山道上，走向这一小块热闹的聚集地，他们带着各种舀水、盛水工具，有的喝有的洗，有的当场向头上浇凉水，看得我脊背发凉，而他们泰然自若。每个人用过水后，临走都要带上一桶或一壶，那是一天的心愿。后来我还听说过更稀奇的，藏民生病，往往宁可喝圣水、洗圣水，也不愿吃药。我好奇之余，深感信念的力量，藏民心里都有一个看不见的神。而水从生活必需到信念必需，反映的不仅是一个民族对生活的追求，更是对信仰的坚守。

说不尽的格桑花

读大学时，就听说过格桑花，是歌里唱的还是书里写的，不记得了。大约长在高原，很是奇特，便记住了。那时我对它只有想象，以为高原上遍地都是格桑花，至于怎么香怎么美，全没概念。我后来写过文字，把藏族女同学比作格桑花，说不清寄托什么。可惜女同学不知我所为，毕业后杳无音信，于是格桑花和那篇文章就成了捡不起又放不下的旧账。

援藏后，遥远的一切忽然拉近，就觉得与格桑花多了缘分。殊不知即便在西藏，也不易见到格桑花，更麻烦的什么是格桑花在西藏几乎是无头公案。那时我初进藏，正值7月，桃红柳绿，宿舍楼下长着簇簇野花，像满天星，像雏菊，像野菊，都不高大上，却漂亮有野趣，我陡然想到格桑花，理由很简单，那些花无处不在，人见人爱，符合我曾经对它的想象。刚好与我同楼的藏族司机就叫格桑，我便向他请教，谁知答案是否定的，我再问他哪里有格桑花，什么是格桑花，他支支吾吾说不明白。我确切知道，他老家阿里，工作在山南，有时候像候鸟在高原上迁徙，连雪莲也采过，是地道的土著，更凑巧的是他与花同名，我想怎么着也有个说法吧。当我发觉他对格桑花也茫然时，就觉得他叫错了名字。他一个中年男人，敦实粗壮，皮肤黝黑，牙白眼亮，典型的高原汉子，比我小了十多岁，显得比我还老，怎么看也不像花，偏偏取了花名，却又说不清何谓格桑花，太幽默了。而我发现这样的幽默很普遍，叫格桑的都是大男人，女人更喜欢叫巴桑，而巴桑又非女人专属，我也见过叫巴桑的男司机的，这桑来桑去，我越发糊涂了，不知道格桑花到底是什么性子的花。

开着格桑花的藏家院落

与我同期援藏的，有几个人也曾对格桑花耿耿于怀，想要穷根究底，弄个水落石出。有一次饭桌上，大家为格桑花争论好久，也没弄清答案，只好埋头吃饭。援藏干部中有个叫虞文胜的，比司机格桑清秀得多，生在皖南郎溪，生活精致如花，也喜欢花花草草，下乡时曾专门请教过藏民，但他给出的答案也没能说服大家，无奈他自己也将信将疑了。而另几位援藏五六年的老援藏，对格桑花也说不出准数。说来说去，只搞清“梅朵”就是花，“格桑梅朵”就是格桑花，其余仍是问号。可我还不死心，又在多种场合求教过藏民，答案始终莫衷一是，而我指认的花，总被他们否定。我渐渐发现这个问题几乎是死结。而这死结按理解开并不难，可就是无人去解。丢下这个谜，我与藏民相处久了，发现他们十分爱花，又很自然，他们家家养花，或门前，或窗台，或庭院，姹紫嫣红，邦金梅朵、格桑梅朵、苏鲁梅朵，好看就行，从不在意花的来龙去脉，更不会为一朵花打官司、摆乌龙，这让我觉得藏民说不清格桑花也在情理之中了。

释然归释然，我还是查了资料，孰料说法愈加复杂。有说格桑花是金露梅，也有说是雏菊，还有说原本就不是确切的花。有人说它有毒无香气，也有人说它无毒有药效。至于来历，说印度、尼泊尔者有之，说土生土长的也有。有一年我陪家人和朋友去珠穆朗玛峰大本营，路上又说到了格桑花，导游又给了另一种解释，说与七世达赖喇嘛格桑嘉措有关，听来似有道理，但更详细的他也说不好。这不奇怪，在西藏，说不清的事往往就用传说、神话来解释，没有人考证，也无人纠结，仿佛本该如此。导游最终图省事，说高原上美丽的花都叫格桑花。我对导游的解释有些怀疑，但我也只能这么理解，这一说法在西藏很流行，直到今天，别人问我格桑花是什么，我仍然这么回答，尽管我没底气。

不仅在西藏，内地对格桑花更是一头雾水。合肥郊区的牛角大圩新打造了一片花海，规模不小，说是格桑花，一时游客云集。我特意去过，那些花像单瓣菊花，红、黄、白都有，娇嫩地丛生在原野上，颇为壮观，无数游客抢着留影。花海一隅立着小木牌“格桑花”，却无更多介绍，我仔细打量，与我在西藏宿舍楼下的花似乎是同一种花，这使我拿不准是格桑的答案有误，还是这处介绍在胡诌，想来想去，没弄明白。不过退一万步说，在平原上如此轻易开放的花，我担心它不适合高原，那么与我想象中的格桑花是不是一回事呢?但游客不在乎这些，一听格桑花的名字，就来了精神，因它的美丽壮观，也因很多人去不了西藏，好歹也能借花沾一点高原的边，西藏总是令人向往的。在更多人的心里，格桑花是什么不重要，重要的是它是西藏符号。牛角大圩无论怎么说，是深谙人们心理的，把美好的风景与美好的愿望结合起来，多少为市民做了好事，至于格桑花那些无头公案全然不需在意。

尽管格桑花是糊涂账，但不影响藏民对它的爱，“格桑”藏语是幸福美好之意，藏民所以又称格桑花为爱情花，把美好和希望寄托在格桑花上，写进诗文，唱在歌中，跳在舞中，取为人名，把它与香巴拉、天堂、爱情连在一起。至于格桑花那些无头绪的事不影响放牧、转经、朝拜、喝酒，他们宁可放下，只简单地生，简单地死，简单地过着寻常的日子。

酸奶的节日

酸奶在西藏不算畅销，至少山南如此，拉萨也只在布达拉宫下面有一些老酸奶店，招揽游客，与遍地可买的啤酒相比，酸奶是小巫见大巫，但却有专门的酸奶节，那就是拉萨雪顿节。此节从音译汉字看，依稀与雪有关，易联想到冬天，但恰恰相反，是在每年盛夏。藏语的“雪”是酸奶，“顿”为亮相和展示，连起来即亮相展示和吃酸奶。每逢8月，天热干旱的高原上，总有那么一周，拉萨万人空巷，人们举家外出，忘情于过林卡聚会，喝酸奶。

实际上，今天在西藏，比酸奶解渴消暑的饮料和食品比比皆是，仅啤酒就可垄断人们的肠胃，但人们对酸奶依旧情有独钟。人们往往意不在喝，也不在品，而在于热闹，在于放不下的情感。相传印度佛学大师阿底峡在聂唐寺传佛，深受百姓爱戴，大师爱吃酸奶，于是每逢盛夏，牛羊产奶旺季，百姓便给他献酸奶，天长日久，渐成风俗。而固定成节还是宗喀巴时的事。他曾规定僧人要“夏令安居”。意思是天气转暖、百虫惊蛰的夏日，僧人须在寺庙静修，不得外出，以免不小心踩死小生灵。直到藏历六月三十日才可外出，那时秋高气爽，小生灵已长大，不用担心误踩。从此，六月三十日即解制日，意为解除制约。每到这一天，僧人静修有成，出门游览，格外高兴，而百姓也恰逢秋收，感念僧人祈福，便拿自制酸奶与僧人共享，以示庆贺。六月三十日因此成节，换算成公历，即8月初，具体日期因年有别，届时有懂得天文历算的高人早早确定，老百姓凑热闹即可。

西藏节日多，论热闹，雪顿节为最，甚至超过藏历年。热闹主要有三，一是佛，二是戏，三是奶，毫不沾边的三样在雪顿节里融为一体，延续了数百年。17世纪时，享有盛誉的五世达赖，驻锡哲蚌寺，恰好其剃度日与解制日重合，是吉日。这一天，万千百姓拥进寺庙，献酸奶，请求摸顶。其时，各地藏戏团也齐聚哲蚌寺会演，这使得雪顿节更加喜庆。从此，吃酸奶、看藏戏、展佛

雪顿节期间罗布林卡的藏戏演出

雪顿节哲蚌寺朝佛的信众

成了核心内容。随着时间推移，到七世达赖时，拜佛改成了晒佛，成为雪顿节的重头戏，藏戏移到布达拉宫、罗布林卡公演，品位也上了台阶，吃酸奶渐成全民活动，而不限于哲蚌寺，而相比藏戏和展佛，这一传统活动反而退居其次了。

我亲历展佛是2015年雪顿节，也是在哲蚌寺。展佛即晒佛，起初是为防唐卡霉变，渐渐变成百姓朝佛，才有了专有名词展佛。西藏千余所寺庙，不少都晒佛，唯哲蚌寺和色拉寺恰好在雪顿节，尤其神圣。每遇此日，拉萨居民倾巢出动，街上交通管制，寺庙人山人海。人们天不亮就赶往两所寺庙，就是为一睹佛像初升的尊容。那巨幅唐卡面积大到数百平方米，数百斤重，平常卷起来秘不示人，雪顿节才抬出来晾晒。几十个僧人扛着卷成长卷的唐卡，在法号声中，如一条神圣的巨龙，缓缓向山腰移动。抵达展佛台后，再由下而上徐徐拉开。当佛祖尊容慢慢露出时，整个哲蚌寺欢声雷动，戴着鸡冠帽的喇嘛吹着嗡嗡的法号，挤得水泄不通的藏民群情激荡，献哈达、诵经、磕长头、顶礼膜拜，其庄严、肃穆、壮观，非亲历不能形容。那天我们起了少有的大早，没想到街上早已人流熙攘，都向哲蚌寺涌动，越走人越多，越难通行，到最后满街都是人，摩肩接踵，一步步向前挪动。这情形我们又惊叹又担心，唯恐出事。最终无奈，到了山门前临时退场，没敢挤进寺庙。我怕挤进去反而被人群挡住看不见佛像，更怕进去出不来。我们最终只能在寺门外的山道上遥望佛像，此时太阳恰好露脸，哲蚌寺山上山下、通往拉萨城的路上，到处人挤人，进山的队伍首尾不见，出山的队伍同样首尾不见，仿佛整个拉萨的人都拥向了这里。后来，我听说无数人半夜就赶往寺庙，更有人头天晚上在寺庙搭帐篷，占位置。当我们终于回到大街上时，很庆幸提前回来，否则会被困得焦头烂额。据说每年都有无数人挤在人堆里无法返回，直到傍晚人群散尽。即便提前返回，同样费了九牛二虎之力，步行数小时才回到宾馆，创了我高原徒步之最。现在回味，对那佛像的记忆远不如对人海的记忆深。

与展佛比，藏戏要冷落得多。就如内地，爱戏人日少，观众群年龄普遍偏大。藏戏也只在两个地方演，一处是罗布林卡，一处是宗角禄康公园。我想固定这两处与达赖喇嘛不无关联，布达拉宫是达赖喇嘛冬宫，罗布林卡是达赖喇嘛夏宫，而历代达赖喇嘛都是爱藏戏的，如今在布达拉宫上面还有达赖喇嘛观戏的宝座，在数米高的宫殿里，透过窗口居高临下看戏，那俯瞰的姿势虽然不舒服，却彰显着地位和威严。而因为要抬头演给达赖喇嘛看，所有演员的面具都是抬头仰望状，这也是藏戏面具一大特色，像遮阳帽挡在脸上。我对藏戏很好奇，但援藏期间，一直没机会看藏戏。2017年再回西藏时，恰逢雪顿节，也算如愿。我在西藏文化厅朋友的陪伴下，在罗布林卡、宗角禄康公

雪顿节期间，藏民举家在罗布林卡里喝自制的酸奶

园两处都看了藏戏，且我都在极佳的位置，能看清演员细小的动作。在罗布林卡我去得早，看了开场，在宗角禄康公园我是中途进的，只看了一段。我发现演藏戏程式化比较明显，先要由德高望重的艺人讲话，接着要拜拜藏戏祖师爷，然后才开演，而所有藏戏都必须由三大段组成。倘若会藏语，看懂并不难。可惜我一句藏语不懂，一部剧情也不知，只能看热闹。在朋友讲解下，我才知道在罗布林卡的是民间草台班子多，来比赛的，而在宗角禄康公园的是正规剧团多，来展演的。他这么一说，我才发现宗角禄康的演员更年轻，基本功更好，但剧情依旧没有弄懂。文化厅的朋友说他也不懂。但是作为雪顿节铁打的内容，藏戏还是年年演，年年有人看，戏借节宣传，节借戏热闹。

吃酸奶完全是另一番景象，寻常不太常见的酸奶仿佛雪顿节那几天陡然都冒出来，吃法又极讲究，家家都是三五成群，卷着毛毡，带着酸奶、甜茶、糌粑、牦牛肉、煮土豆，举家搭帐篷住在罗布林卡。那些酸奶以自制的为多，酸度极高，即便像我这样喜欢吃酸的也难以习惯。当然我吃酸奶不在雪顿节，也不在罗布林卡，是在布达拉宫墙边，那里的老酸奶店常年营业，十元一碗，浓稠、冰凉又润滑，味道特别酸，我要反复加糖才能吃。2014年上海几位幼儿老师来西藏，我陪他们吃酸奶，人人酸得龇牙咧嘴。我听说正宗自制酸奶讲究的就是酸，藏民追求的也正是那种难以下咽的酸味。当然他们也吃出了许多新花样，拌冰淇淋，拌米饭，抑或混搭青稞酒，就着这些五花八门的吃法，藏民们转经、评戏、聊天，感受着真正的雪顿节，也把热闹推到了极致。

雪顿节近年也在变，也许是时代所致，也许是受内地影响，一些旅游、展览、比赛项目也渐渐融入了雪顿节，我在新闻里看过，但我想不论怎么变，藏民心里都在坚守一个真正的雪顿节，那是民间的，也是传统的，是风俗，更是文化。

藏刀，藏刀

与藏刀初接触，是因省体育局客人买刀，那时我对藏刀一无所知，作陪而已。在拉萨步行街上，家家纪念品摊位都卖刀，我一看就花了眼，在藏族同事指点下，才找了一家卖康巴藏刀的，假装内行地还价，最终选了三把，摊主给刀柄都拴了小饰品后，以每把三百元成交。藏刀是不是真货，如何带回内地，最终下落，我都不清楚，也未因此增长关于藏刀的学问。

再遇藏刀，是次年家人和朋友来西藏，朋友想买藏刀，这一次引起了我的兴趣。为了慎重，我事先查了资料，这才知道藏刀十分了得。据说一千三百多年前就有藏刀，那时，牧民与贵族因藏刀还发生过斗争，贵族怕牧民拥有藏刀是祸害，威逼牧民们交刀，很多牧民因拒交藏刀而受到贵族惩罚。英雄折勒干布于是挺身而出，跃马提刀，与贵族英勇搏斗，直至寡不敌众，流尽最后一滴血。牧民们为纪念他，又将藏刀称为“折勒干布刀”，简称“折刀”。这名字我是从资料上看到的，现实中只叫藏刀。不论怎么叫，藏刀都是藏民不可或缺的随身物，与藏袍、鞋帽同等重要，也是珍贵的礼品和艺术品。如雷贯耳的康巴汉子，典型形象就是头扎红丝带，脚蹬藏靴，腰挂藏刀，那刀是装饰，也是吃肉和防身的工具。

高原上多处产藏刀，品质不齐，拉孜、康巴、安多、工布最闻名，于是屡遭仿冒，旅游点摊位的刀，没有不说自己是名刀的，外行人很难分辨。我老是怀疑那次陪体育局客人买的刀不可靠，或者不是康巴刀，或者不是手工刀。

无论藏刀产于哪里，工艺基本一致，都有手工和机械之分。机械制刀速度快，手感不厚重，手工制刀更受人青睐。手工刀讲究钢材原料、锻打工艺、打磨技术，还注重刀鞘和刀柄选用。核心是锻打和淬火，一把刀要花两个多小时，反复锻打、淬火五十多次，尤其须掌握火候，否则打不出高硬度的锋利藏刀。即使是熟练的老艺人，打造一把手工藏刀，也要好几天，千锤百炼，将钢的精华都锻打在刀上，刀才成为刀。也因技艺复杂，历来传男不传女，使得藏刀越发神秘。现在的藏刀产地，都有藏刀工匠非物质遗产传承人，这在刀界，应该是至高无上的荣誉了，也看得出藏刀很阳春白雪，普通刀具难以望其项背。我进藏以前，省立医院一位去过西藏、热爱摄影的朋友就曾跟我说过手工藏刀，那时我对整个西藏都没印象，更别提藏刀，但他的话很生动，好像听话间眼前就有刀的影子飞舞，容不得我不留下深刻印象。这话我援藏后就一直记得，也促成了我后来花大本钱买藏刀。

藏刀的学问远不止这些，内涵丰富得如一本大书，短时间内很难读懂。当我的胃口被高高吊起时，我想的是买几把手工打制的拉孜藏刀。我对拉孜藏刀有所耳闻，听说削铁如泥，还能辟邪，当然我想买藏刀，既不为打架，也不为辟邪，只是为拥有一把真正的藏刀。我当时对拉孜没有特别印象，甚至不知道它在西藏哪个地区，时而把它与拉萨的江孜县混淆。江孜有藏民抗英的

拉孜县城,沿街很多藏刀店和藏刀广告

悲壮历史,电影《红河谷》就是在那里拍摄的,江孜在西藏的知名度要高于拉孜,江孜以青稞和藏毯出名,更有悲壮的历史,内地人去西藏,只要去日喀则就会经过江孜,看看抗英城堡和卡若拉冰川,但没听说过江孜有闻名的藏刀。

有次选藏刀并不在拉孜,也是在拉萨步行街。那是家工艺品店,藏地特产、纪念品琳琅满目,我和家人朋友跟着一个彪形大汉穿过店堂,在最里间的隐蔽柜台洽谈选刀。那情景倒像地下活动,大汉握着刀挥舞演示,不时砍几下铁棍,铿锵吓人,我心里很犯嘀咕,唯恐不买刀断难出门。我试探地问大汉哪里人,他说康巴,他有意提高了声调,眼睛放光,我更忐忑。我想法子缓和气氛,假装问价,大汉说三百,说着就要成交。我没敢再多问,赶忙借口不是拉孜刀,没有买,出门时我们空前沉默,也不敢回头多看一眼。

终于走近拉孜,是几天后我们去珠峰大本营,恰好经过拉孜。我才知道拉孜在日喀则去珠峰的路上,是日喀则地区的一个小县,在狮泉河畔,听起来很美，实际上没风景，人口也少，商业萧条。房子比较新的街上，没有像样的店面，除了藏刀，没有可买的特产。藏刀店都不大，比肩而立，都标着“手工打制”“正宗藏刀”，但买刀人稀少，我们几乎是那天唯一买刀的外来客。我们跑了几家店，最终选中了一家门脸大气一点的“扎西藏刀店”。那家店面较大，U字形柜台里摆满了藏刀，但价格不菲。交谈几句后，老板扎西与我就顷刻拉近了距离，话题也多了。扎西说他家祖传手工制刀，如今父亲打制，他出售。接待我们的女营业员就是扎西的妹妹，她在读大学，暑假来帮忙。我跟他的妹妹攀谈了几句，没见到他的父亲，他应该是在另外的地方打制，而这里是专门卖刀的。拉孜街上的藏刀店大抵都是这样分工，打制和出售不在一个地方，每家都是制售一条龙，小本经营，自成体系。

穿过柜台，我们跟着扎西进了后堂刀库，那里藏刀成堆，长、短、宽、窄、直、弯，不一而足，刀鞘有白银、白铜、白铁、塑料之分，刀身有合金钢和普通钢之别，合金钢不生锈，但价格昂贵。最终，我们咬牙买了几把白铁刀鞘的合金钢藏刀，花了四千多元。与我同行的援藏医生，觉得扎西的刀价格贵，当时没舍得买，回内地后，又忽然想买，再没机会去拉孜了，为此很后悔。

藏刀后来静静地躺在我家，一直没开口，开口是要找磨刀人的，再好的刀没开口也是钝刀。听说开了口就会锋芒毕露，不便收藏，我没敢轻易开口，藏刀也就从来没发挥过作用，我只是偶尔取出来欣赏一眼，为它擦擦油。每当那时，我就觉得这些刀已经死了，它没有了逼人的锋芒，甚至有生锈迹象，就如灵魂出了窍，这都是我寻常将它遗忘之过，倘若换了主，刀的命运一定大不一样。刀便是刀，发挥什么作用全在人，主人是凶手，刀便成了凶器；主人是艺术家，刀便成了艺术品。刀在我手里，是西藏符号，它记录的是拉孜，雪域高原，还有我的援藏岁月。人只有充分自信，刀才不会出问题，而不在于刀是不是能带。

永远的藏香

我对藏香误会很多年。曾有人送了五盒线香，说是藏香，我甚觉稀罕，珍藏在家，不舍得拆封。后来听说能驱虫，还能替代樟脑丸，便置于衣橱，宝贝似的一放多年。直到二十年后我在西藏山南援藏，才终于获知它们不是藏香，而是印度香。两种香产地不同，材料不同，作用也不同，文化迥异，外表却无太多区别，通常都是同柜台出售，倘若店家不说，像我这样的外行人很难辨别。

据说藏香祖先即印度香，藏香是随佛教传入高原的，与印度香断难割断血缘。吐蕃时期，佛学大师吞弥·桑布扎去印度学佛，带回制香术，改进后就成了藏香。藏香一面世，就如佛教进藏一样，深受高原人青睐。那时藏香少，多用来供佛，普通人一香难寻。后经莲花生大师等人推广，藏香才走进寻常人的寻常生活。如今一千三百年过去，雪域高原上，神山圣湖、寺庙殿堂、村寨佛塔，有人迹处，就不难闻到藏香味。拉萨、山南、日喀则的街头，最好卖的特色商品就是藏香。我进过不少喇嘛庙，活佛、殿堂、佛像都不同，唯藏香味始终如一。那是我不太习惯，却又颇感神圣的气味，在那样的气味中，我往往不自觉地虔诚起来。

内地人大多不习惯藏香味，好在我还是接受了藏香味，有一段日子我甚至对它颇有好感。我近乎疯狂地买藏香送人，藏香也成了我与店家闲聊的话题。也是那时，我发现藏香学问深奥，比藏刀更不易懂。光产地、品牌、品种、

觉拉寺喇嘛赠送给我们藏香

功用、包装就五花八门，还有线香、盘香、摊香之分，也有香型、香味之别。制香人最知底细，到了卖香人手里，就不完全知晓，再到买香人就更难弄清了。专门研究香的人想必也要花一番功夫才能明白奥妙，我至今没见过有分量的藏香书，不知道是没人写，还是没人读，这越发使藏香的面纱在普通人眼里不易揭开。

藏香只有上了店家柜台，与虫草、雪莲一样出售，才变得普通。在商家眼里，藏香是与金钱画等号的，为了钱，藏香的内涵都简化成了噱头，好坏由店主说了算，而每家店主嘴功不同，真假全凭良心，这使买香人很犯难。不过藏香和印度香都不是贵重物，即便错买，也伤不了心肝。我买香都是站在柜台前，望着花花绿绿的香，听凭店家做主。店家看出我外行，往往只用两点就能将我诱惑住：一是产地，一是味数。产地以尼木为佳，味数多少为好我就不懂了，自以为味数越多越好。至于不同味数的香做何用处，我操不了心。起码从外表上，我没法区分，我想内地朋友也没有谁较真到味数和用途。我买过杂牌藏香，也买过尼木、布达拉宫品牌藏香，包装都漂亮，快递回内地，邮费花了一大把。只可惜那些藏香寄回内地后，还是支支断裂，完全没了高原风采。我惋惜之余，很感叹藏香的娇贵。内地朋友收到了我的不成样子的藏香，却也不介意，高原风物在万里之外的合肥，怎么说也稀罕。

或许是沾了吞弥·桑布扎、莲花生的光，藏香天然娇贵又脱俗。行家们说，藏香稀罕至少有三：历史、原料、手法。在吞弥·桑布扎的故乡尼木县，至今能找到古老的制香术和坚守的香农。我看过关于尼木吞巴村的电视片，那是封闭又袖珍的小山村，一百多户村民守着流淌的吞巴河，全靠制香过日子。他们用柏木、紫檀、青檀、白檀、冰片、麝香、红花等数十种原料，秘制藏香，从不外传。他们用水磨磨木泥，用人力制泥砖，用牛角挤压成形，靠阳光晾晒，流程纯手工，凭经验把握着每个环节的火候，手法古老又娴熟。他们把制香看得很神圣，每年要唱歌跳舞、举行仪式后，才开始制香，就如儿时我的故乡插秧时节的开秧门。而每天劳作前，要净面洗手，毫不怠慢。家家制香的结果是久而久之，各家都形成了独特手法，传男不传女，以示嫡传。这些并无成文规则，村民都自觉遵守，仿佛遵守佛家的戒律。

敏珠林寺的工人们正在手工制香

我一直没能去吞弥·桑布扎的故乡，只能想象吞巴村制香。2016年夏天，在我援藏结束前，专门去了扎囊县敏珠林寺，亲历过敏珠林寺制香。敏珠林寺是著名的宁玛派祖寺，我对它的兴趣却不在寺庙，而是佛学院和藏香。我在电视里见过敏珠林寺喇嘛制香，过程和场面都很虔诚，像是一场宏大的宗教仪式。可惜我那天没能见到，遇见的喇嘛也少，不知道是不是我不够深入，没找到地方。我看到的是另一种普通的场面，简陋的厂房，没有声响，也不见人进出，甚至连光线也昏暗，却正在制香。十几个女工有的搅拌原料，有的挤压成形，有的挑拣摊晾，有的分盒包装，在静悄悄地、不紧不慢地干活，女工们没穿工作服，也不戴口罩，像裁缝似的围在一张大台面两边，专注而认真，对我的参观不惊讶，也不受干扰。封闭的车间里，摊晾着不少成品香，居然闻不到香味。这场景与电视上的吞巴村有不小的反差，但敏珠林寺藏香名气不亚于尼木吞巴，它在八廓街上还有专卖店。女工们手中的藏香没准就直接去了专卖店，没有几人能走进这座半山腰的古寺，亲见一支香的诞生。我想尼木吞巴村靠的是传统，敏珠林寺靠的是寺庙吧，在西藏，对传统的坚守和与佛教的结缘同样都深入人心。

在佛教盛行的高原，藏香的确有佛缘。西藏的寺庙多以香礼佛，也普遍制香，且多产名香。喇嘛们视香如生命，从早晨到黄昏，一丝不苟，精心制作。当一支香完美成形后，仿佛新生命诞生，虔诚和祈愿也融入其中。千百年来，布达拉宫、敏珠林寺、直贡梯寺、觉拉寺藏香名满雪域，就因有千年秘方和大德高僧。我不久后去觉拉寺，意外又获得了觉拉寺藏香，是喇嘛制的，感觉别有意义。那个黄昏，中年喇嘛将藏香递给我时，我没听懂他的藏语，却感受到了他的祝福。后来我把香带回了内地，摆在书橱一角，偶尔看看包装，闻闻香味，从没舍得点燃。而只要我一拿起藏香，就能闻到熟悉的香味，那是高原的味道，不因时间而消退，也不因距离而淡忘，它总是弥漫在心里。

在藏家做客

我去藏家做客不多，但因风俗不同，所以印象特别深。

第一次是去拉巴卓玛家，那时，我还不懂做客规矩，也没去过藏家，与其说做客，不如说凑热闹。我听说她很看重这次请客，还请了几个藏族女同事。可到她家后，才发现落差很大，与内地做派比，她家这次更像茶楼小聚。没有客套，也无热烈的气氛，厨房也静悄悄的，没有一样菜，不像内地一来客就轰轰烈烈。吃食也只有少量干点、干果和水果，唯啤酒堆了几箱。稀奇的是没有餐桌，只能坐卡垫，主宾不分。卡垫是藏式家具，比沙发宽大，靠墙摆放，装饰考究，铺着氆氇，白天当椅，夜晚当床，以前藏家睡觉都用它，我在教育局值班也是睡卡垫。但拉巴卓玛家已现代化，睡豪华大床，只有待客还用卡垫。卡垫前摆着矮桌，类似茶几，主客都坐卡垫同一侧，吃喝都面对矮桌，说话需左顾右盼，交头接耳，与内地围坐大圆桌把酒换盏截然不同。我不太适应这样的环境，陌生感让我不知所措，也不知有什么讲究。

“三口一杯”敬酒后，我才放松，原来藏家不像内地，没有废话，端酒就算开始。先是青稞酒，倒满一银碗，喝一口，加满，再喝第二口，再加满，然后一口干，实际上叫“三口一碗”更合适。青稞酒类似米酒，口感绵柔，绵里藏刀。倘若酒量小，这三口一碗就能把人放倒，而不醉则已，一醉难醒。我事前就有耳闻，对青稞酒不敢放肆，做痛苦状地喝干一碗，就再不敢碰它了。但藏家做客由不得酒量，待客都如此。拉巴卓玛知道我有高原反应，对我还算体谅，三口一碗后，就没再让我喝青稞酒。问题是又改啤酒，人人互敬，一口一大杯，没有菜罢了，无人吃水果干果，也无人劝吃，更无人替客动手，不像内地人硬往客人手里塞，仿佛那些吃食只是摆设，不是用来吃的。一杯一口互喝中，大家也不聊天，不说话，绝不像内地一聚会就国家大事、家长里短，说了国内说国外，说了丈夫说儿子。她们只闷喝，也不打酒官司，好像一切只为酒。就这样，拉巴卓玛和同事兴致很高，酒过三巡后，又唱又舞，唱给谁就敬谁酒。有意思的是，内地人唱跳喝，总要推来推去，真推假推都有，哪怕心里再想表面上也推，她们不同，都抢着唱，抢着喝，抢着跳，唯恐不能展示。拉巴卓玛在幼儿园工作，歌舞不在话下，更主要的是她酒量也惊人，喝至半夜仍清醒如常，其他人也个个如此。我酒量小，又在高原，坚持不住，不得不提前退场。

几天后，我听说了那晚结局，每人喝了十几瓶啤酒，一个没醉，喝酒后，打麻将、斗地主，闹到近天亮。时间长了，我知道那样的热闹在藏家是常事，朋友小聚如此，贵客临门也如此，尤其在周末假日。那样的场合主人不夸张，客人也不做作，轻松、随意而自然。没有谁因请客而劳累，也没有谁因做客而有负担。

藏民重精神轻物质，体现在做客上，只图感情和心情，不在意饭和菜。倘

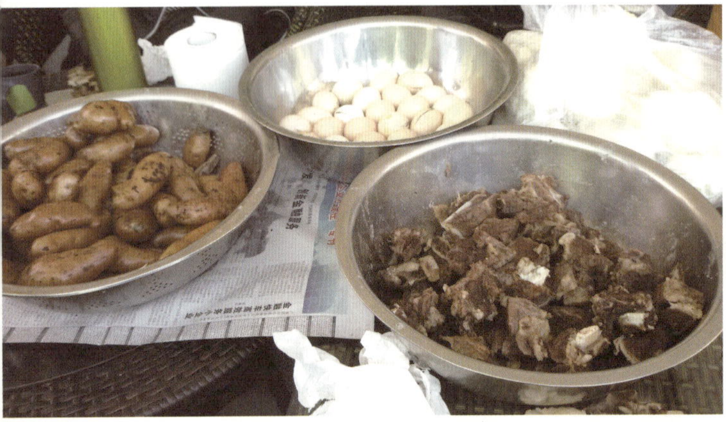

藏民盛情招待客人的食品——水煮牦牛肉、土豆等

藏家用青稞酒、酥油茶、果品和糕点待客

在藏家做客

为口福，去藏家会很失望；倘为热闹，肯定会尽兴。藏民从不将请客与饭菜画等号，不做饭菜很正常，做了不好吃更正常。有一次桑杰旺姆园长请客，她也特别重视，我去时，有好几人在厨房像模像样地帮忙，凉拌、清炒、水煮、煎炸都弄，可忙了半天，除了四川冒菜，都很难称得上是菜，口味实难恭维。我下了大决心也没法吃，回家补吃了方便面。我揣度他们平时很少吃菜，也就做不好菜，能弄出几种已经很不易。而那天吃的场面更幽默，八九个人一长排坐卡垫，旺姆给每人发了快餐盘和筷子，让大家夹菜吃自助。结果大伙一溜坐在卡垫上，端着铁盘闷头吃饭，谁也没话说，也互不谦让和劝吃，更没有谁帮别人夹菜，与吃大食堂没两样，吃完算结束，余下的节目仍是打麻将和没完没了地喝啤酒。我照例是象征性地陪喝，勉强支撑，好在她们都不为难我，说、笑、喝、玩，从不拿我当外人，我还是能感受到浓浓的暖意的。

只有藏历年不同，那时主客的心和情更在年俗上，仪式感和程式化比寻常明显。有一年，我去六个藏族同事家拜年，感受颇深。那几天，家家洗刷打扫与内地相似，帘幔经幡都除旧换新，男女老少都着传统藏袍戴藏帽，盛装迎客，比寻常日子在视觉上隆重了很多。待客的程序也比平时讲究，先要敬切玛，献哈达，然后再三口一杯敬酒。进入喝酒程序后，少不了唱、跳、玩，与平时就没两样了，只是青稞酒那几天是主角，不像寻常更多的是啤酒。青稞酒大多自酿，浓度不一，后劲都大，即使藏民酒量大，喝高也是常事，我每次只能勉强完成三口一杯，再不敢继续，即便如此，六家下来，我也晕乎乎的。藏历年不同的还有仪式性菜肴，比如萝卜炖香猪，这是每家的豪华菜，客人一来，就隆重推出。在西藏，罗布顿珠是很多男人的名字，因为与这道菜谐音，说到菜就想到人，说到人又想到菜，常引人发笑。都说藏香猪袖珍而肉嫩，养在深山，碰巧才能买到。可我尝了好几家萝卜炖香猪，感觉都不嫩，谈不上好吃。

但我知道藏民以萝卜炖香猪待我，是把我当贵客的，热情胜过味道。

我回味在藏家的做客经历，无论平时还是过年，大体都是心不在吃喝和说话，我从没大快朵颐过，也从没在做客中听到过家国大事、张三李四的花边新闻。唯有三样记忆尤深：一是酒比菜重要，主客都不看重菜，大多数情况下都不准备任何菜，而有的是酒；二是玩比吃重要，一般都是喝酒开场，过半又唱又跳，最后还要玩牌打麻将结束，闹到天明是常事；三是心情比说话重要，谁也没有多话，更没有假话、空话、套话，哪怕再亲密。藏家就是藏家，不为口，只为心，不为味觉，更为感觉，请客也罢，做客也罢，只是搭建桥梁，创造空间，率性、真诚、奔放、好客都在酒中、歌中、舞中，更在不言中。

西藏的年事

西藏节日比较复杂，藏历年可排其中第一。藏历年且不说来龙去脉是问号，日期乱，跨度长，花样多，规矩繁，不但内地人看不懂，藏民也说不出准数，多数时候只能毛估带猜。

在内地，会翻日历就能记住过年。即便不识字，对农历有谱，也能判断得八九不离十。我的故乡曾有说“下雪了，过年了”，也有说“小孩盼过年，大人盼种田”，意思是看天也知道过年，而孩子比大人更记得住过年。西藏则不然，几乎无人能确切说出藏历年日期，孩了更谈不上。原因出在藏历年日期年年变，有时与春节相同，有时差一天，还有时差一个月。理论上三年一轮回，实际上也有变。据说有专人推算，专人是谁，我不知，我的藏族同事们也茫然。藏民大多人云亦云跟着过，杀羊宰牛的季节到了，藏历年也就要到了。藏族同事都搞教育，却都不懂推算，不知道最初是谁的主张，以致推算藏

藏历木马年初一,藏民端着切玛,拎着酒壶串门拜年

历年这么困难。不光如此,各地藏历年算法不同,日期差别大得难以想象,倘以拉萨为准,日喀则提前一个月,工布提前两个月,内地在秋收,有些藏区已过年了,而有的地方一年要过两次藏历年。

我在西藏的山南,遇到过三次藏历年,年年摸不准日期。2015年比春节迟了一个月,我恰好碰上了,感受了一次,初一还去六个藏族同事家拜了年,说了不少扎西德勒,喝了不少酒,却几乎没吃菜,印象很特别。同是过年,藏家的年味与内地大大不同,不放鞭炮,不贴春联,不吃年夜饭,不准备什么菜,外表看,比不得内地热火,实际上,过程也烦琐,同样也很忙,年前忙年货,年中忙供佛，年后忙拜年。而他们的忙又不像内地那样张扬和高调，忙得内敛，低调，却很认真。

年货是重头戏。种类不多，牛羊肉必备。哪怕手头再紧，藏历年也要有牛羊肉。一个藏历年要吃多少牛羊肉，无人能说清，我问过一个普通的藏族同事，他家至少买一头整牦牛，几只整羊，这数字让我目瞪口呆。只是藏民买肉多，吃法却单调，水煮、风干而已，没有花样，不知道是不会做，还是不喜欢麻烦。水煮牦牛肉是西藏大菜，与土豆同锅，由于肉块大，要用脸盆盛，客人来了，整盆端上来，热气腾腾，可淡而无味，像我这样口味重的，不敢恭维。风干肉只做零食，味腥难嚼，藏民最爱，过年更不能少。藏历年期间，家家的果盘都是风干肉，客人落座，非招待不可，我每每只能象征性地嚼几下，最终放弃。

糕点是另一出大戏，佛吃人也吃。人吃的精致小巧，用青稞粉、面粉加糖和奶油炸成，蓬松酥脆，点红涂绿，名字奇特，有的像千层饼，叫桑给巴雷，听

藏历年待客的吃食，有卡塞、风干牦牛肉、果品等

来像南美土著的舞蹈;有的像麻花,叫卡塞,乍听像异域的咖啡;更多的我记不住名字。佛吃的,只是意思,供品而已,藏语叫德卡、德奇,是糕点组合,每家稍不同,大体有卡塞、果品、糌粑,体积较大,造型夸张,伴着酥油灯和圣水,一层层整齐地码放在佛像前,高的能达一米。此物专用来供佛,摆法讲究,不能乱动,人也不能食,从除夕摆到十五,才全部扔掉,来年再换。藏民信佛,都想成佛,在这点上偏偏人佛有别,人成不了佛。不论哪种糕点,以前都是手工自制,年前家家炸糕点是一景,犹如内地腊月。但近年图省事的人多买成品,拉萨的冲赛康市场能批发,年前很兴旺。只有老年人嫌买的不好,宁愿自制,骨子里留恋的还是传统。

藏民敬献给尊贵客人的切玛,藏历年时捧着它拜年

江孜农贸市场卖羊肉的牧民

年货备齐，藏历年就到了。二十九是序幕，清扫房子、驱鬼辟邪、请狗赴宴，家家很热闹，以吃古突为最。古突是藏族特有面食，像馄饨，花样在馅，辣椒、羊毛，更有木炭、石子，什么都有，馅不同，寓意也不同，吃到木炭的人心最黑。所以吃古突如做游戏，心不在吃，而在热闹。我不解的是年三十很受冷落，西藏各地都如此。这一天，除了摆供品，无所事事。因为没有年夜饭，供过佛后，就空等拜年。只有初一才又热闹，不常用的切玛忽然就登场了。切玛是用木斗装青稞、麦粒、糌粑，插上麦穗，敬贵客的，内容一年一换，过年家家少不了。在切玛更新的同时，男女老少穿戴一新，盛装迎客。最显眼的是藏帽，为了新年，人人爱戴，人人必戴。也是那天我才知道棉藏帽男女有别，女帽四檐，男帽三檐。

我遗憾的是没赶上插经幡，听说那是新年第一件事。插经幡藏语叫“塔觉”，不知是指经幡，还是指仪式。塔觉很讲究，买支架，缝经幡，选吉日，都一丝不苟，缝的线要用白羊毛，插的日子、时辰、地点和插的人须由喇嘛算，插的时候还要煨桑。与内地“一年之计在于春，一日之计在于晨”同理，插经幡也要赶在太阳露脸前，图吉利。高原处处有经幡，却并非人人能插，有特定祈求的人在特定地点才能插经幡。插经幡的复杂和严肃，不亚于一场佛事，当五色经幡摇曳在房顶和山梁时，新的一年和新的希望也就来到了。

藏历年至少要过两周，长的能过一个月，只要拜年还在继续，藏历年就不能算结束。拜年多数是从初二开始的，也有人从初一开始，不只拜亲戚朋友，同村也要互拜。有趣的是拜年不看重送礼，除了送酒，就是喝酒。山南人拜

藏历年藏民家摆放的供品

年是一个人拎着酒壶,另一人端着切玛,要是有孩子就跟在后面,一家子组成一个拜年的队伍。藏历年里,这样的队伍来往不绝,成了藏家特有景致。而拜年的高潮在喝酒,那是真正无拘无束的狂喝,仿佛要把一年的酒都喝光,大多从早晨喝到日薄西山,有的要喝到第二天,直到主客都醉。那几天醉卧不醒,鞋帽全丢,光头赤脚,认不出老婆,都是常事,藏民的率性和豪放在拜年时常常发挥到极致。

我一直觉得山南的藏历年仪式感极强,有些内容很难说清是风俗还是宗教,但都遵循着既定仪轨。藏民的价值追求、情感表现都融入这些仪轨中,真实而生动,丰富而复杂,藏历年因此而五彩缤纷,倘若不懂藏民,很难体会;倘若不懂佛教,也很难看懂。

悠悠酥油香

酥油的藏语，我听不出是“嘛儿日”还是“嘛儿啦”，难在舌尖，像蒙古语震颤，不知是否与蒙古有关。但我知道青藏高原才是酥油天下，要是没酥油，藏民将难生存。

我最初接触酥油是因酥油茶，有一年在九寨沟看歌舞时尝了酥油茶，似茶似奶，微咸微油，不合口味，但不知道酥油是什么东西。援藏后，才知道酥油茶的酥油出自牛奶，是奶的精华，但与牛奶形不同，味不同，营养不同。牛奶变酥油比较麻烦，由液体成固体，俨然脱胎换骨，非人人都能为；而酥油变酥油茶很方便，酥油、砖茶、盐巴一起煮就成，酥油不用几分钟就又回归到可以饮用的液体，且被藏民视为美味。

酥油茶是藏家传统饮料，即便甜茶盛行，碳酸饮料泛滥，酥油茶仍无可替代。在西藏，男女老少四季都喝酥油茶，有人的地方就有酥油茶。酥油茶几

藏族老阿妈招待陌生的路人喝酥油茶

乎是早晨开门第一喝，煮酥油茶也成了早晨固定的家务活，可能门还没开，就煮上了，比主食还重要。藏民可以没糌粑、馒头，一定少不了酥油茶，自家喝，待客喝，从不吝啬，喝完再加，加了再加，一大水瓶酥油茶，不一会就见底，倘若没过瘾，再煮再喝。以前煮酥油茶是人工活，微火煮中药似的，有了小电器后，像电水壶烧水，简单了，酥油、砖茶、奶、盐巴，插头一插，一会就好了。与我同驻村的藏族老师每天早起必做的事就是煮酥油茶，当我似睡非睡地醒来时，雪山的日头还没出，酥油茶总是煮好了，馒头蒸得热气腾腾。藏民都说酥油茶能缓解“高反”，那一个多月，我喝了不少酥油茶，也没见“高反”减轻，但那样的早晨挺值得回味。

因为人人都爱酥油茶，西藏的茶馆、餐馆也都有酥油茶。茶馆每天开得早，早餐一般只有老三样，酥油茶、甜茶和藏面，这都是老藏民的最爱。餐馆开门迟，酥油茶不及茶馆那么热闹。藏民白天更爱甜茶，甜茶据说是用奶、茶和砂糖熬成的，我从来分不清它与内蒙古的奶茶有何区别，只是觉得比酥油茶合口味，不过甜甜的喝多了，饱腹感明显，正餐就少了食欲，再说与酥油茶一样，都会导致“三高”，我也就不多喝。

酥油用量大，也火了市场，买酥油就很容易。山南的格桑路比较凌乱，小商品多，酥油常年有卖。有几家小店，门口总是摆着酥油、糌粑和麦粉，不用广告和招牌，也能顺利地做生意。我路过好多趟，才发现有酥油，想必买酥油的都是回头客，不用宣传了。那些浅黄色的酥油有的呈饼状，每块有好几斤重；有的盛在桶里，像做馒头的发面，一桶数十斤。但我从来没遇见过藏民买酥油，不知道如何交易。但我知道，山南城里的藏民大多都要来买的。乡下的牧人才不必到市场上买，自己能做。而城里人若乡下有亲戚，也不愁，逢年过节亲戚会送酥油，就像内地人送鸡鸭鱼肉一样。

无论买和送，人们都看重酥油品质。我与藏族老师同吃同住的日子，时常见到尚未煮茶的酥油，也学会了辨别。一位叫索朗次仁的老师在我印象中是隆子县人，弟弟在家放牧，也做酥油，还托他在山南卖，但他不愿帮，说弟弟将差酥油混在好酥油里，以次充好，卖五十多元一斤，他不能让人瞧不起。这件事让我对他印象特别深，也使我们相处得更好。后来有一次他陪我去藏民家看织毛毡，还执意花一百元买了一块坐垫送我。坐垫我很喜欢，带回了内地，一到天冷，就铺在椅子上，成了温暖的回忆。索朗次仁告诉我，酥油好坏取决于牛奶，上品是牦牛奶，羊奶就差得多。我驻村的准巴乡是高寒牧场，云遮雾绕，牦牛养得好，酥油出名。但村里人习惯了自给自足，从不出售，山外人很少有机会享用。我要是不驻村，永不会知道村里的酥油出名。我后又听说邱多江草原酥油更好，那是亚堆扎拉山下的草场，有名贵药材，水质也优，牦牛吃得好，奶也好，酥油闻名全西藏，过去专供达赖喇嘛和上层贵族。我经常路过邱多江草原，看到雪山草原，成群牦牛，就能想到名贵的酥油。

当然，藏民钟爱和依赖酥油并不仅因酥油茶。他们吃、喝、拉、撒，以致生老病死都要酥油。有些藏区，婴儿第一次张嘴不是喂奶，而是在嘴唇抹酥油，也有藏区将新生儿用酥油净身。藏民的用心是让婴儿来到世上就熟悉酥油，习惯酥油。他们深知，不能接受酥油的人在高原上无法生存。而一旦生在高原，酥油必定陪伴一生。我去过西藏一些神圣的山野，那是举行特殊仪式的地方，空气里经常飘忽着酥油的气味，在那样的气味里，死亡变得不可怕，而人的肉体消失的同时，据说灵魂是能上天的。

或基于此，酥油在藏民心里已是圣物，敬神拜佛的场所少不了酥油，酥油灯、酥油花最能代表，酥油灯是寻常的法器，家里和寺庙都很常见，微光摇曳中，营造着肃穆而空灵的氛围。大昭寺佛堂有上千盏酥油灯，是信徒们花钱点燃的，五元能点一盏，听说常年不熄，我怀疑这个说法，那里游人如织，要是都不熄，佛堂早就放不下了。酥油花为寺庙独有，我在藏民家从没见过，我猜想是制作麻烦的缘故，不是艺人，或不够虔诚，断做不出酥油花，一朵朵酥油花代表着一颗颗修行的心。

我后来才知道酥油有两种，植物酥油能用不能食，动物酥油能用能食。两者外观近似，本质不同，或在凡尘，或在佛界，不同的形态有不同的价值。但不论哪种酥油何种形态，都已融入了藏民生活，连着藏民的情感，这已经不是酥油作为物质存在所能承载的了。

糌粑与木碗

叫糌粑还是藏粑，音有别，字不同，意义都一样，都不是内地人想象的粑粑，而是用来做主食的熟青稞面粉，或用青稞面粉捏成的团团。我尝过，味同嚼蜡，且不易消化，这使我很好奇藏民为何要以它为食。据说老年藏民尤爱糌粑，一辈子可以没有牛羊肉和蔬菜，却不能没有糌粑，糌粑成就了生命，也几乎就是生命。一只木碗、一把糌粑粉、一勺酥油、一撮奶渣或白糖，他们就能淡然地过一辈子。年轻人饮食偶尔赶时尚，但依旧不离糌粑，我在西藏，惊讶地发现不少学校的住校学生早餐都吃糌粑和酥油茶，没人觉得不妥。

所谓糌粑，即炒熟的青稞面，而所谓青稞即大麦，内地很多地方都有，我的故乡多年前也种，但产量低，用途小，一直不如小麦受重视。印象中只做麦芽糖，或炒焦面。麦芽糖是做年货用的，焦面拌稀饭充饥，都只是辅食。谁知道到了高原改叫青稞，成了藏民主食。只不过吃法依旧简单，只有糌粑一样，

藏民钟爱的主食糌粑

连吃饭喝粥也比不上。糌粑做法吃法都简单，青稞炒熟，磨成粉，随吃随用。不用菜肴和佐料，餐具只有木碗。吃糌粑时，将糌粑面倒入木碗，加酥油和奶渣，用手捏成团，边捏边吃，仿佛新疆人吃手抓饭，而手抓饭内容丰富，糌粑什么也不添加。吃法讲究的，喝点甜茶或酥油茶，不讲究的，只吃糌粑，连一口水都不需要。如此单调的吃法，诀窍全在手。藏民们一手握碗，一手捏面，手口配合，从容娴熟，专心致志，能把寡淡无味的糌粑吃得津津有味，吃完后，木碗干干净净，油光锃亮，根本不用洗。倘若手法不当，则吃起来困难，味道也大减。我初尝糌粑时，因没掌握捏法，吃得难受，样子也不雅，后来我就拒绝糌粑了，估计不仅是难吃，吃法麻烦的印象也先入为主了。

我始终找不出藏民爱吃糌粑的理由，我问过他们，也没说出让我信服的理由。事实是他们一代代就这么只认糌粑了。今天的西藏，吃食与内地一样，十分丰富，而多数藏民对糌粑依

糌粑如今已成旅游产品，包装精美

西藏山南雅砻文化节期间，不丹木碗展卖

旧情有独钟，而吃时依旧只用木碗。2014年，我组织山南实验幼儿园二十几名老师来安徽省马鞍山市学习两周，市教育局很重视，当晚就安排了两桌菜肴丰盛的晚餐，打算后面都这样安排，谁知道就餐后，老师们既不说话，也不吃菜，无精打采，教育局的工作人员打电话问我是不是饭菜不对老师口味，我说他们可能带来了糌粑，果然老师们散席后，回寝室都在吃糌粑，这一发现让马鞍山的同志十分不解又觉得滑稽，后来干脆给老师每人每天发些补助，让他们自己解决吃饭问题。以后十多天，老师们足不出户，都吃糌粑。

糌粑仿佛天然就是与木碗搭配的，多次观察后，我猜想与吃法有关，捏糌粑五指用力，碗需灵巧轻便不易碎，唯木碗最佳。不过我怀疑藏民爱木碗另有原因，木碗取自树木，带有生命印迹，与冷冰冰的瓷碗、银碗、金碗相比，是有温度的，更易被人接受。一只木碗从树木变成木碗，藏民是能想象的，有时还能亲眼见证，那是亲切而令人兴奋的过程。木碗一旦进了家，确定了主人，就会伴随一辈子，不离不弃。有人说"藏民一辈子一只碗"，指的就是木碗，藏民会吃饭就会用木碗，人人有固定木碗，从不乱用。更有意思的是有时人到哪，木碗也到哪，只是为了吃糌粑。有的人家一人好几只，大小配套，像俄罗斯套娃。木碗于藏民，是餐具，也似艺术品。吃时捏糌粑，不吃时，碗口朝下一溜摆在客厅，很是养眼。因了木碗是生活必需品，藏民对木碗很用心。

我驻村时见过挖木勺，在老村主任家，一截木料，用几件小工具，凿、挖、削，一会工夫就挖成了两把小木勺。我没见过挖木碗，听说挖法类似，而更讲究材质和工序。制木碗尤其考究，从选树根、挖刨，到抛光上漆，一丝不苟。杜鹃树老根疤痕多，是做木碗的好料，制成的木碗花纹美，昂贵的杜鹃木碗价格上万。而制法又以手工为最。在藏民心中，手工木碗温润有灵性，仿佛能说话，用久了如挚友。一只好木碗，会陪伴主人一生，甚至传代。我在一个藏民家见到一只老木碗，说是他爷爷的爷爷的爷爷传下的，那木碗像老人守着老屋，陈年的色泽让我有摸它的欲望。我想象不出，它握在手里是什么感觉，恐怕心都不在吃上了。

木碗于我在感情上是超过糌粑的，以至我少想起糌粑，却常记得木碗。我好长时间都想买一只可爱的木碗，不为吃糌粑，只为纪念，无奈上好的木碗价格贵，始终没下手。2015年，在拉萨的小巷里，我与家人、朋友光顾木碗专卖店，终于买了一只小木碗，阿里产的，才几十元，忽悠内地人没问题，而我知道那与真正的手工木碗远不是一回事。我同糌粑后来也有过接触，驻村结束后，村里送我一袋十斤的黑糌粑，是糌粑中的上品，我却毫无食欲，也没有用木碗试试。我听说朋友的父亲患“二高”，便将那袋黑糌粑寄给了朋友，可朋友后来说老人吃得遍身上火，大便也难解，只好放弃。我很能理解，也许是不消化之故吧。

这使我对糌粑终有距离，而对木碗感觉依旧。但作为藏民族的生存必需品，糌粑也好，木碗也好，都包含了太多的意义，读懂它们，也就或多或少读懂了藏民族。

向青稞致敬

青稞熟了，雅鲁藏布江边一派丰收景象。碧蓝如洗的天空，黄绿相间的田野，悠闲又忙碌的藏民，整齐码放的青稞堆，俨然凡·高笔下的油画，我不由得想到了故乡的秋收，那时的景象也是这般喜人，不同的是故乡的场面要热烈得多，高原上毕竟还是有些冷清，既没有收割机嘈杂，也不见人来人往，这就是高原。人们的节奏不能不放慢，而缺氧又使得作物稀少，青稞几乎是唯一的作物，它年复一年陪伴着藏民，仿佛是上天对他们的恩赐。

来西藏前，我不了解青稞，也没有想过它在西藏意味着什么。“不敬青稞酒，不打酥油茶，也不献哈达”的歌儿时就熟悉，那时就对青稞有了模糊的概念，可从没深究其含义，想当然地认为它像稗子，是青色的，能酿酒，可敬客，仅此而已。当我多年后，驱车雅鲁藏布江边，看到收割的庄稼时，听司机说是青稞，我简直想叫出声来，那土黄色的庄稼就是青稞吗?藏族司机是吃青稞长大的，他的话毋庸置疑。可惜司机完全不懂我心思，任凭我新鲜好奇，在摇晃的车上艰难地抓拍，他也没有停车的意思。我初来西藏，不便提要求，只好一路错过，还是到了目的地，见到一种叫切玛的物件时，我才揭开了谜底。切玛是高级礼器，里面插着的几株蔫蔫的大麦穗，就是大名鼎鼎的青稞，这很让我意外。故乡并不鲜见的大麦，没成想到了西藏，很不寻常，从庄稼地走上了神圣的殿堂，成了崇拜的图腾。我顿时感到了那几株青稞穗沉甸甸的分量，而这种分量，要不是我亲身来西藏，一辈子也感受不到。

我的故乡在安徽省无为县，地处长江边，是有名的鱼米之乡，自古作物丰富，大麦实在算不得什么。我小的时候，大麦种植比较普遍，在人们眼里，它与小麦虽一字之差，却有天壤之别，小麦是粮食，可做面条、馒头等等，大麦更多是用来做麦芽糖的。那时候，年关将近，家家都做麦芽糖，空气里也飘着甜味。人们先将大麦加水培育，催其发芽，然后洗净磨成糊状，再过滤，用铁锅熬煮，最后成饴糖。饴糖是制作米花糖、花生糖的原料，而米花糖、花生糖都是那时乡下人的上等吃食，也是只有过年才能偶尔享用的稀罕品。因为年年如此，大麦制糖，妇孺皆知，它伴随我度过了甜甜的童年。即便在粮食紧缺的年代，大麦也只磨成面粉，炒熟做辅食，俗称“焦面”，稀饭过稀时，抓一把焦面拌拌，又香又耐饿。大麦在故乡的作用无外乎就这两种，这使我一直觉得大麦就是糖和焦面的代名词。也正因为大麦被故乡人认为不是粮食，在故乡种植逐渐减少，当麦芽糖和焦面渐渐淡出故乡人生活时，大麦也随之销声匿迹了。实际上，那时我已在歌里听过青稞，却从没想过我吃的就是青稞。现在回忆起来，有点惭愧，这么多年没发觉二者奥秘，而我也爱读书，读过这个“赞”那个“颂”的，唯独没见过有人正儿八经地写青稞，是青稞普通，还是我孤陋寡闻呢？

藏族孩子在收青稞的田头

后来我发现，在西藏可以不谈大米和小麦，绝对绕不开青稞。内地司空见惯的树木花草，到了高原就成珍稀物种。想必作物在高原也是经过磨难的。故乡的大麦5月就熟了，总是与油菜同期收割，而青藏高原上是7月成熟，奇怪的是青稞收割时，油菜花正开，这让我百思不得其解。我请教过藏民，无解。我猜测，青稞比油菜更顽强，更适合青藏高原，才更易成熟。我没有研究过青稞原产地，或许它本就生在高原，而油菜在这里似乎永远是客人，我沿途见到的油菜显然长势都不好，稀稀落落，病歪歪的，产量一定也不高，它们更像是风景点缀。我一查资料才发现，青稞在青藏高原上的生长史已达四百万年，比人类的历史长一倍，在长期实践中，藏民早已熟悉了青稞的特征，把它作为高原上的代表性作物，世代种植，且不断科学改良。几乎可以说，没有青稞，就不会有藏族人民的世代繁衍，当然没有藏民，高原上大约也不会是青稞的天下。

的确，在海拔数千米的高原上，青稞是生命力的象征，也是藏民生存的保证。随着与藏民的接触，我越发觉得青稞非同寻常。藏民吃糌粑，喝青稞酒，用青稞喂养牲畜，也祭神拜佛。内地，听得多的是青稞酒，却不大熟悉糌粑，而糌粑恰恰是青稞给藏族人最好的奉献。他们把青稞磨成面，炒熟做成糌粑，一年四季享用。藏民都爱吃糌粑，糌粑是粗粮，简单又耐饿，无需用筷子，又省去了小菜，营养又丰富，比我们内地人吃得更绿色和环保。也许正因为糌粑，青稞在高原才大出风头，要是没有糌粑，藏民会不会用青稞制糖也难说，但世界就这么奇妙，在其他作物稀少的高原，偏偏藏族人发现了青稞，发明了糌粑，爱上了这种难得的主食。从这个意义上说，藏族人很懂得适者生

藏族老阿妈在收青稞

存，这也是人类生命力的体现。

今天，越来越多的外来人也青睐青稞，他们大多是源于好奇，与藏族人有本质区别，他们除了想体验藏族风情，还有一个原因，就是出于对科学的笃信。现代科研表明，青稞富含蛋白质和多种维生素，营养丰富，更是降血压、降血脂、降血糖的有效食物，据说藏民很少患糖尿病，即食青稞之故。这结果了不得，顷刻间，无数既想享受山珍海味又极端怕死的人，一下子发现了救命草，他们来西藏，不论是否对味，都想尝尝青稞。殊不知青稞也是看人的，没有朴素的生活体验，哪怕是糌粑加糖也不容易下咽。我是从小跟青稞有接触的人，可也吃不惯糌粑，何况没有农村生活经历的现代都市人，实在勉为其难。我有个朋友来西藏时，就曾想尝尝糌粑，他不是捏着吃，而是把青稞面和进稀饭，像吃玉米糊，搅来拌去，我注意到他的表情不大好，吃得有些费劲，滋味只有他自知。我想，青稞大约不是谁想爱就能爱上的，就如我成不了藏民一样，这是没办法的事。

藏民对青稞的偏爱，早已不是果腹的需要，在物质日益丰富的今天，他们不缺粮食。我无法知晓青稞在他们心中意味着什么，但我确信每个藏族同胞一定有无数关于青稞的故事，就像我们对大米一样，那是永远割不断的情愫。我不久前与一位藏族女孩交谈，问她吃不吃糌粑，她说不常吃，但她的母亲、她的爷爷日日不离糌粑，宁可不吃其他食物，否则就总觉得没吃饱。即使是年青一代，也大有爱吃糌粑的人，我第一次亲眼见到吃糌粑，是为我开车的年轻司机，他是正宗藏民。那天我们住在一个豪华的藏式宾馆，早餐也丰富，他却只吃了糌粑，我问他为何只吃糌粑，他回答“喜欢”，再问又答“从小就喜欢”。这大概是青稞能够在西藏扎根、一统食物天下的原因所在。今天的西藏，是节日众多的高原，每个地区都有自己的节日，通行的节日却只有藏历年与望果节，而望果节就是为了祈求神灵保佑青稞、小麦等庄稼的丰收而设的。“望果”并非望见果实，藏语意思是“转庄稼地”，望果节到来时，藏民们载歌载舞，围着庄稼地转圈，举行各种祭祀，祈求神灵保佑丰收，有的地区还专门由妇女们背着经书转庄稼地，其隆重和神圣远胜于藏民庆贺自己的生日，可见在他们心里，青稞和小麦才是命根子，比生命更重要，这哪里是“粮食”两个字所能解释的呢?也许青稞在高原上不仅是作物，它已经融入藏族同胞的生命中去了，与他们同生死，不分离。

青稞无疑已成了藏民心中的圣物，这实在说不清是藏族人对它的选择，还是它对藏族人的选择，二者结合更像是天意。如今，青稞依旧繁茂地生长在高原上，从阿里无人区，到西藏的江南林芝，无处不在。只是时代变了，藏民更加聪明，他们在温饱解决后，进一步发掘了青稞的意义，他们发现在青藏高原外，还有无数双眼睛在好奇地打量着青稞，于是抓住了商机，在糌粑上大做文章，注册商标，打出品牌。这一招很快收到奇效，日喀则首开先河，有一种“洛丹牌”糌粑已畅销全国，成为当地藏民的致富渠道。我在西藏没吃到那种糌粑，但我很有兴趣尝尝。在我写下这段文字时，我衷心为日喀则人庆贺，也为藏民庆贺，更为青稞骄傲，青稞这种带给我甜甜回忆的、古老而又普通的作物，不愧为天赐圣物，它正在造福西藏人民，它的伟大已超出我的记忆和想象，永远值得我致敬!

后记

自从我援藏，就常被人问及许多西藏的问题，我的回答总是难以尽其详。不是不想答，是对内地人来说，西藏太遥远，太陌生，太神奇，太神秘，除了亲身走近，去经历和感受，任何渠道获得的信息都可能是片面的，何况是带有主观色彩的语言。有人说西藏是终极旅行地，也有人说出国容易进藏难；有人说西藏是天上人间，也有人说西藏是人间天堂；我觉得都有道理。一万个人就有一万种理解，一万个人就有一万个西藏，没人能代表他人，也没人敢说完全读懂了西藏，而每个人又都想品读出心中的西藏，这便是西藏的魅力。

我也是一直想读懂西藏的，从童年到少年乃至中年，始终怀揣着西藏梦。三十年前，西藏热还没兴起，我就读过我能找到的所有关于西藏的书。那些作者多是一些敢于先吃螃蟹的人，他们或探险，或旅行，用文字和图片记录着西藏的点点滴滴，虽然很碎片化，却让我对西藏这片雪域高原既感耳目一新，又觉十分向往。尤其是余纯顺徒步五进五出西藏的壮举极大地感染了我，他九死一生、几乎用生命记录的西藏，是十分真实、生动、令人震撼的，我过目难忘，以致一连两遍几乎一口气读完他的日记，从此我心里就有了解不开的情结，我暗下决心，一定要去西藏。可这信口说说并不难，做起来又谈何容易？遥远、陌生，工作、杂务，金钱、时间，各种因素决定了我做不到抛开一切，说走就走。一次次冲动，一次次落空，始终没着落。到头来，只能寄梦想于退休，这实际上是一个很落俗的自我安慰。我绝没想过因为工作，我能提前去西藏，而且一去三年，这远远超出了我的想象。

也许正应验了心诚则灵吧，从未有选派援藏干部任务的单位，2013年破天荒地接到了选派任务，要派一名教育干部援助西藏，我主动申请后，有幸被选中，于当年6月启程，赴山南市教体局任副局长，任期三年。至今我还清楚地记得当我正式被确定去援藏时的心情，可以说既期待又仓惶，既激动又不安。期待是因为即将开始全新的三年生活；仓惶是因为说走就走，5月中旬单位才宣布有援藏任务，从报名、初选、体检、确定人选到启程，一周多时间，来不及做任何准备；激动是因为多年梦想将成现实；不安是因为援藏这事在我的单位以及我的周围都还是全新的名词，我除了从电影里知道孔繁森，没听说过其他先例，未知数太多。我不知道三年时间会发生什么，对于我意味着什么，尤其是当一位好心的同事告诉我说她的先生援过藏，回来弄出一身病的时候，我不能不承认内心的顾虑和担忧，那时一连串问号缠绕着我，刺激着我，而我既无法向人说，也无法自我求解。直到出发，这样的纠结丝毫没有减轻。那是个风雨交加的午后，在机场候机楼里，合肥飞成都的航班晚点，我们一行援藏人默默等候着广播通知，漫长的等待中，大家本该互相聊天的，居然悄无声息，谁也没说话，谁也没心思说话，面对未知的西藏，谁的心情能轻松呢？那一刻，我想了很多，心像灌了铅。今天回想，似乎有些矫情，可当时确实无人能够表现出哪怕一点点豪迈。

直到第二天午后，我抵达西藏山南，心情仍然未见丁点轻松。那是高原上普通的午后，艳阳照在雅鲁藏布江两岸，本该是轻松的行程，当大巴车载着我们驶向泽当小镇时，山南朋友们一路嘘寒问暖，努力营造着轻松和热烈的气氛，然而我们却没有多少心思享受沿途的热闹，每个人的心里都不轻松。眼前山野如此空旷，小城如此清冷，仿佛一幅虚构的白描，即刻呈现在“高反”初现的大伙儿面前。这是一幅我从没见过，也没法想象到的，与内地繁华反差极大的画面。想着将要身处其中，忍受三年的孤独、寂寞，落差感油然而生，我心里顿时凉了半截。这就是我梦想的西藏吗？这就是我要克服缺氧、摸爬滚打的山南吗？一切分明已铁定，容不得我多想多虑和徘徊退缩，就如箭已出弦，不可能再回头了。我不能不说服自己，既来之，则安之。我内心蓦然萌生了一丝生死置之度外的悲壮。

我情绪化的心理反应并非说我的援藏选择只是一时冲动，确切说更是一种本能的应激反应，因为在我的经历中，没有哪件事能像援藏这样需要拿出这么大的勇气和决心，也没有哪件事会像援藏一样足以改变我的生活，影响我的一生，且来得这么仓促和突然。实际上，在我多年的期待中，思想深处已经逐步具备了一些理性的动因，这便是所谓的价值观、人生观，它们左右着我的理想和追求，支持着我特立独行地朝着某些目标前行，这也许比受到先行者们的感性文字蛊惑更根深蒂固。我常常想，人为什么活着，应该怎样活着？幸福究竟是什么？我应该追求什么？在对世态的感悟和不断的自我追问中，我渐渐明白了某些道理：一个人的生命是很现实的，也是很有限的，在生命长度难以增加的今天，要想让生命尽可能充实和有意义，恐怕只能在宽度上努力。那么宽度又是什么？也许每个人都有不同的理解，有什么样的日子就会有什么样的宽度。对职业变动几率几乎为零的我来说，如果安于八小时的两点一线，那么一眼就能望见生命的尽头，而变一种环境、换一种活法，一切就会充满变数，哪怕不是阳光灿烂，至少也是一种难得的经历，这样的挑战无疑极具诱惑。而西藏恰好符合了我的这一形而上的追求。西藏是完全不同于内地的世界，西藏有太多的问号，在那里将必然经历完全由不得自己的另一种活法，而这正是我期待体验的。

人的一生总是在不停地选择，选择必然包含利弊得失的权衡。追求不同，初衷便不同，归宿也不同。为了某种情怀选择，可能是幼稚和可笑的，也是难以令人信服的，至少在当今时代，追求物质可能来得更现实。而我恰恰没合上节拍，想做精神上的王。我那时正在一个岗位上任副处长，那是一个关系到千百万下一代的岗位，工作还算顺手，却丢掉了其他梦想。选择去西藏三年，这让很多人不解，有人为我可惜，也有人以为我有什么复杂的目的，而我一直也没向人说明我为什么去西藏。我觉得，了解我的自然知道我的追求，不用我解释；不了解我的非我三言两语能说清，还不如不说。何况一个人选择什么，说到底是为自己，并非为别人，只要是心甘情愿的追求，于自己就有意义，何况这样的机会并非想有就有。这么想，我也就坚定了信念，孤独也好，艰苦也好，生也好，死也好，我都能坦然面对了。当然到了今天，当援藏已经成为过去而留在我的文字里并终于可以与人见面时，我觉得一切都不必回避。文字会告诉人很多，不仅仅关于我内心的西藏，也关于我的内心。

我一直觉得西藏是身体和心灵都难以企及的远方，进藏前，这么想；进藏时，还是这么想；离藏后，更是这么想。那山，那水，那人，那一切，虽然很直观，却又不是视觉、听觉、触觉所能简单感知的，无奈之下，往往只能以美丽、神秘、神奇来形容。要知道，那些夸张和虚幻的表象背后到底蕴含着什么，岂是苍白的词汇能打发的？它需要的是灵魂的拷问。我扪心自问，穷尽三年，无论如何用心用情，都很难确切地看清它，领悟它，参透它，我始终更像是旁观者，所谓咫尺天涯，莫过于此。实际上，西藏三年，我总是力图把自己的心与西藏贴得更近，努力让自己的情与西藏融得更深，以期触及西藏的更深处，读懂高原，读懂这个民族。最终，我确信这不可能是一朝一夕之功，三年远远不够，一辈子也不够。

三年时间，我在工作中，与藏族同事开会、调研、检查，下过乡，上过山，足迹遍布山南，山南12个县50多个乡镇，我跑了三分之二，在我同批“援友”中，没有第二人下过这么多乡镇，我甚至抵达了很多藏族同事也没能抵达的偏远乡野。我到过山南绝大多数乡村学校，包括最偏远的教学点，目睹党和政府对西藏发展的重视，亲身感受到西藏翻天覆地的变化，那时，我屡屡在心里情不自禁地感慨祖国伟大。当然，因为天高路远，自然条件恶劣，广袤的高原上，力不能及的地方还很多，战胜环境还很难。我到过一所边境线上的幼儿园，那里只有一个男教师，男女四个幼童，老师不仅要教他们文化知识，还要带他们一起吃和睡，帮他们洗澡洗头治病，照料一切。我到过世界上海拔最高的普玛江塘乡，调研过因高寒缺氧连电视、打印机也没法用，至今仍靠刻蜡纸制卷的小学，看望过乡里患禽流感的学生，人人脸上都有鲜亮的高原红，仿佛生活在天上。我在雪山脚下新建的校舍里，遇见过数百小学生排队等候老师发一碗雪水洗碗的情景，那些巴望一碗水而伸出的一只只小手，在我脑子里久久晃动。我也在边境乡镇，经历过无水无电无厕的黑夜，摸黑躺在床上一夜睁眼等天明。我还在海拔五千多米的喜马拉雅山腹地驻过村，与世代隔绝的藏民同吃同住同劳动，见证过他们靠山吃山的不易，为家家房前飘扬的五星红旗激动过。每当身处这样的地方，我的心都会被深深触动，对人生、对幸福就有了更深的感悟，对西藏、对援藏的认识也越发深刻。西藏真需要发展，西藏发展真不容易！

我深知，人才是高原的精灵，读懂西藏必须读懂藏民，而三年时间，最让我感动的还是藏民，是他们给了我珍贵的友情和温暖。我曾在山村里，见过藏民率性地喝酒唱歌，通宵达旦却不误农活。此场合，他们从没拿我当外人，总是热情地邀我参与其中。我还上过中印边境海拔六千多米、鲜见牧草只长苔藓的高山牧场慰问过牧人，体验过一个牧人常年独自在高原的寂寞，他见到我如同见到久别的亲人。尤其难以忘怀的是，在即将离开西藏的日子，藏族朋友们还多次请我小聚，有的我连名字都叫不出，可他们都将我当成了知己，在雅砻河边的茶楼酒馆里，推心置腹，共叙友情，我们有过开怀畅饮的欢笑，也流过依依惜别的眼泪。他们直到今天，依旧与我保持着联系，逢年过节，相互问候。这一切，让我深感藏族同胞的纯朴、善良、真诚和友好，他们与我民族有别，情感却是相通的，我们有幸拥有一个共同的祖国，同在一片蓝天下，正如一颗石榴里的石榴籽，血脉相连。

当然，我也走出过山南，感受过大美西藏、雪域高原的壮阔和雄浑，在拉萨、林芝、日喀则、阿里、那曲，我被神山圣湖、经幡喇嘛庙震撼过，被虔诚的藏民、鲜活的野生动物打动过，在珠峰星空下为朋友"高反"害怕过，在古格王国为厚重的历史惊叹过。如今一切都成了我留在骨髓里的记忆。这些经历并不容易，缺氧、"高反"，吃不下，睡不着，时时隐藏着不可知的危险，但我那时已将一切置之度外，我知道我所做的是在走进西藏，是在认识西藏，也是在认识伟大的祖国，这何尝不是有意义的？而这一切又是如此来之不易。对于万里之外的高原，我知道任何一次相遇都只是偶然，都会是仅有，任何一次告别都将是诀别。于是工作之余，我便有心记录这些点点滴滴，无数个夜晚，我忍着"高反"，克服缺氧带来的思维障碍，记下一个个、一句句零星的文字，思考很难谈得上，却努力做到及时和真实。事后回味，一切依稀如梦，唯有这些文字依然能唤起鲜活的记忆，每回味一次，就忍不住激动一次，心也就又飞到高原一次。

我常常思考，人生是否是在做交易，获得什么，就必须失去什么。我去西藏，收获的是什么，失去的是什么呢？三年时间，任凭我想尽催眠的办法，平均每夜入睡也不到一小时，三年只吃过一次有食欲的饭。在援藏干部中，流传着很多顺口溜，“端起碗就饱了，躺上床就醒了”，“饱没饱，不知道，睡没睡，不知道”，可见缺氧环境下，大家谁都无法逞强，都在与“吃不下”和“睡不着”做斗争。长期失眠使我几近崩溃，以至我援藏前没有一根白发，援藏结束后几乎没有黑发。更麻烦的是，髋关节因钙流失而水肿积液，肠道因长期消化不良而糜烂。2016年回来后，原先十年都不曾感冒一次的我感冒不断，小病常有，还落下了严重失眠的毛病，身体大不如前。写这篇后记时，回内地已近四年，仍常常得去医院。但我也知道，我收获的是我想收获的东西，我看到了我想看到的西藏，了却了多年的夙愿。回想得与失，我每每内心复杂，感慨万千。我想，人生总是不完美的，有些事自己知道，未必要与人说。有些事只能去做，永无对错，关键在于心里要有平衡点。人生实际上就是一个不断在不平衡中寻求平衡的过程，这便是选择的内涵。在西藏有一个很流行的词叫朝圣，藏民们带着虔诚，五体投地，朝拜佛祖，朝拜心中的神，实际上是在以灵魂与神对话。这是极其神圣的修炼，实际上也是为了内心的安慰，这何尝不是在找平衡点呢？

西藏是吸引人的，也是能改变人的。当身处西藏时，也许并不知觉，然而自己的肉体和灵魂都在发生着改变，肉体也许变得虚弱，灵魂一定变得干净，高原的天、地、人，会让人远离尘世，将追名逐利、勾心斗角忘记得一干二净，唯有真、善、美永存。这样的改变对于经历者来说，是刻骨的。每个人都有自己的故乡，但不是每个人都有第二故乡；每个人都有现实的故乡，但不是每个人都有灵魂的故乡；只有将生死融入一片土地时，那片土地才可能走进心灵，才会不是故乡胜似故乡。西藏对我来说，就是这一片神奇的土地。我在那里一千多个日夜，生命和情感都经过了历练，从灵魂上来说，无异于涅槃。在西藏的三年，我有些东西死亡了，有些东西重生了，我觉得我成了另一个自己，而这个自己是西藏给的，西藏是我人生的第二个故乡，而三年的刻骨经历也让我的灵魂找到了安放的地方，这便是灵魂的故乡。

不是一切事物都是能用五官和肢体去感知的，何况西藏这样一本比天书还深奥的大书？岂是我用五官和肢体就能读懂的？而每个人的灵魂都是个体特有的，生命差异，追求不同，灵魂便不同。我的感觉未必适用于其他朋友，我唯有用朴素的笔墨将我接触的西藏白描出来，才是对朋友们最好的交代。本书既非游记、日记，也非杂谈，只是在西藏期间所见所闻所想所记，不囿于某种文体，却是用心的，以期给朋友们呈现原味和本真的西藏，这样去让读者自品自思也许更有意义。当然，无论我多么努力，文中所记都难免有主观色彩，相信读者朋友自能分辨。

十分感谢《安徽商报》《合肥晚报》在我援藏期间，对我的支持和帮助。《安徽商报》专门为我开辟了《西藏笔记》副刊专栏，《合肥晚报》副刊也为我陆续刊登了一部分文字，使得我在西藏期间能与读者朋友纸上相聚，也赢得了一批朋友的认同。本书即以两家报纸刊发的文章为底稿修订而成，鉴于报纸副刊版面所限，文章见报时，均有大量压缩和删减，此次成书，每篇都做了还原和补充，力图呈现出文稿原有的面貌。本书得以出版，离不开安徽文艺出版社的鼎力支持，该社诸多同志颇费周折，付出过很多。特别要提及的是西藏自治区山南市错那县教育局原局长琼·旺久先生及其恩师尼玛扎西,琼·旺久先生曾陪我走遍错那的山山水水,调研过很多偏远学校,尤其陪我探寻过一些即将消失的西藏名人古宅,对我的每一个提问都能一一解答,令我十分钦佩和尊敬。在书稿付印前,他和恩师不惜花费大量精力通篇审阅,提出了很有价值的意见。有他们的认可和把关,我对书稿平添了信心。借此书出版之际,对朱寒冬、赵焰、王晖、张扬诸先生,对段晓静、钱红丽诸女士,以及其他为此书出版默默奉献的同志,深表谢意,尤其对琼·旺久先生及恩师由衷地道谢,扎西德勒!本书在出版过程中还得到穆清女士等老乡朋友的鼓励和鞭策。在此一并致谢!

2020年5月于合肥望湖城